超好看

11

超好看

11

超禁忌游戏

SUPER TABOO GAME

II

宁航一 著

四川文艺出版社

图书在版编目（CIP）数据

超禁忌游戏. 2 / 宁航一著. —成都：四川文艺出版社，2018.6（2019.10重印）
ISBN 978-7-5411-4966-5

Ⅰ. ①超… Ⅱ. ①宁… Ⅲ. ①长篇小说－中国－当代
Ⅳ. ①I247.5

中国版本图书馆CIP数据核字（2018）第078500号

CHAO JIN JI YOU XI. 2

超禁忌游戏. 2

宁航一 著

策划出品　磨铁图书
责任编辑　谭　黎　奉学勤
责任校对　汪　平

出版发行　四川文艺出版社（成都市槐树街2号）
网　　址　www.scwys.com
电　　话　028-86259287（发行部）　028-86259303（编辑部）
传　　真　028-86259306

邮购地址　成都市槐树街2号四川文艺出版社邮购部　610031
排　　版　北京东安嘉文文化发展有限公司
印　　刷　三河市冀华印务有限公司
成品尺寸　166mm × 235mm　开　本　16开
印　　张　18　字　数　300千字
版　　次　2018年6月第一版　印　次　2019年10月第二次印刷
书　　号　ISBN 978-7-5411-4966-5
定　　价　42.00元

⊗

目录

CONTENTS

⊗

目录

CONTENTS

楔子

SUPER TABOO GAME

开朗、活泼、能说会道的人，可能永远无法理解那些腼腆、内向的人。他们不会相信将内心意愿表达出来是一件困难的事。实际上，真实情况比想象的要严重得多。对于性格内向的人来说，怎样轻松自然地和别人沟通、交谈，完全是个谜。

卢平（男7号）就是有这种苦恼的人之一。“人际交流障碍”困扰了他十七年。

原因无法追溯了。也许是因为父母本就是不善言辞的人，也可能是儿童时期受到了某种打击。总之，卢平从小就不爱说话，也不懂怎么和人交流。他几乎从来没有过朋友，只有孤独、寂寞陪伴在他身边，如影随形。

本来，卢平已经适应这样的生活了。但二十岁之后，他才发现这种自闭个性所带来的真正苦恼是什么。

他爱上了同在明德外语培训中心补习英语（不在同一个班）的那个叫郭羽的美丽女孩，从此陷入了单相思，不能自拔。

但他完全不知道该怎么做，甚至连靠近这个女孩跟她说句话都不敢。可他内心与日俱增、蠢蠢欲动的情感，令他难以自控。

终于有一天，他鼓足勇气来到郭羽面前。表白的话虽然在家里练习了上万遍，但真正站在喜欢的人面前，他却紧张得想吐，面红耳赤、张口结舌地呆站了几秒，还没来得及说出一个字，突然捂着嘴冲进了厕所——真是丢脸丢到家了。

卢平恨透了自己，认为人生没有了希望。

直到“旧神”在他们班出现，要求每个人在一张纸上写下任意一个“概念”，并赋予他们控制这种事物的超能力。

当时，卢平几乎没有犹豫，在纸上迅速写下了“沟通”两个字。

从此，他获得了一种奇妙的能力。当他运用这种超能力的时候，心中的意愿能自动转化为语言和动作，用最准确、恰到好处的方式将自己的意图表达出来。在和别人沟通的时候，他甚至能够感知对方的喜好和需求，从而做出最令对方满意的举动。

在他用超能力成功交到了几个好朋友之后，他明白了自己超能力的厉害之处。他相信只要自己愿意，完全可以和世界首富或美国总统做哥们儿。不过这些不是他想要的，他选择这个超能力的唯一目的就是郭羽。

一天黄昏，卢平精心打扮后（其实他长得还不赖），骑着一辆帅气的摩托车出现在郭羽面前。当时郭羽正在跟几个女友逛街。

卢平摘下头盔，歪了下脑袋，用命令的口吻说道：“上车。”

郭羽认识他，以前也曾听说过13班这个叫卢平的男生暗恋自己。但她从没为这个连表白都不敢的男生动心过。她诧异地问道：“我为什么要上你的车？”

“我带你去一个地方。”

“我凭什么跟你走呀？”

卢平不再解释，他从车上下来，走过去直接抱起郭羽，将她放在摩托车后座上。几个女友都惊愕得捂住了嘴。郭羽更是不肯就范，要从摩托车上跳下来。卢平跨上车，发动摩托车，说了声：“坐好，别动！”郭羽抖了一下，不敢反抗了。

摩托车风驰电掣地朝前方驶去。卢平递给郭羽一个头盔，说道：“戴上，抱紧我。”

郭羽乖乖地照办了，两条纤细的手臂搂住了卢平的腰。尽管被强迫带上了车，她却莫名地产生了一种依恋感——她就是喜欢这种有些霸道、强硬的男生。

但她显然不知道，做出这一切的，不是真正的卢平，而是在超能力作用下的另一个人（或者说另一种意识）。这个人清楚地知道该怎样打动每个人的心。

卢平将郭羽带到了海滩边。下车之后，他牵着郭羽的手走到海滩的某一处。郭羽看到眼前的场景，双手捂住嘴，惊呆了。

海滩上用沙子修建了一座微型的宫殿，毫无疑问是需要耗费数小时才能完成的“巨作”。修建者的用心程度自不必说。更令郭羽面颊绯红、心跳加速的是，“城堡”的前方用沙堆出来一行字——郭羽，我喜欢你。

卢平定睛望着郭羽，动情地说道：“我没有宝马，也不是王子，我不能给你一座真正的城堡，只能用沙雕来表达我的心意。但我要让你知道，你是我心中唯一的公主，我愿为你付出一切。”

夕阳西下，微风轻送，紫红色的云彩像一层薄纱——浪漫、诱惑、令人迷醉。城堡、沙滩、男孩的脸庞、精心的表白，相信没有任何一个年轻女孩能抗拒这如梦如诗的一切。郭羽看着卢平的眼睛，如同海水般清澈、透明，富含感情。她感觉自己快要融化在这片海水中了。

这时，郭羽的几个女友坐车追来了，她们担心郭羽的安危。但看到眼前的画面后，她们发出一阵欣喜又忌妒的惊呼——每个女生都期待着生命中能有一次浪漫的告白，哪怕一次也好。

眼看时机到了，卢平露出迷人的微笑，说道：“郭羽，做我女朋友，好吗？”

“啊……这……太突然了吧。”郭羽红着脸说。

“答应呀，郭羽！”女友们一起尖叫着，“太浪漫了！”

郭羽却始终没点头。卢平的心里出现一个声音：她内心早就投降了，只是女生的自尊和矜持在作怪，这种时候需要给她一个台阶。

“如果你不答应，我只有向大海祈求了。”卢平说着，面朝大海，双手合成喇叭状，用最大的声音喊道，“郭——羽，我——喜——欢——你，做——我——女——朋——友——好——吗？”

他一遍一遍地大喊着，声音都嘶哑了。海滩上的人都望了过来，先是惊讶，继而爆发出鼓励的掌声。郭羽的脸红得像一片火烧云，内心的幸福感和满足感快要溢出胸腔了。她娇羞地喊道：“好了好了……我答应啦！”

卢平兴奋地转过身，抱起郭羽在海滩上旋转。郭羽搂着他的脖子，享受着一辈子从未有过的浪漫体验。旁边的女友全都捂住了嘴，感动得眼里噙着泪花。

从那天起，卢平和郭羽开始交往。值得一提的是，每次和郭羽相处，卢平无一例外地处于超能力状态。如果不使用超能力，他又会变回那个内向、自闭、话都说不出来的卢平。尽管那才是真实的自己，但为了爱情，他愿意舍弃自我，彻底变成另一个人。

当然，不能让郭羽知道，所有这一切都是超能力的作用。他不知道这算不算一种欺骗。

沉浸在热恋中的卢平，完全忘了“旧神”说过的话，也忘了“旧神”赋予他们超能力的真正目的：

五十个人互相断杀，决出唯一的获胜者，成为“新世纪的神”。

如果不是郭羽说起她经历过的一起匪夷所思的事件，卢平可能会彻底忘记这件事。

当时他们在咖啡馆约会，超能力状态下的卢平眉飞色舞地讲述着自己经历过的种种趣闻轶事（大部分是瞎编的）。郭羽听得津津有味，感觉面前的男孩真是充满了魅力，跟他在一起永远那么充实、愉快。

卢平讲完自己的故事后，喝了一口果汁，问道：“你呢，郭羽，你有什么不同寻常的经历？”

郭羽沉吟片刻，轻轻摇了摇头：“没有……我没遇到过什么特别奇怪的事。”

这不是她的心里话，她需要别人打开她的心扉。卢平心中的声音提示道。

“不会吧，每个人的生命历程中，总会有一些特别的经历。告诉我吧，我真的很想知道。”

望着男友期待的眼神，郭羽张了张嘴，却没说出话来。她犹豫了足足一分钟，说道：“有件事情……我几乎没告诉过别人。我想，就算我说出来，也不会有人相信。”

“不管你说什么，我都相信。”卢平凝视着她，“别把我当成‘别人’。”

“好吧。”郭羽咬着嘴唇，似乎下了很大的决心。

卢平饶有兴趣地望着她。

“你相信这个世界上有飞碟、外星人吗？”

卢平一愣：“我不知道。你为什么这么问？”

郭羽凝视着卢平的眼睛：“如果我告诉你，我曾亲眼看见过飞碟，你信吗？”

不管是否处于超能力状态，卢平都着实吃了一惊。但他内心的声音告诉他，郭羽绝对不是在开玩笑。他变得严肃起来：“真的？”

郭羽抬起头，凝视上方，陷入了回忆：“这已经是八九年前的事了，当时我还在读小学。有一天晚上，不知道为什么，我莫名其妙地失眠了。于是，我走到阳台上纳凉，仰望星空。突然，一个发着绿光的飞行物从云层中钻出来，以惊人的速度在夜空中盘旋飞行……”

卢平听呆了：“你确定没有看错吗？那不是流星或者飞机？”

郭羽摇头道：“我那时虽然才十一二岁，但也不至于连流星和飞机都认不出来。况且那飞行物的速度之快，简直令人瞠目结舌。我不相信地球上有任何东西能达到那样的速度，除了飞碟，我想不出别的解释。”

卢平完全被郭羽描述的情景吸引了。她讲的这件事比他刚才瞎编的那些故事精彩一百倍，关键是超能力告诉他，郭羽说的都是真的。他急迫地问道：“那么当时你是什么反应呢？没有拍照，或者赶紧叫家里人出来观看这一奇景吗？”

郭羽叹了口气，懊恼地说：“没有。很遗憾，我什么都没做。你无法想象我当时的震惊程度，我连呼吸都暂停了，目瞪口呆地望着这个发着绿光的不明飞行物，生怕一眨眼，它就会立刻钻进云层，消失无踪。”

“它出现了多久？然后呢，又发生了什么事？”

郭羽的身体突然痉挛了一下，似乎接下来发生的事情令她感到害怕。“飞碟在夜空中盘旋了七八秒……我不敢肯定，也许更久。”她的身体颤抖起来，“如果它就这样飞走了，我只会觉得自己有幸目睹了一次奇景。但实际情况是……天哪，我觉得接下来要说的话会让你觉得我有妄想症！”

卢平望着郭羽苍白的脸，非常清楚这一切不是她幻想出来的。他握住她的手，给予她温暖和力量：“没关系，说吧，我知道你说的每一句话都是真的。”

郭羽深吸一口气，继续说下去：“那个飞碟，本来非常小，我猜那是因为它离我的距离实际上相当远。但是，它渐渐变大了，因为它朝我飞了过来！”

“朝你飞了过来？”卢平惊愕得张大了嘴。

“我知道，这实在是令人难以置信。但事实如此！飞碟明显地靠近了我，飞到了我的斜上方。我仍然无法判断和它之间的距离，但起码它已经近得能让我看清它的外观和形状——像一顶光滑的、绿色的帽子。我相信在我注视它的同时，飞碟上的生物也在观察着我。我和它对视了大概三秒钟，然后，它以接近光速的速度嗖的一下飞上天空，消失不见了。”

在听这一段叙述的时候，卢平全身的汗毛都竖了起来。过了好一会儿，他咽了口唾沫，问道：“之后，它就再也没有出现过了？”

“是的，直到现在。”

“这件事你难道从没告诉过别人？”

“我哪有这么沉得住气？我立刻就告诉了爸妈，但他们认为我是在做梦，根本没引起重视。之后，我又试探地询问了几个同学，得到的却是他们的嘲笑。令我感到纳闷的是，之后电视和报纸上都没提到过这件事，似乎全世界除了我之外，再没有任何人目睹到这一幕。”郭羽说。

“你记得当时是几点吗？”卢平问。

“凌晨两点钟左右。”

“也许很多人都睡了，所以才没看到这一幕。”郭羽耸了下肩膀，撇了撇嘴。

“因为身边的人都不相信你，所以你之后再也没告诉过别人？”卢平问。

“是的，一个十一二岁小女孩说的话，谁会当真呢？”郭羽有几分悔恨地说，“只怪我当时完全看傻了，没能拍下照片为证，否则的话，一定会成为轰动全世界的新闻。”她长叹一口气，头仰靠在椅背上，“如果再有这样的机会，我一定会用最快的速度拍照或摄像！”

“听起来，你好像十分期待再次见到飞碟？”

“老实说，可能没有比这更让我期待的事了。”郭羽坦言。

“为什么？只为证明你当时没说瞎话？”

“不，不仅是这个原因。”郭羽凝思良久，开口道，“你没有亲身经历过，不会明白我的感觉。这种感觉……真的非常奇妙。当我和飞碟，或者说和飞碟上的智慧生物对视的时候，有一种强烈的直觉……”

她停了下来。卢平问道：“什么直觉？”

隔了好久，郭羽望着卢平说：“我觉得，飞碟降临在我面前，不是一种巧合。它是因为某种原因才出现在我面前的。”

卢平和郭羽对视了半分钟：“你认为，你跟飞碟之间有着某种奇妙的联系？”

“很可笑，对吧？”郭羽淡淡笑了一下，喝了一口西瓜汁，“不管你相信不相信，这就是我经历的和我所理解的全部。”

卢平并不觉得可笑。回到家之后，他在床上躺了几个小时，头脑里全是这件事。他变得茶饭不思，甚至连晚上给郭羽发短信说“晚安”都忘了。

不知为何，这件事令他非常不安，甚至是惶恐。相比郭羽的直觉，他的直觉更加不可思议。他隐隐觉得自己获得“沟通”的超能力、和郭羽交往、听郭羽说起这件事，包括郭羽遇到这件事本身，这些事情全是有关联的，是冥冥之中的安排。

所有的一切都是为了一个目的——让他揭开神秘飞行物造访之谜。

卢平的直觉告诉他——外星人的降临也许是为了带来某个信息，一个至关重要的信息。

能破解这个谜的，只有他。因为他的能力是“沟通”。

我除了和“人类”沟通之外，能不能和地外生命沟通呢？

产生这个想法之后，他完全着了魔，再没心思做别的事情了。

每天晚上，卢平来到楼顶，仰望夜空，运用超能力。就像UFO迷们手牵着手，围成一圈召唤飞碟出现那样，他试图用精神力量和宇宙中的神秘生命体取得联系。

但他一连坚持了十天，却一无所获。

他感到失望、沮丧，意识到自己的超能力大概没有强大到能与外星人建立沟通的程度。

不过他并没有放弃，仍然执着地探索、寻觅着。

第十四天晚上，奇迹出现了。

当卢平仰望星空，脖子都累酸了的时候，云层里突然闪烁了一下。他睁大眼睛，清楚地看到一个微小的绿色光点从夜幕中划过。尽管整个过程只有零点几秒，却也让他激动得全身颤抖、血脉贲张。

他坚信，外星生命感应到了他的召唤。只是，现在他的能力还太弱，无法将飞碟召唤到面前来。

这时，卢平想起了“旧神”说过的话，心中一凛。

如果我的能力“升级”，会怎样呢？

一、新的开始

SUPER TABOO GAME

这个地方被称为“海上斗技场”——一条古老、狭长的通道延伸到海中央的一块空旷场地。这座宏伟壮观的海上建筑由三根巨大的石柱支撑，场地中间是往下凹陷的圆形铁笼，里面关押着一些蠢蠢欲动的恐怖生物。斗技场周围的奇景美得令人窒息，透露出的却是肃杀之气。

四个男生分别站在海上斗技场的四个方向，严阵以待。一个兴奋不已，一个沉着冷静，另外两个却显得紧张不安，特别是戴眼镜的男生，双腿在不住地发抖。

“杭一，我后悔了，我们还是……”

“你是这里最没有理由害怕的，陆华。”杭一（男12号）提醒道，“你的‘防御’可是无敌的。”

“但我害怕奇怪、恶心的生物……”陆华（男9号）脸色苍白地说，“我不知道这下面到底关着什么！”

“你就快知道了。”季凯瑞（男10号）面容冷峻地说，“做好准备，来了！”

斗技场中间的圆形铁笼打开了，第一批怪物涌了出来——四只头顶上长着尖刺和触角、比河马体积还要大的紫色蟾蜍。它们黏糊糊的身体上有若干个小洞，像鼻孔那样一呼一吸，嘴里伸出又长又卷的舌头，上面布满脓包，看上去令人作呕。

“Oh，no！”陆华惊恐地捂住脸颊，几乎要昏厥过去了，“这是什么？比我想象的恶心一百倍！”

这四只蟾蜍怪缓慢地挪动了几下，突然以惊人的速度跃起，分别扑向斗技场上的四个人。它们张开血盆大口，似乎要将对手囫囵吞下。

杭一反应敏捷，一个翻滚避过，然后将大剑迅速插进绑在背后的剑鞘内，从腰间抽出两把威力强大的手枪，一边向蟾蜍开枪，一边提醒道：“这些家伙有毒，别和它们近身作战！”

“不看也知道。”季凯瑞咬破手指，左手比成手枪的形状，朝蟾蜍发射出由血液凝固而成的子弹。这种子弹的威力比一般子弹大得多，杭一连开十多枪才射死的怪物，季凯瑞仅仅两发子弹就解决了。

杭一和季凯瑞轻松干掉了两只蟾蜍怪，但另一边的状况却不容乐观。

孙雨辰（男19号）险险避过蟾蜍的扑击，实在不敢跟这体积巨大的怪物交战，狼狈不堪地朝陆华那边跑去。但陆华的最大弱点就是完全无法面对令人恶心的生物，他竟然无法祭起防御壁，只能大声尖叫着抱头逃窜，差点儿和迎面跑来的孙雨辰撞在一起。

“你在干什么，陆华？快用圆形防御壁呀！”孙雨辰大声叫道。

“我……我……”陆华害怕得全身颤抖，“遇到恶心的东西，就没法使用超能力了！”

杭一看得心急，举起手枪准备射击另外两只蟾蜍怪，举起的双手却被季凯瑞按了下去：“让他们自己应对。”

“可是，如果陆华无法使用防御壁，岂不是死路一条？”杭一着急地说。

“如果他们连这种挑战都无法面对，迟早都是死。”季凯瑞说。

杭一无言以对，只有在心中为陆华和孙雨辰鼓劲儿。

两只蟾蜍怪再次跃起，从不同的角度攻来，眼看孙雨辰和陆华避无可避，孙雨辰大喊道：“陆华，快用防御壁呀！不然就没命了！”

生死关头，陆华只有强行压下恐惧。他双眼紧闭，大喝一声，双掌向前一推——

“砰！”“砰！”两声巨响，两只蟾蜍怪撞到了一面透明而坚固的防御墙上，重重地摔在地上，砸烂了石板地面。陆华和孙雨辰一起睁开眼睛，只见陆华双手撑开的，是一块“方形防御壁”。陆华大吃一惊，显然他都不知道自己的超能力还能呈现这种形态。

“怎么不是圆形防御壁？”陆华汗颜道，“方形的防御壁不能将我们罩起来呀！”

两只蟾蜍怪从地上爬了起来，它们绕过面前的防御壁，准备再次展开攻击。孙雨辰知道不能再躲避了，也不能再依靠惊慌失措的陆华。他双目圆睁，两只手指向前方——地上被撞碎的石块飞升起来，在“意念”的指挥下，像子弹般朝蟾蜍怪飞射而去。坚硬的石块击中了蟾蜍脆弱的头部和眼睛。两只蟾蜍惨叫几声后，倒在了地上。

“耶！太好了！”杭一欣喜地朝两个伙伴跑去，“我就知道你们能行的！”

“吓死我了……”陆华惊魂未定地说，“我要离开这里……”

“这才第一拨呀，你就不行了？”杭一说，“刚才你们不是表现得挺好吗？”

“第二拨我可能就没命了！”陆华瞪着眼睛说，“谁知道会出来什么更恶心的怪物？”

“你们最好停止聊天，第二拨怪物已经来了。”季凯瑞注视着斗技场中间慢慢升起的一个黑影。

这次出现的，是一个飘浮在空中、披着黑袍的可怕怪物，它手中握着一把两米多长的血红色镰刀，看上去像死神一样恐怖。孙雨辰仅仅和这怪物对视了一眼，就吓得浑身发抖。他惊恐地摇头道：“不……这家伙可不是我用‘意念’能解决的。”

连杭一也变得迟疑起来，他知道“黑袍死神”的厉害——和刚才的蟾蜍怪不同，这可是瞬间就能让人身首异处的可怕角色。就在他犹豫着是否该继续下去的时候，斗技场内突然传出一个极不协调的声音——

“叮咚，叮咚。”

门铃响了。

杭一心中一惊，扭头问陆华：“刚才他们出去的时候关门了吗？”

“我……记不起来了……”

这时，两个提着超市购物袋的女生推门而入。刚刚跨进门，她们就看到了眼前这惊人而恐怖的一幕，吓得尖叫起来，手中的购物袋掉在了地上。

“糟了！辛娜和井小冉回来了！”孙雨辰大声喊道。但还没等他们反应过来，斗技场中间的黑袍死神就以迅雷不及掩耳的速度挥舞着镰刀朝两个女孩袭击过去。

“啊——”辛娜和井小冉（女28号）尖声惊叫。季凯瑞举起手臂，打算用“血子弹”射击黑袍死神，但是来不及了。

就在死神的镰刀还差一指宽就要砍到辛娜脖子的时候，周围的奇异场景和黑袍死神一起消失了——再慢零点五秒，辛娜就要和真正的死神见面。

紧急关头，杭一解除了他的能力“游戏”，他们站在了韩枫租的大房子——“守护者同盟”的大本营中。

“呼……”杭一长舒一口气，瘫坐在地上，他被刚才惊心动魄的一幕吓得话都说不出来了。辛娜和井小冉更是呆呆地站在原地，久久无法从惊骇的情绪中抽离出来。

韩枫（男27号）抱着两箱东西走进门，注意到屋内的人都是一脸惊惧、后怕的神情。他看见电视屏幕上的PS3游戏《鬼泣4》的画面，猜到之前发生了什么事。他放下手中的东西，瞪着眼说：“杭一，你又用超能力把这里变成游戏场景了？”

杭一吞咽着唾沫：“我只是想利用空闲时间，锻炼一下我们几个人的超能力……”

“那也别在大本营里操练呀！进入你能力范围内的人，都能被带入危险的游戏世界中！刚才辛娜和井小冉是不是差点儿就受伤了？”

“要仅仅是‘受伤’就好了。”井小冉心惊胆战地说，“辛娜的脖子差点儿就被那怪物砍断了。”

“什么！”韩枫瞪视着杭一。

“我错了，我再也不在房子里使用超能力了。”杭一愧疚不安地走到辛娜面前，“你没事吧，辛娜？”

辛娜摇了摇头：“没什么。还好你及时解除了超能力。”她把购物袋和散落在地上的物品捡了起来。

“我们只不过到楼下的超市去买点儿东西，回来就差点儿丧命了。杭一，你就不能安分一点吗？”韩枫斥责道。

实际上，不用任何人责骂，杭一已经内疚、自责到了极点，恨不得狠狠扇自己两巴掌——如果他因超能力失手杀死了自己最喜欢的女孩，他也不想活下去了。

辛娜看出杭一已经无比后悔了，她勉强挤出笑容，大度地抓住杭一的手，说道：“好了，没事了。其实也怪我们，出门的时候忘记把门锁上了。”

听到辛娜的宽慰，杭一心里更不是滋味了，他涨红了脸说：“辛娜，我向你保证，以后再也不会发生这种事了。”

辛娜微笑着点了点头：“你也不用太自责了。其实我能理解你们的心情——尽量将自己的超能力训练得更强，才能应对可能出现的各种袭击。”

“没错。”季凯瑞说，“实践证明，除了‘升级’之外，训练也能增强超能力。只有不断变强，才能在这场竞争中活下来。”他望着辛娜和韩枫他们买回来的东西，“不过，你们看起来倒是很闲呀——曲奇饼、巧克力、软糖、牛肉干……还有整整一箱啤酒和饮料，你们准备开party吗？”

韩枫红着脸说：“不管怎么样，生活品质还是要保证的……”

“太好了。我猜你们已经订购按摩椅和麻将机了吧？”季凯瑞讽刺地说。

韩枫显得有些尴尬。井小冉打了个圆场，将话题岔开：“为什么我们刚才站在门口，一切都正常，刚刚推开门，就进入杭一的‘游戏世界’了？”

“经过训练，我已经能控制自己的能力范围了。”杭一说，“我将范围缩小到客厅之内，只有踏进这个区域的人，才会进入游戏世界。”

“没错。”米小路（男49号）从楼梯上走下来，“所以在楼上的我，也安然无恙。”

“哇，真厉害。”井小冉佩服地说，“你们对自己超能力的掌握越来越纯熟了。”

“我们每个人都有不同程度的进步，或者试出了超能力一些新的运用方式。”季凯瑞瞥了韩枫一眼，“除了那些安于现状、不思进取的人——倦怠会使人丧命的。”他抛下这句话，走到别的房间去了。

韩枫翻了下眼睛，懒得跟季凯瑞争辩。他坐在沙发上，撕开一袋薯片，一边吃一边说：“那要我怎样？天天制造‘灾难’吗？又不是每种超能力都适合训练。”

大家都坐在了沙发上。陆华说：“韩枫，你想过吗？其实你的能力是最有研究价值的。‘灾难’涵盖的范围很广呀。”

“我当然知道，”韩枫烦躁地说，“但是正因为这个原因，我才不敢轻易试验呀。”

“也许你可以找一个空旷无人的地方试试。”陆华说。

“拜托，我们现在在城市里，哪有什么‘空旷无人’的地方？再说了，不管在任何地方，制造出灾难都不会是一件好事。”

“也许你可以在我的‘游戏世界’里试试。”杭一说。

“算了吧，你的游戏世界本来就是一场灾难。”韩枫瞪着眼睛说，“我可是见识过的。”

“我可以找一个没有危险的游戏场景……”

“我不想试。”韩枫摇头拒绝，“如果不是有什么万分紧急的情况，我根本就不想运用我的超能力。我不希望大家觉得我是一个会带来灾难的人。”他又打开了一盒巧克力，“我希望带给大家快乐，就像巧克力带给人们的那样——你们不来点儿吗？”

“谢谢。”陆华、米小路和井小冉分别从铁盒里拿了一块巧克力。

“好了，说正事吧。”辛娜说，“我爸告诉我，明德外语培训中心遭受地震之后，为了保险起见，需要经过严格、仔细的检修，估计半年内我们都别想再去那里了。”

“这不是正好吗？”孙雨辰说，“现在这种状况，谁还敢回去补习？起码13班的人肯定不敢。”

“听我说完，明德现在的教学地点我们暂时是去不了了。但负责人考虑到收了学费，不能让同学们长期不上课，耽误学习，所以联系了本市的一些学校，打算借用他们的校舍，把明德的同学们分别安置到不同的学校去。”辛娜说。

“真不是个好主意。”韩枫问道，“13班的同学被安排到了哪所学校？”

“10到20班的同学都被安排在琮州大学。”辛娜说。

“什么？大学？”

“没错，只有大学才能提供出这么多间教室来。”

“那我们什么时候去那里上课？”米小路问。

“明天。”

“明天？”陆华惊讶地说，“那我们怎么现在都没收到培训中心的通知？”

“不知道，也许很快老师就会打电话或发信息通知我们了。”辛娜说。她见杭一皱着眉头，问道，“你怎么不说话，杭一？”

“我在想，就像韩枫说的，这也许真的不是个好主意。”杭一担忧地说，“我们班的五十个人被分散开来，或许还好些，一旦聚拢，很难保证不再次发生类似地震那样的可怕事件。”

“这是毫无疑问的。”韩枫说，“五十个人，不可能做到团结一心，肯定会有人出手的。”

“没错，再次聚集简直是为我们班的人互相斯杀提供便利。”孙雨辰说。

“那你们的意思是，我们不应该继续参加补习了？”陆华问。

“问题是，我们班这么多人，每个人都会这么想吗？”杭一说。

大家陷入了沉默。这时，井小冉的手机响了起来，她看了一眼来电显示，说道：“是裴裴打来的。”

裴裴（女39号）是井小冉在13班的好朋友。杭一说：“可能她是打电话来通知你后天补习的事，接吧。”

井小冉接起电话，刚刚“喂”了一声，就听到电话那头的裴裴长舒了一口气：“谢天谢地，你终于接电话了。我昨天给你打电话你怎么没接？”

“可能没听到吧。”井小冉纳闷地问，“怎么了？”

“能接电话说明你没有失踪，对吧？”

“失踪？”井小冉吃了一惊，“你为什么会这么想？”

沙发上的人都坐直了身子，一起望向井小冉。季凯瑞也从房间里出来了，双手交叉靠在墙边。井小冉将手机声音开成免提模式，大家都听到了裴裴的声音，她的声音里蕴含着惶惑和焦急：“我不知道该怎么说……事情是这样的——今天早上，聂老师打电话给我，要我设法通知13班的同学，明天去暂时租借的琮州大学的教学楼上课。我当时感到奇怪——这种事情不是应该由班长来做吗？怎么会让我代劳？

“我提出疑问。聂老师告诉我，他之前联系了临时班长阮俊熙（男31号）和副班长佟佳音（女37号），却无法和他们取得联系。我问到底出了什么事，聂老师却支支吾吾地不肯明说，只叫我负责通知大家就行了。

“挂了电话，我实在是觉得纳闷，于是打通了阮俊熙家的电话。接电话的是他妈妈，她显得焦急万分，哭着告诉我，阮俊熙两天前就失踪了。我又打电话到佟佳音家，也是如此。接着，我发现13班还有几个人也差不多在同一时间失踪了。”

裴裴带来的消息让房间里的温度下降了好几摄氏度，每个人的心都提了起来。井小冉急迫地问道：“还有哪些人失踪了？”

“据我目前所知，除了阮俊熙和佟佳音，连恩（男14号）、洛星尘（男1号）、董曼妮（女46号）和伊芳（女18号）也失踪了。而且蹊跷的是，他们几乎是在同一时间失踪的。”

井小冉张着嘴许久没说出话来：“所以，你打电话来确认一下我有没有失踪？”

“是的，如果你现在有空的话，我想和你见一面。小冉，有些事情……我想当面跟你说。”

井小冉捂住电话听筒，询问大家的意见：“裴裴说她现在想来找我，怎么办？”

杭一短暂地思考了一下，说：“你让她到这里来吧。”

韩枫低声说：“这样我们的大本营就暴露了，我们并不知道她的超能力是什么，万一她……”

“我相信裴裴是值得信任的。我打算拉拢加入同盟的人中，本来就有她。”杭一说，“况且，她刚才说的那件事，难道你们不关心吗？”

韩枫不说话了。杭一用眼神示意井小冉告诉裴裴地址。

“裴裴，我现在在……”井小冉把详细地址告诉好友，“你过来找我吧。”

挂了电话，井小冉说：“她说二十分钟后就到。”

杭一从沙发上站起来，来回踱步，显得十分焦急。陆华忍不住问道：“杭一，你是不是怀疑，裴裴说的‘失踪’，实际上代表他们已经……死了？”

“我不知道。”杭一的心怦怦乱跳，“我有种感觉，实际情况可能比我们想象的更糟。”

二、还有47个

SUPER TABOO GAME

裴裴是一个戴着圆框眼镜，鹅蛋脸、大眼睛的女生。她到来之后，显得有些吃惊。她没想到这个地方除了井小冉之外，还有好几个13班的同学，以及两个不认识的同龄人（辛娜和米小路）。井小冉拉着裴裴的手，和她一起坐在沙发上，对她说道："刚才电话里没有跟你说，这个地方不是我的家，而是'守护者同盟'的大本营。"

"什么同盟？"

"守护者同盟。"杭一解释道，"我们的宗旨是阻止13班的人互相厮杀，并团结大家的力量，共同应对此事。"

裴裴跟杭一对视了一阵，略略点头："我明白了。"

"这是我的好朋友辛娜和米小路。"杭一介绍道，"都是在明德补习的同学，只是没在一个班。米小路你有印象吗？'旧神'降临的那节课上，他在我们班上课。"

"怪不得看起来有些眼熟。"裴裴想了想，试探地说道，"这么说，他也是……超能力者。"

"对。这间屋子里的人，除了辛娜之外，都是超能力者。"杭一说。

裴裴看了看陆华、韩枫、孙雨辰和季凯瑞，最后目光停留在井小冉身上，似乎在猜测他们分别拥有什么超能力。

井小冉现在关心的，却是裴裴在电话里说的事情："你刚才说13班有六个人都在同一时间失踪了，到底是怎么回事？"

"具体情况我也不知道。"裴裴摊开手说，"我是打了他们家的电话后，才知道他们失踪了的。"

"除了这六个人，你还跟班上哪些人打了电话？"井小冉问。

"几乎都打了，有些没打通的，我在QQ和微信上联系了他们。"裴裴望着杭一、陆华和韩枫，"我也打了你们家的电话，从你们家人的口中得知，你们这段时间住在外面。"

"嗯，就是这里。"杭一说，"这么说除了那六个人，其他人你都联系上了？起码是联系到了他们的家人？"

裴裴抿着嘴唇，许久后，说道："我知道13班已经有三个人死了。"

杭一心头一紧。他当然更清楚——蒋立轩（男42号）、房琳（女40号）、谭瑞希（女32号）——三个袭击者，最终却迎来了自己的末日。

韩枫不愿探讨这件事，将话题岔开："那么其他人，你都联系到了？"

"贺静怡（女41号）没法联系。电话、QQ——她什么联络方式都没有。"

"也就是说，除了贺静怡无法判断之外，失踪的人就只有阮俊熙他们六个。"

"是的。"裴裴说，"起码目前是。"

"他们的家人说，他们都是在两天前失踪的？"陆华问。

"没错，两天前的晚上十一点左右。"裴裴说。

"什么？"孙雨辰惊讶地说，"他们六个人都是在同一时间失踪的？"

"差不多同一时间。"

"你怎么知道？"韩枫问。

裴裴张了张嘴，随即窘迫地埋下头，缄口不语。

"是呀，你怎么会知道这么具体的时间？"井小冉追问道，"他们家里的人也不可能这么凑巧，全都在那个时段发现他们失踪呀。"

裴裴紧绷着嘴唇，不愿回答。韩枫猜到了几分："是不是跟你的超能力有关？"

裴裴犹豫了片刻，抬起头来说道："是的，不过希望你们别探究我的超能力，我暂时不想说。"

“好吧。”杭一尊重裴裴的意愿，“暂时不说这个。我现在关心的是这些人为什么会突然失踪。”

“失踪的六个人里，有两个人分别是班长和副班长，这会是巧合吗？”孙雨辰提出疑问。

沉寂了好一阵，米小路试探着说：“我不知道你们13班是怎样的，但我们班除了老师之外，临时班长有全班同学的家庭住址和联系电话。”

“对，我们班也是这样。”辛娜说。

“你们认为，他们是因为这个原因才失踪的？”杭一猜测道，“有人绑架了他们？”

“确实有这个可能。”孙雨辰说，“弄到每个人的家庭住址，显然能掌握主动权。”

“可是，另外四个人呢？他们失踪的原因又是什么？”陆华困惑地说。

“我记得……阮俊熙和伊芳好像是同桌。”韩枫说。

“是的。可这能说明什么？”裴裴问。

杭一突然蹙起眉头，似乎韩枫说的话给了他某种提示。他俯下身，随手抓起茶几上的一张纸和一支笔，画了一张草图，把几个人的名字标注在图上。画完之后，他大吃一惊，说道：“你们看，这是我根据记忆画的教室座位图！”

所有人——包括季凯瑞都围了过来，他们看见杭一画的草图后，全都露出错愕的神情。

杭一指着草图，解说道：“你们看，阮俊熙和伊芳坐在教室第四排第三列的两个座位上，他们的旁边是洛星尘和佟佳音，而这两个人的后面，是连恩和董曼妮——这个位置顺序，我没有记错吧？”

“嗯，没错，就是这样。”韩枫说，“我的座位离阮俊熙比较近，记得很清楚。”

陆华深吸一口气：“从这张图上来看，失踪的六个人，在教室中的座位是挨在一起的！这是怎么回事？”

“也就是说，失踪的其实是挨在一起坐的三对同桌？”井小冉惊呼道，“要不是杭一画出这张图，我还真没想起来呢！”

这件事真是古怪到了极点，大家互相对视着，试图从别人的眼睛中寻找答案，但每个人都是一脸茫然。过了半晌，韩枫说：“很显然，这不是巧合，一定有什么特殊意义。”

“假设是有人绑架了他们六个人的话，那么绑架者一定有什么特殊的目的。”孙雨辰若有所思。

“我觉得……‘绑架’实在是一种乐观的猜想。”陆华担忧地说，“谁能保证他们六个人一定还活着？”

“他们肯定活着，没有死。”裴裴笃定地说。

“我不得不再次问这个问题——”韩枫望着裴裴，“你怎么知道？”

“我……就是知道。”裴裴垂下眼帘。

大家都望向她。杭一诚恳地说：“裴裴，如果你相信我们的话，请把你的超能力告诉我们吧。我们亦然。”

“是的，”井小冉劝说好朋友，“如果互相隐瞒，只会增加彼此间的隔阂，造成误会和伤害。加入我们的同盟吧，裴裴。”

裴裴望着井小冉和杭一：“我把自己的超能力说出来，你们会保护我吗？”

“当然。”杭一向她保证。

“好吧。”裴裴似乎下了很大的决心，深吸一口气，说道，“我的超能力是‘数字’。”

“‘数字’？你怎么会选择这样一个超能力？”陆华好奇地问。

“初中和高中阶段，我都是班上的数学课代表。”裴裴解释，“我喜欢数字。”

“对女生而言，真是难得。”陆华问道，“具体怎么运用？”

“一开始我也不知道，后来试出来了。”裴裴说，“我能感知到所有跟‘数字’有关的事情。”

韩枫皱了下眉，没怎么听懂：“什么意思？”

“简单地说吧，如果你问我一个跟数字有关的问题，我基本上都能告诉你答案。”裴裴说。

“真的？这么神奇？”韩枫来了兴致，“我试试。”他从皮夹里摸出一张信用卡，问道，“这张卡的密码是多少？”

裴裴说：“你确定要我说出来吗？”

“说吧，没关系。”

“把卡给我。”

韩枫把信用卡交给裴裴。裴裴将卡握在手心，暗暗运用超能力，几秒钟后，她睁开眼睛说道："365749。"说完把卡还给韩枫。

韩枫惊讶得嘴都合不拢了。他呆呆地说："我的天，你这个超能力实在是太不可思议了。这么说，如果我问你下一期福利彩票的中奖号码，你也能告诉我？"

"抱歉，不行。"裴裴的脸红了一下，"老实说，我还真试过。但我的超能力似乎只能感知到已经发生，或者已经确定了的'数字信息'。未来和不确定的事情，我就无法感应了。"

"呼……还好。"韩枫松了口气，"如果你真能感知中奖号码，一两天之内就能成为亿万富翁了。"

"好了，说正事吧。"杭一说，"裴裴，你用超能力感应过这次的失踪事件，包括13班的一些事情，对吗？"

"是的。"

"那么，我现在问你几个问题，你能再感应一次吗？"

"可以。"裴裴闭上眼睛，进入超能力状态。

杭一有些紧张，他和周围的同伴对视了几眼，开始提问。

"13班的五十个人，现在活着的还有多少个？"

"四十六个。"

杭一一愣，突然想起第一个死去的付天并不是超能力者。他换了一个问法："五十个超能力者中，活着的还有多少个？"

"四十七个。"

杭一沉住气，继续问道："我们班一共失踪了几个人？"

"六个。"

杭一一着急，脱口而出："他们现在在哪里？"

裴裴睁开眼睛："这个问题，可没办法用'数字'来回答呀。"

"唔……是的。"杭一挠了挠头。

辛娜想了想："那么，可以这样问吗——失踪的六个人现在距离我们有多少米？"

裴裴一愣，随即点头道："我试试。"

她再次闭上眼睛，努力感应。但是这一次，她眉头紧皱，许久未能寻觅到答案，脸上却渐渐露出痛苦、焦灼的神色，汗珠也渗了出来。过了一分钟，她睁开眼睛，喘息道："不行，我感觉不到。"

众人疑惑地对视着。季凯瑞问："你的意思是，你感觉不到他们的存在？"

"不，我能感知到五十个超能力者中还剩余四十七个，就说明他们几个人一定还活着。但是，我却感应不到他们距离我们有多远。"

"也许他们没在一起？"陆华说，"分开来试试呢？你能感应到阮俊熙距离我们多远吗？"

裴裴再次尝试，还是不行。她又分别试了佟佳音和伊芳，仍然没有结果。她怀疑自己的超能力失灵了。

"我们现在离海洋公园的直线距离是多少米？"杭一换了一个问题。

"8946米。"裴裴几秒后答了出来。

杭一马上用笔记本电脑查询地图，半晌后，说道："没错。我甚至能肯定你给出的答案比卫星地图上的更精确。"

"我的左脚距离你的右脚有多少厘米？"韩枫问。

"167.5厘米。"裴裴迅速回答。

韩枫低头看自己的脚。孙雨辰去工具箱里拿出卷尺，测量了一下，说道："一丝不差。"

"怪了，其他人或者事物，你都能准确感知——唯独失踪的那六个人不行。怎么会这样？"陆华纳闷地说。

"我也不知道。"裴裴摊了摊手，"第一次遇到这种情况。"

"这些人不会是被外星人绑架了吧？"韩枫想象力丰富。

"不管怎么说，这神秘失踪的六个人，从各方面看，都蹊跷到了极点。"杭一皱着眉头，若有所思，"这里面一定有问题。"

"我们现在怎么办？"辛娜问。

"这件事我们不能不管，否则可能还会有人失踪，得想办法调查。"杭一说。

"怎么调查？"陆华问。

"从临时班长阮俊熙入手吧。"杭一说，"你们谁知道他住在哪里吗？"

"我知道。"裴裴说。

"我们现在就到阮俊熙家去。"杭一从沙发上站起来说。

三、失踪的班长

SUPER TABOO GAME

考虑到太多人一起去可能不太合适，最后杭一、孙雨辰、井小冉和裴裴四个人前往阮俊熙家。他们打了辆出租车，半个小时后到了阮俊熙居住的小区，乘坐电梯来到他家门口。

杭一按下门铃，几乎只过了一秒，门就打开了，是阮俊熙的母亲。她看上去一脸憔悴，显然因为儿子的失踪而深受打击、心力交瘁。

“你们是？”阮俊熙的母亲问。

“阿姨您好，我们是跟阮俊熙一起在明德补习的同学。”杭一说。

“你们知道阮俊熙去哪儿了吗？”

“抱歉，我们不知道，但我们正是为这件事而来的，看有没有能帮上忙的地方。”

阮俊熙母亲的目光黯淡下来，轻叹了一声，说道：“请进吧。”

杭一四人坐在客厅的沙发上，从阮俊熙母亲的口中得知，阮俊熙的父亲自从儿子失踪后，几乎家都没回，每天和一些亲戚在本市以及周边城市漫无目的地寻找。但是两天过去了，别说找到人，连相关的信息都没问到一丝一毫。

杭一他们心中也很沉重。井小冉问道：“阿姨，您是什么时候发现阮俊熙失踪的？”

“前天早上，我打开他卧室的门，就发现他不见了。”

“他失踪前的那天晚上在做什么？有没有什么特别的举动？”孙雨辰问。

阮俊熙的母亲悲伤地摇着头说：“我和他爸都想不起他有什么反常的地方。他跟往常一样，吃完饭之后洗了个澡，就回自己房间了。我们以为他像平常那样在房间里看书或上网，就没去打扰他。没想到，第二天一早就发现他失踪了……”说着，眼泪又掉了下来。

“你们报警了吧？”井小冉问。

“当然。”

“警察直到现在也没寻找到任何踪迹？”

“怪就怪在这里。警察把小区和附近几条街的监控录像调出来看了，都没看到他出现在画面中，也没发现进出过什么可疑的人。他就像在空气中蒸发了一样。”阮俊熙的母亲抽泣得更加厉害了，“怎么会有这样的怪事？”

杭一埋头思忖了片刻，问道：“阿姨，您是早上几点发现阮俊熙不见的？”

“八点半左右。”

“您当时怎么知道阮俊熙一定是失踪呢？他有可能出去晨跑，或者吃早餐什么的呀。”

“不会的，阮俊熙没有晨跑的习惯，早餐也都是在家里吃。”

“就算是这样，您也不至于立刻认定他是失踪吧？他也有可能自己起床，然后出门去做什么吧。毕竟他又不是三岁小孩，有行动自由呀。”

阮俊熙的母亲停止啜泣，表情显得有些僵硬。她紧抿着嘴唇，眼帘低垂。

杭一皱了下眉，意识到这里面可能有什么隐情，说道：“阿姨，我的意思是，您判断他‘失踪’，是因为当时现场有什么迹象能证明这一点吗？”

“不，没有……我们只是打他的手机，发现联系不上，就判断他可能是失踪了。”

她没有说实话。杭一暗忖。怪了，难道这里面有什么不能让我们知道的事情？

“阿姨，其实您完全不必有顾虑。”孙雨辰望着阮俊熙的母亲说，“我们是阮俊熙的同学，也是他的朋友，并不是警察。我们到这里来，也是担心他的安危，想帮忙找到他。所以，您不应该对我们有所隐瞒。”

阮俊熙的母亲张大了嘴，神情显得既惊愕又尴尬：“我不知道你在说什么……我哪里隐瞒了什么事情？”

“您担心我们把这件事传出去，会造成很不好的影响。我向您保证，我们不会这样做的。”孙雨辰说。

“你……你知道我心里在想什么？”阮俊熙的母亲倏地站起来，瞪大眼睛望着孙雨辰。

“希望以此让您相信，我们可能比警察更能帮上忙。”孙雨辰望着她。

阮俊熙的母亲和孙雨辰对视了好几秒，缓缓坐下来，感叹道：“这到底……为什么会出现这么多怪事？”

“先说说那天早上您看到的怪事吧。”孙雨辰再一次强调，“请相信，我们真的只是想帮您找到儿子。”

阮俊熙的母亲迟疑了片刻，也许是真的寄希望于这几个年轻人，她终于开口道：“好吧，我把实情告诉你们。这件事……我连警察都没说。”

杭一他们专注地望着她。

“前天早上，我在卧室门口叫阮俊熙起床，他没有回应。于是，我推开房门……结果，我看到……”她打了个冷战，不敢说下去了。

杭一几人紧张起来。孙雨辰问：“看到了什么？”

过了好一会儿，她才颤抖着说：“地板上、桌子上……全是动物的尸体。准确地说，是被肢解后的动物尸体。”

四、回不回学校

SUPER TABOO GAME

井小冉和裴裴捂住了嘴，吓得脸色苍白。杭一和孙雨辰也感到毛骨悚然。过了好一阵，杭一问道：“是些什么动物？”

阮俊熙的母亲恐惧地说：“狗、猫、兔子、蜥蜴、蛇，还有蟾蜍和蝎子。”她抽搐了一下，双手捂住嘴，似乎要呕吐出来了，“天哪，别逼我去回想那个画面。”

杭一强忍住胃部和心里的不适，问道：“您说这些动物，都被肢解了？”

“是的，它们有的被砍下了脑袋，有的被卸下了四肢，还有的……就像是被活活咬死的。”

“被……什么咬死的？”杭一拧着眉头问，心里产生了一些恐惧的猜想。

“不知道。”阮俊熙的母亲害怕地摇着头，“那场面太恐怖了，我不敢细看。”

“也就是说，当您推开门的时候，阮俊熙不在里面，房间里只有这些被肢解的动物？”孙雨辰问。

“是的。当时我吓得手足无措，立刻意识到出事了。本想立刻报警，但是和丈夫商量了一下，还是决定向警察隐瞒动物被肢解的事，只告诉他们儿子失踪了。”

“为什么？”

阮俊熙的母亲咬了下嘴唇，艰难地说：“我们担心……警察会认为是阮俊熙肢解了这些动物。如果这件事传出去，人们一定会认为我儿子是一个心理变态并且极度危险的人物。我们不希望造成这样的恶劣影响。”

可怜天下父母心。杭一能理解他们这样做的原因，但他必须指出：“可是，以您说的来看，做这些事的……只可能是阮俊熙呀。”

“不，不可能！”阮俊熙的母亲坚决地说道，“我儿子是一个正直、善良的人！他从小生活在幸福美满的家庭里，我们给予他正面、良好的教育。他长得高大、英俊，拥有他想要的一切——这样一个充满朝气的年轻人，有什么理由心理不正常？虽然我不知道这到底是怎么回事，但我坚信，这件事背后一定有什么原因！我儿子肯定不会做出这种事情来！”

杭一他们必须承认，阮俊熙的母亲说得有道理，并不是母亲在盲目地袒护儿子。确实，阮俊熙各方面都很优秀，这也是老师选他当13班临时班长的原因。“旧神”降临那一天，也只有他一个人敢站出来质疑和反对，虽然最后被“旧神”的威胁震慑了下去，但这份勇气和正义感，已经十分令人钦佩了。

沉默了一阵，孙雨辰问道：“为了隐瞒这件事，你们处理了这些动物尸体？”

“是的，我和他爸爸花了一上午的时间，把那些可怕的动物残肢装在了塑料袋里，房间也彻底打扫干净了。我们开车出去，把这些塑料袋丢进了不同的垃圾箱内，然后才报了警。”

听起来简直像是销毁犯罪现场。杭一没有把心里的话说出来，只是问道：“你们有没有想过一个问题，这些动物尸体是从哪儿来的？”

“不知道，这完全是个谜。”阮俊熙的母亲说，“首先，我们家没有养动物，而我们也没有发现阮俊熙把任何动物带回家。况且那么多动物，不管是死是活，他的房间里也不可能藏得下。”

“您的意思是，这些动物或者说动物的尸体——就像是突然冒出来的一样？”孙雨辰问。

“是的，我感觉就是这样。”

“现在问题的关键是，这些被肢解的动物，和阮俊熙神秘失踪之间到底有何联系？”杭一提出疑问。

阮俊熙的母亲又哭了起来：“这个问题困扰了我两天，我一直都在思考，但是百思不得其解。如果你们能帮我找到答案——更重要的是，帮我找到我儿子，我一定会好好感谢你们！另外，我告诉你们的事情，请你们千万不要说出去！”

“我们保证不说。”杭一说，“阿姨，我们答应您，一定尽最大的努力寻找阮俊熙。”

离开阮俊熙的家，尽管走在和煦的阳光下，井小冉和裴裴仍然觉得浑身发冷。杭一和孙雨辰也是心事重重、眉头紧蹙。

这件事真是太奇怪了。很明显，他们不可能仅仅通过猜测和想象，就能弄清这一切到底是怎么回事。

走出阮俊熙居住的小区，杭一停下脚步说道：“我觉得……肯定是有人在暗中搞鬼。”

“可是，暂且不说这个人是谁。他（她）的动机是什么？如果是为了赢得这场竞争的话，‘升级’就行了。为什么要搞出这些匪夷所思的事情？”井小冉费解地说。

“说明这件事不是这么简单，背后肯定有着什么深层次的原因。”杭一若有所思地说。

“我们现在该怎么办？”井小冉说，“除了阮俊熙之外，还有五个人，我们要分别去他们家了解情况吗？”

孙雨辰叹息道：“仅仅是阮俊熙的事，已经让我们完全摸不着头脑了。要是再去那五个人的家里，可能只会让我们陷入更深的迷茫。”

“而且我想说，我只知道阮俊熙的住址。另外五个人，我可不知道他们住哪儿。”裴裴说。

杭一思索了一会儿：“明天我们不是要去临时租借的琮州大学教学楼上课吗？”

“按道理是，怎么了？”孙雨辰问。

“这件事肯定是13班的谁在搞鬼，但我们没法挨个去调查。”杭一对孙雨辰说，“但明天正好是个机会，13班的人聚集在一起，你可以暗中用读心术探知大家心里的想法，说不定能把这个人揪出来！”

孙雨辰犹豫地说：“主意是不错……但是，我们真的还能继续补习吗？13班的人聚集在一起，可是非常危险的事情呀。”

“没错，如果有人暗中出手，我们会连这个人是谁都分辨不出来。”井小冉担心地说。

“我明白。但是，难道你们还能想出更好的办法？”杭一无奈道。

“我觉得咱们还是先回去，跟陆华、韩枫他们商量一下再说吧。”孙雨辰说。

“也行。”杭一点头。

就在他们准备起步前行的时候，身后突然冒出一个女生的声音——

“你们明天绝对不能去琮州大学！”

几个人吃了一惊，一起回过头来，看到了一张熟悉的面孔。谁都不知道她是何时站在他们身后的。而且很显然，她听到了他们刚才的谈话。

这个人是他们班的同学——刘雨嘉（女30号）。

五、预知未来

SUPER TABOO GAME

杭一他们惊讶地望向刘雨嘉——一个眉目清秀的年轻女孩。孙雨辰问道："你是什么时候站在我们背后的？"

"就是刚才。"刘雨嘉解释道，"你们聊得太专注了，才没注意到我。"

"你怎么会在这里？是恰好碰到我们的吗？"井小冉问。

"不，我就是来找你们的。"刘雨嘉说。

"来这里找我们？"井小冉诧异地说，"阮俊熙住的小区门口？你知道我们会来这儿？"

"阮俊熙住在这里？这我倒是不知道。但我知道你们四个人今天上午会来这条街。"刘雨嘉说。

杭一和三个同伴对视了一眼，望着刘雨嘉："能解释一下吗？"

"当然。我来找你们，就是准备坦诚地告诉你们一些事情。"刘雨嘉道，"不妨直说了吧——我的能力是'预知'。"

孙雨辰说："你能预知即将发生的事？"

刘雨嘉点了下头："没错。但是，可能因为我的能力现在只有一级，所以我只能预知二十四小时内发生的事。"

目前为止，这是第一个刚见面就爽爽快快说出自己超能力的人。杭一他们一时竟有些不知所措。呆了一阵，井小冉问道：“刘雨嘉，你刚才说，叫我们明天别去补习？”

“是的。”刘雨嘉说，“裴裴不是通知大家，明天去琮州大学的临时校舍上课吗？但我要告诉你们——千万别去。”

裴裴蹙了下眉头：“刘雨嘉，你这么说是什么意思？难道你觉得我……”

“不不不，”刘雨嘉赶紧摆手，不等裴裴说完就解释道，“完全不关你的事，裴裴。你只是受聂老师所托，负责通知我们，这我知道。”

“这么说，你要我们别去琮州大学，是因为你预知到了明天会发生什么事？”杭一说。

刘雨嘉咬了下嘴唇，说道：“是的。今天早上我才预知到的。”

“会发生什么？”

“非常不好的事。”

“能说具体些吗？”

“咱们别站在大街上说，好吗？”

“好的。”杭一正想把这件事告诉陆华他们，“去我们的大本营吧。”

刘雨嘉点了点头。但她似乎突然感应到了什么，扭头望向街对面停着的一辆白色宝马车。

“怎么了？”杭一问。

“也许我该去提醒一下那辆车的车主。”说着，刘雨嘉朝宝马车走去。杭一四人感到好奇，跟了上去。

刘雨嘉轻轻敲了敲车窗玻璃，玻璃降下后，正在打电话的年轻男人问道：“有事吗？”

“请把车子开走好吗？不要停在这里。”刘雨嘉说。

年轻男人上下打量了一下这个比他更年轻的女孩，用讥讽的口吻说道：“你是交警吗？”

“不是。我只是善意地提醒你——如果你能把车往前开哪怕十米，你和你的女朋友一会儿就不会受伤了。”刘雨嘉说。

年轻男人惊愕地张大嘴：“受伤？什么意思？你是在威胁我？”

“不，我是为你们好。”刘雨嘉显得有些着急了，“我没法解释，希望你听我的建议，好吗？”

年轻男人望了她几秒，一边摇头，一边将车窗玻璃升起，继续打电话，不再理她。

刘雨嘉叹了口气，对杭一他们说：“好了，我已经做了我该做的。咱们走吧。”

杭一好奇地问：“如果他继续把车停在这里等人，会发生什么事？”

“你们马上就会知道了。”刘雨嘉说，“不过我们最好到街对面去，离这辆车远些。”

走过街，杭一他们多少有些紧张不安，刘雨嘉把头转到一边，手托着下巴，似乎不愿看到即将发生的事情。

过了一会儿，一个戴着墨镜、穿着时髦的女人走到刚才那辆宝马车旁边。她拉开车门，坐到副驾驶的位置。透过玻璃窗，隐约能看见她和刚才那个年轻男人在交谈。车子并没有马上发动。

“糟糕！”刘雨嘉像是突然悟出了什么，“这个男人本来应该接到他女朋友就驾车离开的。他们之所以没有马上走，也许就是在谈论刚才我警告他的事！”

杭一等人还没反应过来她说的是什么意思，就看见从后面开来了一辆红色别克车。这辆车开到宝马车旁边的时候，前方突然快速驶来一辆十分高档的银色宾利。别克车的驾驶者可能是个新手，也可能是害怕和宾利发生刮擦，为了躲避，它朝右边转去，却因为方向盘打过了头，猛地撞向了停在路边的宝马车。

站在街对面的杭一等人眼睁睁地看着这起车祸发生，惊骇得合不拢嘴。他们望向刘雨嘉：“你在几分钟前预知到了这起车祸？”

“是的，但那个男人没有听我的劝告。”刘雨嘉难过地说，“不过，我怀疑正是因为我去警告了他，才导致这一切发生……”她按住额头，悲哀地说，“也许，所有事情都是上天注定的。就算我能预知到一些事情，却无法改变其结果。甚至就连‘我预知到这件事’，也是命运轨道中的一环。”

刘雨嘉说的这番话，值得好好琢磨一番。杭一等人看着撞在一起的两辆车，再想起她之前说的“明天千万别去琮州大学”，心中阵阵发寒。

“我们是不是应该打急救电话？”井小冉望着车祸现场说。

“不用担心，车主应该已经打了。”刘雨嘉又将接下来会发生的事说出来，“这两辆车上的人都只是受了伤，没有生命危险。交警来了之后他们还会发生争吵。我们没必要再看下去了。”

“走吧。”杭一说。

刘雨嘉却迟疑起来，说道：“经过刚才那件事，我突然觉得……也许我来警告你们，是毫无意义的。甚至反而会促成这件事发生……”她摇着头说，“我隐约觉得，刚才发生的这件事情是在提示我，不要试图改变未来。”

杭一望着她说：“刘雨嘉，不管怎么样，我相信你专程跑来提醒我们，是出于善意。你坦诚地把自己的超能力告诉我们，也令我非常感动。所以，不管结果能否改变，你都应该把预感到的事情告诉我们，起码让我们有些心理准备也好呀。”

“是啊，如果未来真是不可改变的，就让我们勇敢地面对吧。”孙雨辰说。

“欢迎你加入我们的‘守护者同盟’。”井小冉拉住刘雨嘉的手，微笑着说。

刘雨嘉望着眼前的四个人，脸颊微微泛红，默默点了点头。

六、无法逃脱的预言

SUPER TABOO GAME

回到大本营后，杭一把在阮俊熙家获知的信息告诉了伙伴们。除了感到震惊，没人能参透其中的奥秘。最后大家一致认为，这件事情既然理不出头绪来，只能暂时放在一边，目前最应该关心的，就是刘雨嘉对明天的预感了。

刘雨嘉现在坐在沙发中间，屋内的人都注视着她，无形中形成了一定的压力。井小冉感觉到了这一点，抓着她的手说："没关系，你把预感到的事情如实告诉我们就行了，然后我们再一起想办法应对。"

刘雨嘉深吸了一口气，皱着眉说："其实我来找你们，有两个原因：一是提醒你们，明天一定会发生不好的事；另一个原因是这个预感令我感到非常困惑。"

"为什么？"杭一问。

"怎么说呢，这非常奇怪。以往，我的超能力都能够准确预知即将发生的事情——比如起先那起车祸。但是，唯独这件事情不行。关于明天在琮州大学发生的事，我无法清晰、完整地预知，只能捕捉到其中一些片段。举个例子来说——就像一场电影，我只能看到前半段，后半段却因为放映机故障而被迫停止了。"

"这种状况是头一次发生吗？"陆华问。

“是的。”

裴裴想起了自己：“我也是这样。以往都能准确感应到任何数字信息，却偏偏在阮俊熙他们失踪这件事情上失灵了。”

“暂且不提失踪事件。”韩枫说，“刘雨嘉，你把你预感到的事情告诉我们吧，哪怕只有一部分。”

刘雨嘉说：“好吧，我把整个过程告诉你们。今天早上，我接到裴裴打来的电话，告诉我明天去琮州大学上课的事。然后，我就试图用超能力预知明天会发生的事，想判断一下是否安全。

“我的超能力‘预知’的运用方法是——当我想要预知关于某人或某地即将发生的事情时，就在心里默想那个人或那个地方，渐渐地脑子里就会出现与之相关的一些画面；如果我不去刻意想什么，预知到的就是身边即将发生的事——就像刚才的车祸。

“当我默想琮州大学，几分钟后，一些画面浮现了出来。我看到明德外语培训中心的一些同学——各个班的——从校门进入琮州大学。13班的一些人也陆续来了。其中就有杭一、陆华、韩枫和孙雨辰。”

“只有他们四个？”井小冉好奇地问，“我和裴裴没去？”

“不，你们接着也来了。对了，还有季凯瑞。”刘雨嘉望了站在一旁的季凯瑞一眼，“你也来了。”

“你自己呢？”裴裴问。

“也去了。”

“这么说，现在在场的人明天都去了琮州大学。”韩枫好奇地问，“接着发生了什么事？”

“我们站在大学门口，似乎在聊什么——我的‘预知’只能看到画面，谈话的内容无法得知。”说到这里，刘雨嘉打了个冷战，脸色苍白，“不久之后，发生了非常糟糕的事。”

“什么事？”韩枫问。

“我不知道。”

“不知道？你的意思是，你并没有看到具体发生了什么事？”韩枫说，“那你怎么知道是糟糕的事？”

“因为……我虽然没看到发生了什么事，却看到了你们每个人脸上的表情，你们显得非常惊恐、慌乱，然后一些人朝学院内部冲了过去……”刘雨嘉惶惑地说，“然后不知道为什么，画面突然中断了。我预知到的就只有这些。我后来又试了好几次，都是如此。”

刘雨嘉描述的画面让在场的人感到不寒而栗——未知的事物是最恐怖的。但她的预知却偏偏只能到这里，这实在是令人不安到了极点。

客厅内沉默了一刻。杭一说道：“你有没有想过，为什么你无法看到之后发生的事情？”

“我要是知道就好了。”刘雨嘉说，“这正是我困惑的地方。”

“也许接下来发生的事情非常离奇，已经超越了你的能力范畴？”米小路猜测道。

刘雨嘉摇头：“不知道。但有一点可以肯定——明天一定会发生什么大事，而且是非常不好的事。当我意识到这一点后，再也无法保持镇静。我用超能力预知杭一今天会做什么事，看到你们出现在了白岩路（阮俊熙家所在的街道）。所以赶过来，想把这一切告诉你们，事情的经过就是这样。”

“我明白了。”杭一说，“你认为，如果阻止我们去琮州大学的话，有可能会改变这件事的结果？”

“可是，有什么证据表明，明天发生的事跟我们几个人有关系呢？”韩枫指出，“就算我们不去，‘这件事’也未必就不会发生呀。”

“是的。所以我告诉你们，只是觉得如果你们明天不去琮州大学的话，或许能躲过这一劫。”刘雨嘉说，“我不能眼睁睁地看着你们陷入险境。”

“谢谢你提醒我们。”杭一感激地说，“可是……班上的其他人怎么办？”

刘雨嘉无奈地说：“我不知道，我没法挨个说服每一个人不去补习。”

沉默了一阵。韩枫摊开手问大家：“怎么办，我们明天到底去不去琮州大学？”

杭一想了想，问道：“辛娜，你要去吗？”

“我有什么理由不去呢？”辛娜无奈地说，“我刚才已经收到我们老师群发的短信了。杭一，我不是13班的人，应该没事吧？”

“话可不能这么说，上次发生的地震，可是整个明德的人都被波及了。还有谭瑞希设计绑架你的事，你忘了吗？辛娜，你现在已经是我们这边的人了，就有可能成为被袭击的目标。”杭一又望向米小路，“你也是，小米。13班的好些人都知道，‘旧神’降临那天，你在我们班上课。他们清楚你也是超能力者，会把你当成竞争者的。”

“我明白。”米小路点头道，“我可以不去，但我想总有一些人会去补习的。肯定有人会利用这个机会，再次出手。”

“没错。”季凯瑞冷静地分析道，“而且，上一次的地震没能杀死任何人，袭击者一定会总结经验，避免再次失手。这次的袭击，必定会经过精心设计，就算不能将13班的人一网打尽，也能狙杀数人。”

杭一意识到了问题的严重性，他不再迟疑了，说道：“我决定了，我明天要去琮州大学。”

米小路着急道：“你知道明天一定会出事还要去，不是摆明了送死吗？”

“不，我不打算去上课。”杭一说出自己的计划，“我准备守在大学门口，告诉我们班的人，有人会实施恐怖袭击——阻止他们进入学校。”

“他们会听劝告吗？”辛娜说。

“只能尽力了，相信很多人还是会有所顾忌的。”杭一说。

“看来只能这样了。”孙雨辰说，“我们不能不管其他同学的安危，必须警告他们。杭一，我跟你一起去。”

“我也去，多一个人多一分说服力。”井小冉说。

“不如我们大家都去吧。”韩枫提议，“要是真出了什么事，互相也好有个照应。”

“我同意。”裴裴说。

“等等……”陆华额角流下一滴汗珠，“不是我自私，不管班上的其他人。但是，难道你们没发现吗？你们准备做的事，正好符合刘雨嘉的预言呀！”

杭一他们一愣，这才发现事情果然在自然而然地朝这个方向发展。

“刘雨嘉在预知画面中看到，我们全都去了学校，并且站在校门口说着什么。现在看来，显然就是杭一提议的——劝服班上同学不要进入学校。接着没过多久就出事了……”陆华惶恐地说，“我们真的要一步一步按照这个‘轨道’走下去吗？这注定要遭遇危险呀！”

“我明白你的担忧，陆华。”杭一说，“但是我们既然知道了这件事，就不可能什么都不做，对吗？”

陆华张了张嘴，无话可说。孙雨辰深吸了一口气，望着刘雨嘉说：“对不起，刘雨嘉，我绝不是针对你。但是现在看来，如果你不来告诉我们明天会出事，也许我们根本不会去补习。反而知道这件事之后，我们倒变得义无反顾、非去不可了。这实在是非常讽刺的一件事。”

“是的，本来我是想劝阻你们别去，结果反倒促成了这件事。就跟之前那起车祸一样……”刘雨嘉颤抖地说，“我真的非常后悔来找你们！”

杭一对刘雨嘉说：“不，你不用自责，你的提醒肯定是有意义的。起码我们明天会做好充分准备，并十分小心谨慎。况且……”他望着大家，“我不相信未来真的无法改变。”

七、凭空消失的人

SUPER TABOO GAME

杭一不打算告诉任何人，昨天晚上他失眠了，但起床后的倦容和黑眼圈暴露了这一点。韩枫早上看到他的第一眼就问：“杭一，你担心得睡不着觉？”

“没……没有啊。”杭一强打起精神，睁开眼睛。

“别装了，你自己去照照镜子，都成熊猫眼了。”韩枫嗤笑道。

杭一望着他：“难道你就一点儿都不担心？”

“是福不是祸，是祸躲不过。”韩枫不以为然地从冰箱里拿出一盒牛奶，“有什么好担心的？”

“韩枫说的不是真心话。”孙雨辰从楼上下来，对杭一说，“相信我。”

“你又擅自使用读心术？”韩枫恼火地说。

“没有，绝对没有。”孙雨辰摆着双手说，“不过现在已经试出来了。”

陆华和米小路也从楼上下来了（住在大本营的仍然只有他们五个男生）。他们显然也没休息好，忧虑和不安明明白白地写在脸上。“我考虑了一晚上，如果我们现在改变主意——不去琮州大学的话，还来得及。”陆华说。

“这真不值得考虑一晚上。”杭一摇头。

陆华走到杭一身边，说道：“我们明知道前面是陷阱、悬崖，却偏偏要往下跳。这样做明智吗，杭一？”

“确实不明智。但我们明知道有陷阱、悬崖，却不设法阻止他人往下跳，能安心吗？”杭一说。

陆华叹了口气，说道：“我就知道命运是无法改变的。”

杭一望着他说：“别这么悲观，陆华。命运能不能改变，暂且不谈。但今天即将发生的事，我认为是完全可以避免的！按照刘雨嘉的预言，我们到学校门口不久，校内就出事了。既然已经知道了这一点，我们只要阻止班上的同学进入学校，袭击者又能对谁下手呢？”

“我们劝阻班上的人进校，或许真的能避免‘校内惨案’。但是如果袭击者索性在校门口展开攻击，结果不是一样吗？”

“到时候我们把身边的人盯紧些。我不相信众目睽睽之下，真的有人敢出手。”杭一对米小路说，“况且小米的超能力能发现具有杀意的人。如果有人意图不轨，我们立刻制伏他！”

“我的读心术应该也能发挥作用。”孙雨辰说，“陆华，你也要随时做好准备，用防御壁保护身边的人。我们的特训该派上用场了。”

“你们最好别聊天了。”韩枫看了下时间，“快六点半了，我们得比其他人先到才行。”

几个人匆匆拿了几片面包，边吃边乘电梯下楼。杭一的小挎包里装着充满了电的PSV游戏机。他们打了两辆出租车，直奔琮州大学。

到达校门口的时候，是七点钟——距离七点半的上课时间还有半小时。此时，清晨的雾气还没有完全散去，琮州大学的校门似乎才打开不久，只有零零散散的大学生进入校园，没有看到任何一个明德的同学。

韩枫注意到校门口立着一块指示牌，招呼大家过去看。这块牌子上标明了明德暂时租借的教学楼所在地，并详细注明了每个班的人被安排在哪间教室。几个人看了一阵，陆华说道：“琮州大学的负责人真是贴心，可能害怕我们不熟悉校园，会在里面迷路，特意把距离校门最近的一栋教学楼腾给了我们。”

米小路指着斜前方一栋漂亮的教学楼说：“就是这栋楼。”

“13班的人被安排在一楼113教室。”杭一望过去，一楼的教室都没开灯，显然还没有任何人入内。

孙雨辰吐了口气：“看来我们确实是来得最早的。”

“刘雨嘉来了。”韩枫说。

刘雨嘉走到杭一他们身边，脸色既憔悴又苍白——她的状态不仅是没休息好那么简单，根本就像是一只惊弓之鸟。“我今天早上起床后，心脏就一直狂跳，慢不下来。”她惧怕地说，“可我还是预感不到一会儿会出什么事，但肯定是非常糟糕的事……”

“好了，刘雨嘉，别再自己吓唬自己了。”杭一对她说，“不管发生什么事——我们这么多人在一起，肯定会保护你的。陆华的能力是‘防御’，能抵御所有类型的攻击，放心吧。”

刘雨嘉望了陆华一眼，依旧不安地说：“可是……万一我们的超能力在这次袭击面前，都派不上用场呢？”

“这怎么可能？”杭一愕然道，“我不相信有谁的超能力会这么强。”

“刘雨嘉，这是你的预感，还仅仅是猜测？”孙雨辰注视着她。

刘雨嘉紧抿着嘴唇，没有说话。似乎她自己也无法做出准确的判断。在极度紧张不安的状况下，超能力是会受到影响的。孙雨辰清楚这一点，不再追问了。

这时，井小冉和裴裴从前方走过来，和杭一他们会合。

明德其他班的同学也陆陆续续来了。杭一等人站在校门口，目不转睛地盯着越来越多朝学校走来的人，搜寻着13班的人。

不一会儿，辛娜来了。刘雨嘉的身体微微颤抖起来。孙雨辰实在是忍不住，就使用了读心术，探听到刘雨嘉内心的声音——和我“看到”的画面一模一样，每个人来的顺序都完全一样……接下来，是季凯瑞。

果然，两分钟后，季凯瑞也从另一边来到了琮州大学的校门口。他看见杭一他们，问道：“怎么，13班的人就只来了我们几个？”

“目前是。”杭一回答。

辛娜望了望周围，说道：“一切风平浪静，看不出来有什么陷阱或危险呀。”

“你最好别掉以轻心，辛娜。”季凯瑞提醒道，“时刻保持警惕。我已经嗅到一丝危险的气息了。”

杭一一愣：“什么意思？”

“只是直觉而已。”季凯瑞盯着一边说，“我们班的其他人来了。”

大家朝那个方向望去，看见赫连柯（男6号，能力“强化”）从一辆的士上下来。同时，魏薇（女21号，能力“密度”）和雷傲（男15号，能力“气流”）也从前面的公交车上下来，一起朝校门口走来。

雷傲是一个身材不高，但是长得英气勃勃的小帅哥。平时喜欢耍酷的他很有女人缘。今天，他仍像往常一样穿得潮味儿十足，LEVI'S斜挎包随意地甩在身后，双手插在G-STAR修身七分裤的裤袋里，看上去神采奕奕。他朝杭一等人走过来，问道：“咦，你们怎么都站在校门口？”

等赫连柯和魏薇也靠拢过来后，杭一说道：“刘雨嘉预感到今天会有人发动袭击，我们最好别去教室。”

赫连柯和魏薇不易察觉地对视了一下。

“这是你的超能力吗？”雷傲好奇地问刘雨嘉，“你能预知即将发生的事？”

“是的。”刘雨嘉承认。

“所以，你们是专门在这里劝说我们班的人别去上课？”

“对，为了避免受到攻击。”杭一说。

“到底会发生什么事？”魏薇试探着问。

“不知道，但肯定不是好事。”刘雨嘉说。

这时，又有两个13班的人走过来了——卢平（男7号，能力“沟通”）和倪娅楠（女38号，能力“记忆”）。杭一简单地把情况告诉了他们。卢平显然迟疑起来，但倪娅楠却表示难以置信。

“我并不是不信任你，”倪娅楠对刘雨嘉说，“但是仅凭一个模糊不清的预感，就要所有人停止补习，这未免太荒唐了。”

“荒唐吗？”刘雨嘉说，“我们又不是没有经历过这样的事。上次的地震……”

“地震时不时就会有的，总不能因为这个原因就因噎废食吧？”倪娅楠说。

井小冉难以置信地说道：“倪娅楠，你不会认为上次的地震是普通的自然灾难吧？”

倪娅楠紧绷着嘴唇，过了几秒，说道：“我不想探讨这个问题了。总之，我不能因为‘旧神’、‘竞争’什么的放弃我的未来。我要努力学习英语，通过托福考试，然后出国留学。我为之付出的一切，不能付诸东流。”

说着，她就要朝校内走去。杭一着急地拉住她，说道：“倪娅楠，你怎么不在状况中呀？如果连生命都失去了，还谈什么未来？有什么是比生命更重要的吗？”

倪娅楠停下脚步，头却没有转过来。半晌后，她低沉地说道：“是的，对于我来说，的确有比生命更重要的东西。”

杭一不知道该说什么好了，觉得跟她完全没法交流。但他仍然抓住倪娅楠的手，不让她进入校内。

这时，一个熟悉的声音在他们身后响起：“咦，你们怎么都在门口不进去呀？”

大家回头一看，是负责13班教学的聂老师。他五十多岁，头发花白而稀疏，平日既和蔼又严格，深受同学们爱戴。显然直到现在他也不知道“旧神”降临的事。

此刻，聂老师盯着众人，却没人知道该怎么跟他解释。裴裴尴尬地说道：“聂老师，我们一会儿就进去。”

聂老师看了一眼手表：“还有十分钟就上课了，还等什么？现在就进去，做好上课准备。”

杭一不知如何是好，这件事情不是三言两语能解释清楚的。就在他感到为难的时候，平时寡言少语的卢平走到聂老师跟前，说道：“聂老师，我们在这里等班上的其他人，告诉他们教室的方向。您先去办公室好吗？我们一会儿就进来。”

他的话平淡无奇，也没有充分的说服力，却似乎具有某种魔力。聂老师待了几秒，说道：“好吧。”转身进校了。

赫连柯默默注视着卢平，似乎意识到了什么。

大家望着聂老师背影的时候，倪娅楠挣脱杭一的手，固执地朝教学楼走去。

“啊，倪娅楠……”杭一还想劝阻她，韩枫按住他的肩膀，说道：“算了，由她吧。反正教室现在没人，她不会遇到什么危险的。”

杭一叹了口气：“好吧，我们尽量劝说其他人别去教室。”

“嘿嘿，正好。”雷傲双手背在脑后，笑道，“我本来就是来看看情况的，没打算真的上课。”

“13班的其他人，不会都不来了吧？”孙雨辰看了下手表，还有几分钟就到上课时间了，“他们可真够谨慎的。”

辛娜对杭一说："要上课了，我到19班去了。"

"辛娜，万一一会儿真的出事了怎么办？"杭一不同意。

辛娜撇了撇嘴："可是看样子，没有什么不妥呀。"

"不……"刘雨嘉忽然剧烈地摇头，脸白得像一张纸，汗如雨下，"马上就要出事了……我感觉到了！不会错的！"

大家茫然地对视在一起。突然，一声刺耳的尖叫声从前方113教室传来。众人心中一惊，他们都听出来了，这是倪娅楠的声音。

杭一的眼睛倏地瞪大，惊恐地说："倪娅楠真的遇到袭击了？"

"可是，我们一直守在这里，根本就没看到有人进入113教室呀！"韩枫慌乱地说。

"我们大意了！"孙雨辰喊道，"也许袭击者之前早就埋伏在教室中了！"

杭一愣了两秒，说道："我们必须去救倪娅楠！"

"等等，杭一哥，你并不知道她遇到的是什么危险，别贸然前去！"米小路拉住杭一。

"没关系，我和陆华一起去！"杭一说，"小米，你就待在校门口！"

"我也跟你们一起去！"孙雨辰说。

"别忘了我。"季凯瑞说。韩枫也站了过来。

"不，我们走后，只有你们具有战斗能力了！你们要留在这里，保护好辛娜和其他人，别中了调虎离山之计！"杭一并没有丧失冷静的判断力，他对季凯瑞和韩枫说，"如果我们应付不过来，你们再来帮我们！"

季凯瑞和韩枫对视一眼，答应下来："好吧。"

杭一、孙雨辰和陆华朝教学楼跑去。赫连柯和魏薇交换了一个眼色，赫连柯低声说道："跟去看看，到底是怎么回事。"

刘雨嘉浑身颤抖，犹豫不决，虽然无比恐慌，但她实在是太想知道，她无论如何都无法"预知"到的，究竟是什么怪事。她不顾井小冉的阻拦，也朝教学楼跑去。

卢平刚才为了劝说聂老师，暗暗运用了超能力"沟通"。本来内向拘谨的他，此刻变成了另一个人。看见刘雨嘉和魏薇这些女生都不惧危险，他也跟了上去。

"真是有趣，这种事情怎么能少得了我呢？"雷傲兴奋地说，一阵风似的奔过去了。

留在原地的，只有韩枫、季凯瑞、辛娜、米小路、井小冉和裴裴六人。

杭一、陆华和孙雨辰跑在最前面，靠近113教室的时候，陆华已经提前祭起了圆形防御壁，把他们三个人罩在其中，做好了应对一切攻击的准备。

他们急匆匆地跑到113教室的门口，刚才的尖叫声把隔壁班的同学和老师都吸引了过来，大家站在门口，一脸茫然地朝113教室内张望。杭一他们拨开人群，走进教室，却惊愕地发现，教室内空无一人，根本不见倪娅楠的踪影，也看不出有任何危险和埋伏。他们在教室内寻找倪娅楠，呼喊她的名字，却得不到任何回应。

赫连柯、魏薇、刘雨嘉、卢平和雷傲也先后赶到了，他们聚在113教室，警惕而紧张地注视着周围——这种平静而诡异的状况是他们无论如何都预想不到的。刚才到底发生了什么事？每个人都是一脸迷茫。

现在教室内一共有八个人，他们聚拢在教室中间。雷傲正想问这到底是怎么回事，突然，教室门像是受到了某种吸力的拉扯，“砰”地一下关闭了。

几个人惊恐地对视在一起，心中暗叫不妙。他们来不及应对，陡然感觉教室中间产生了一股巨大的吸力，把他们八个人一下扯了进去。

几秒钟后，教室外的人战战兢兢地推开门，难以置信地发现，刚才进入113教室的八个人，全都消失无踪了。

八、相对论时空

SUPER TABOO GAME

杭一根本没弄清楚发生了什么事，只感觉自己仿佛被吸卷进了一个巨大的旋涡之中。等他回过神来的时候，发现自己竟然站在一片白茫茫的世界里，周围没有任何东西，只有浩瀚无边的白色，分不清天与地——所幸的是，置身于此的并不只是他一个人，还有刚才聚集在教室中间的几个同学。

“这是什么地方？”陆华迷茫地问道。

“不知道。”杭一看着四周说，“看起来像是另一个世界。”

“另一个世界？我们不会是死了吧？”陆华脸色发白。

“你有没有呼吸和心跳，不会自己感觉一下吗？”孙雨辰朝他们走过来，“我们没这么容易上天堂的。”

“这里看起来也不像天堂。”赫连柯环顾四周，眉头紧蹙，“天堂才不会这么糟糕呢。”

“虽然不是天堂，好歹也不是地狱。”雷傲接着他们的话说，“我们在一个奇妙的空间里，我怀疑这里不是现实世界。”

一起被吸卷进来的八个人都聚拢过来了，每个人都显得迷惑不解。很明显，没有一个人明白刚才发生了什么事。

突然，远处传来一个声音：“啊！你们也到这里来了？”

众人一齐望去，看到一个女生朝他们跑了过来——是最先消失的倪娅楠。

倪娅楠喘着气跑到大家身边，先前还冷若冰霜的她，现在却像见到了失散多年的亲人，激动地跟大家拥抱。她泪流满面地说：“太好了，太好了！终于有人到这里来了……我都快要发疯了！”

“太好了？”魏薇挑起眉毛望着倪娅楠。

“不……”倪娅楠意识到自己说错话了，“我只是，太高兴了，请原谅我的口不择言。你们不知道，我一个人待在这空无一物、苍白沉闷的世界里，快要崩溃了！”

卢平纳闷道：“倪娅楠，我们听到你的尖叫声后就赶了过来，前后也就只隔了一两分钟吧。这里虽然是很压抑，但你也不至于这么快就受不了了吧？”

“什么一两分钟？”倪娅楠惊讶地说，“怎么可能？我感觉自己已经在这里待了很久了！”

大家都为之愕然，杭一问道：“你觉得自己待了多久？”

“不知道，可能……几个小时吧。”倪娅楠说。

“几个小时？怎么可能？”孙雨辰皱着眉说，“错觉吧！”

“不，不可能是错觉。”倪娅楠笃定地说，“最好的证明就是，我现在很饿，但我早上是吃了早饭的。就凭这一点，我估计我在这里已经待了三到四个小时了。”

大家都惊愕地瞪大了眼睛。魏薇指着倪娅楠手腕上的手表说：“为什么要‘估计’？你不是戴着手表吗？”

倪娅楠摇着头说：“我不知道这是什么鬼地方——从我进来之后，手表就停止走动了。”

众人一愣，赶紧看自己手表或手机上显示的时间——果然，所有能显示时间的物品都停止运转了。

“这里的时间……是静止的？”孙雨辰惊异不已。

“恐怕不是时间静止，而是时间流动得相当慢。”赫连柯思忖着说，“从倪娅楠说的来看，似乎是外面的一两分钟，相当于这里的几个小时。”

“世界上有这样的地方吗？”雷傲抓着脑袋问。

大家沉默了一阵。卢平问倪娅楠：“你待在这里的几个小时——如果真有这么久的话——都做了些什么？”

倪娅楠说：“我非常害怕，想寻找出口，离开这鬼地方。但这里宽阔得就像汪洋大海，不管我朝哪个方向走，无论走多久，看到的都是一片无边无际的白色……”她顿了一下，“而且我怀疑，这里并没有真正意义的‘方位’，无论朝哪个方向走，最终都会回到起点——证据就是，我起先一直沿着一个方向走，并未回头，但刚才听到了你们的声音，并很快就找到了你们。”

“也就是说，其实你是在原地绕圈？”刘雨嘉不安地问道。

“差不多就是这个意思。”

魏薇深吸一口气，说道：“这里没有‘时间’，也没有‘方位’，我猜就更没有‘出口’了。这里简直就是一个白色坟墓！”

魏薇的话让大家都感到不寒而栗。杭一见陆华眉头紧锁，似乎在思索着什么，问道：“你在想什么，陆华？”

陆华慢慢抬起头来，说道：“我想起了以前在书上看到过的一些事件，和我们现在的遭遇十分相似。”

“什么事件？”大家望向他。

“1975年，莫斯科地铁里发生了一起不可思议的失踪案。一列地铁列车从白俄罗斯站驶出，只需要十多分钟就能抵达下一站。谁知十分钟内，这辆载满乘客的地铁突然消失得无影无踪了。之后，警察和地铁管理人员对全莫斯科的地铁线展开了地毯式的搜索，但始终没有找到那辆地铁和列车上的几百名乘客，那辆列车和所有乘客就在地铁轨道上神奇地失踪了。”

“你说的是真实事件？”孙雨辰皱着眉头，难以置信地问。

“是的，类似的事件还有很多。”陆华继续说，“1999年7月，中美洲的哥伦比亚有一百多名圣教徒，到阿尔里斯山的山顶去朝拜。这些圣教徒相信1999年8月的一天是‘世界末日’，于是集体上山去祈祷，希望获得上帝的拯救。谁知这伙圣教徒上山以后再也没有下来，全部失踪了。此事惊动了哥伦比亚政府，他们派出了大批警察在阿尔里斯山顶四周进行大面积的搜寻，并出动了直升机。近一个月的时间，整个内华达山脉都被查遍了，但仍不见一点踪影。

“如果这些都只是偶然事件，那么著名的‘魔鬼海域’百慕大三角，那里发生的事情就更令人难以置信了。在那片海域失踪的飞机、船只和人不计其数。没有人知道那些失踪的飞机或船只到哪里去了。”陆华略微停顿了一下，“而且，这些失踪事件有一个共同点，跟我们遇到的状况颇为相似——都是在一瞬间消失无踪的。”

大家都凝视着陆华。杭一问道："你说了这么多，想表达什么意思？"

陆华脸色煞白地说："如果我们遇到的状况和这些失踪事件属同一性质的话……我想我知道我们在什么地方了。"

"什么地方？"大家一起问。

陆华咽了口唾沫："我们在异空间里。"

"异空间？"众人一惊。

杭一问道："什么意思？"

"异空间是存在于正常世界之外的一个神秘场所，也可以叫作异次元空间。"陆华说，"正如我们现在面临的状况——异空间的时间流动速度非常慢，大概外面的一小时等于这里的十年。"

"你怎么知道？"孙雨辰问。

"从科学杂志上看的。"

"你说的是科幻杂志？"

"不，是非常严谨的科学杂志。"陆华强调道，"虽然异次元空间这个概念很多时候都出现在科幻小说、电影中，但科学家们早就得出了结论——异空间确实是存在的。"

"说说看，到底是怎么回事？"雷傲很感兴趣地说，好像并没有为自己正置身其中而发愁。

"根据爱因斯坦在广义相对论和狭义相对论中提及的'四维时空'概念，我们的宇宙是由时间和空间构成的。时空之间的关系，是空间架构上，在普通三维空间的长、宽、高三条轴外又多了一条时间轴，而这条时间轴是一条虚数值的轴……"

"噢，别说这些深奥的东西。"雷傲做出头疼的样子，"说我们听得懂的。"

"好吧，"陆华总结道，"简单地说，异次元空间就是隐藏在现实世界中的'平行宇宙'。这个空间是彻底独立于正常世界之外的，只有在某些非常特殊的情况下，通往异世界的'门'才会打开，现实世界中的人一旦进入这道门……"

说到这里，陆华停了下来，紧咬着嘴唇。杭一问道："怎么了？接着往下说呀。"

陆华闭上双眼，迟疑了许久才继续说道："一旦进入，就被封闭在异空间中，没有任何方法可以离开。"

九、失踪的真相

SUPER TABOO GAME

陆华的话让温度仿佛一下子降了十摄氏度。大家瞠目结舌地望着他，许久后，刘雨嘉才颤抖着说道：“没有任何方式可以离开？意思是我们会被困死在这里？”

“理论上是这样。”陆华艰难地承认道。

“不，这不会是真的。”赫连柯望着陆华，“我不能死在这里。”

“谁也不想死在这里，但现实是，这里没有水和食物，人只要超过七十二小时不摄入水分，就会死。”陆华悲哀地说。

“不可能。”赫连柯剧烈地摇着头，“我一定会找到出口离开这里的。”

“倪娅楠已经试过了，没用的。”

说到倪娅楠，魏薇再也按捺不住了，她冲向倪娅楠，揪起她的衣领，厉声斥责道：“都怪你，坚持要到教室里去！杭一他们明明警告过你，说教室里会有危险，你却一意孤行！结果呢？害得我们这么多人都被困在这个鬼地方！”

起先还固执己见、态度孤傲的倪娅楠，经受了几个小时孤独和恐惧的折磨后，整个人都变了。她流着泪，不停地道歉：“对不起，真的对不起……我没想到会变成这样。”

杭一走过去，把魏薇拉开，说道：“好了，别怪她了。事情已经发生了，还是想想怎么离开这里吧。”

魏薇说：“想什么办法？陆华刚才不是说了吗？没有任何方式可以离开！”

“他说的应该是在‘自然状况’下。但我们遭遇的，毫无疑问是人为的袭击。这是13班的某人用超能力设下的陷阱。这个人心狠手辣，妄图一次性解决我们九个人。”杭一望着众人说，“不过我们也不是普通人，九个超能力者团结在一起，未必不能摆脱困境！”

杭一的话像一针强心剂，给众人注入了希望和活力。雷傲跃跃欲试地说：“没错，就算‘那个人’再厉害，我也不相信他（她）一个人会是我们九个人的对手！”

“正常情况下，可能如此。”陆华悲观地说，“可我们现在已经着了他的道，处于被动和劣势了。”

“所以才更应该冷静下来想办法，而不是说丧气话。”杭一瞪了陆华一眼。

“杭一说得对，我们应该积极地想对策才行。”卢平暗暗运用“沟通”的超能力，对众人说，“现在，我们来仔细分析一下整件事情吧。”

孙雨辰问道：“倪娅楠，你是最先进入教室的，有没有看到教室里有别的人？”

“没有，我到的时候就只有我一个人。”倪娅楠说，“由于是新教室，我不知道应该坐在哪里。想了想，只有按照以前教室中的座位来坐。当我走到教室中间时，突然感觉到一股强大的吸力，我下意识地尖叫了一声，然后就出现在这里了。”

“我们听到你的尖叫声后，就立刻赶往教室。”杭一说，“当我们八个人聚集在教室中间的时候，也被这股引力拉扯进来了。”他思索着，“通过这些情况，我们能不能推测出袭击者的超能力是什么？”

刘雨嘉想了想，说：“如果我们现在真是在‘异空间’里的话，那么这个超能力一定跟‘空间’有关系。”

“我赞同这个说法。”陆华说，“现在我们可以假设一下，这个人能制造出一个‘异空间’，并且可以控制通往异空间的‘通道’。这个通道打开的时候，会产生类似黑洞那样的吸引力，把靠近的人吸入异空间。”他停下来想了一会儿，突然发现了令人振奋的事情，“假如我们把这个通道看作是一扇‘门’的话，那么这个人一定拥有随时打开和关闭这扇门的能力！”

“也就是说，只要他再次打开这扇‘门’，说不定我们就有机会逃出去？”孙雨辰试探地问。

“对！正如杭一所说，由于这是一起人为事件，所以我们也许真的有办法离开这里！”

就在大家感到振奋的时候，魏薇却冷言道：“我劝你们别高兴得太早。虽然表面看起来有了一线希望，但是，袭击我们的人既然布下陷阱将我们带入异空间，他（她）又怎么会突发善心，把‘门’打开让我们出去呢？无论怎么看，我都不觉得他（她）是在跟我们闹着玩儿。”

“不管怎么说，有一线希望总是好事。”杭一说，“不过，说到布下陷阱……我们并没有看到教室里有人呀。超能力者不可能在距离太远时使用他的超能力……这么说，这个人当时一定躲在附近。”

“可在我们跑过来的过程中，并没有看到我们班的人，113教室又在走廊的尽头——他（她）会藏在哪里呢？”孙雨辰疑惑地说。

“我觉得现在探讨这个问题没有太大的意义。”赫连柯说，“我们就算知道了这个人是谁，现在也拿他（她）没办法，不是吗？还是说些有用的吧。”

“嗯……我在想，”刘雨嘉蹙着眉头说，“为什么在我们之后，就再也没人进来了呢？”

她的话让大家为之一愣，旋即，陆华说道：“没错，按道理，我们被吸进这里之后，应该会有人再次进入教室。他们应该也跟我们一样，再次中计才对。为什么没有后续者了呢？”

杭一想了想，说：“前面已经有九个人在这间教室里神秘失踪了，大概没有人再敢踏入教室一步了吧。不过这倒是件好事，免得再增加受害者。”

说到这里，他猛然想起了什么，身边的孙雨辰和陆华也想到了，他们惊骇地对视在一起。杭一大叫道：“神秘失踪……我们并不是第一批人！之前阮俊熙他们大概也是这样失踪的！”

卢平等人不知道阮俊熙六人失踪的事，他们吃了一惊：“什么，阮俊熙他们也遭遇了同样的事？”

“现在看来，肯定如此！”杭一说。

陆华算了下时间：“如果外面的一小时相当于这里十年的话，那阮俊熙他们已经失踪三天了……”

“天哪，换算过来，岂不是等于这里的几百年？”孙雨辰的头一阵一阵地发晕，“只怕他们的骨头都化了……”

“不，你忘了裴裴说的话吗？”杭一提醒道，“她说他们还活着，并没有死。”

“对……但裴裴‘感知’不到他们。”孙雨辰说，“现在我明白了，因为他们在异空间里。”

陆华咽了下口水，骇然道：“总不可能，他们现在还活在这里的某处吧？”

十、说出自己的能力

SUPER TABOO GAME

陆华说出的话令人匪夷所思，没等旁人反驳，他自己已经否定了：“不，这太荒唐了，别再探讨这个话题了。”

“好吧，我们说点儿实际的。”卢平说，“我们到底怎么才能离开这里？正如杭一所说的，我们九个人都是超能力者，也许结合我们的力量，能够摆脱困境。”

魏薇注视着卢平：“其实我早就想说了——卢平，你平时默默无闻、沉默寡言，怎么今天感觉像变了个人似的？变得能言善辩了。”

卢平略微迟疑了一下，说道：“好吧，现在这种状况下，我也就不隐瞒了。我之所以有这种改变，是因为我正处在超能力状态中。”

“你的超能力是什么？”

“沟通。”卢平如实说道。

魏薇皱了下眉头，似乎觉得这个能力让人难以理解。卢平解释道：“正如你们所了解的那样，我是个封闭、内向的人，有严重的人际交流障碍。‘旧神’说要赋予我们超能力的时候，我什么都没想，只想改变这种糟糕的状况，于是选择了这样一种能力。”

“怪不得那天我在街上看见你和一个漂亮姑娘在约会，原来是拜超能力所赐呀。”魏薇略带讥讽地说。

卢平的脸红了一下，说道：“别说我了，你们呢？我们不妨都把自己的超能力说出来吧。在这种状况下，合作是唯一的出路。”

“嗯，我也正有这个想法。”杭一说，“我们各自说出自己的超能力，然后再商量对策，怎么样？”

他顿了一下，见没人反对，说道：“我的超能力是‘游戏’，能控制跟游戏相关的事物。”说完后，他望了孙雨辰和陆华一眼。

杭一有所保留，大概是暗示我们也别太老实了，毕竟这里的另外几个人是敌是友，现在还难以判断。孙雨辰心领神会，说道：“我的能力是‘意念’，能隔空移物。”

陆华说：“我的能力是‘防御’，能抵御大多数的攻击。”

刘雨嘉说：“我的能力是‘预知’，能预测未来二十四小时内即将发生的事。”

倪娅楠略微犹豫了一下，说道：“我的能力是‘记忆’，使用超能力的时候能做到过目不忘，还能记起很早以前的事情。”

赫连柯怔了一下，问道：“比如说呢？两三岁时候的记忆，你都能搜寻出来？”

“是的。”倪娅楠承认道，“我已经试过了。”

“更早一些时候的事情呢？”赫连柯盯着她问。

“更早？”倪娅楠皱起眉头，“零岁的时候？我不确定几个月大的小婴儿是否存在记忆，没试过。”

“唉，是啊。”赫连柯讷讷道，显得有些心神不宁。

孙雨辰默默注视着赫连柯，不知道他问这个问题有何意义。直觉告诉他，赫连柯肯定不是出于好奇，而是有什么深层次的目的。他悄悄启动超能力，用读心术探知赫连柯的想法。

倪娅楠的超能力“记忆”……她现在大概没发现这个超能力的真正用处。如果这个能力升级的话，也许是一个威胁……

孙雨辰悄悄窃听到的心声令他感到不安，他不知道赫连柯为什么会产生这样的想法。“威胁”指的又是什么？他正要继续探听下去，卢平却碰了赫连柯一下，问道：“你呢，赫连柯？”

赫连柯的心绪被打乱了，头脑中的想法戛然而止。孙雨辰听不到他内心的声音了。

卢平问的是赫连柯，赫连柯却问旁边的雷傲：“你的能力是什么，雷傲？”

“我嘛，嘿嘿……”雷傲咧嘴一笑，“说实话，你们那些‘防御’‘记忆’‘沟通’，真是没劲，我的超能力可比你们的帅多了。”

大家都知道雷傲的性格，懒得跟他置气。“你就直说了吧，到底是什么？”卢平问。

“说出来多没意思。不如，我演示给你们看吧。”雷傲伸开双手，下颚收紧。

众人不知道他要干什么，倪娅楠紧张地说：“你要演示什么？还是先说清楚吧。”

话音未落，众人只感觉一阵风从脚下升起，再一看，雷傲竟然慢慢飘浮起来，他的头发和衣服都被风吹得立起。一两秒后，他右手伸向上方，“嗖”地一下飞到了几十米高的上空。

大家惊讶得合不拢嘴，雷傲更加得意了，越发炫耀起自己的超能力来。他像鸟儿一样在毫无遮挡、无边无际的异空间里自由飞翔，并做着各种空翻、滑翔的高难度动作，他甚至双手抱在胸前，平躺在空中，悠闲地跷起二郎腿。表演了五六分钟，他才缓缓地从空中降落，脚尖着地，显得轻松惬意、游刃有余。

不得不说，这种超能力真是帅呆了。连杭一都看得两眼发直、羡慕不已。雷傲看见大家的表情，虚荣心得到了极大的满足，得意地哈哈大笑，说道：“虽然我们被困在这里，但是不得不说，在这个异空间里飞翔，真是太爽了！在现实世界里，我总担心会撞到电线或飞机呢！”

“你的能力是‘飞翔’？”刘雨嘉猜测。

“No，no，no。”雷傲不以为然地摆着手指，“‘飞’只是我超能力的一个体现而已，用途还多着呢！”

“你这关子要卖到什么时候？”卢平说。

“现在就说——我的超能力是‘气流’。”雷傲说，“我能自由操控气流的强度、速度和方向。怎么样，很酷吧？”

“很酷，但不知道这个超能力对于离开这里有没有帮助。”魏薇浇了他一瓢冷水。雷傲吐了下舌头，不再夸口了。

“好了，我们七个人都说了自己的超能力，还有人热情地做了表演。”卢平说，“赫连柯和魏薇，你们呢？”

魏薇和赫连柯对视了一眼，显得有些紧张。不行，我绝对不能说出自己的超能力，否则的话，他们肯定会猜到游泳馆里发生的事是我做的（*参见第一季）。她惶恐地想。

孙雨辰探听到了魏薇内心的声音，呼吸暂停了，冷汗悄悄沁了出来。什么？游泳馆？这么说，魏薇就是杀死付天的凶手？她的超能力是……

“不，我不想说。”魏薇摇头道，故作镇静，“‘旧神’说过的，让别人得知自己的超能力是不明智的。”

“什么？现在这种状况下，你竟然还把我们当对手？要是没法离开这里的话，我们全都会死的。”卢平望着她说，“况且，你获知了我们的超能力，却不愿说出自己的，这恐怕太不公平了吧？”

“那是你们自己要说的。”魏薇狡猾地说，“我可没有答应你们，要说出自己的超能力呀。”

卢平沉默了几秒，忽然盯着魏薇的眼睛，缓缓说道：“你会告诉我们的，对吗？魏薇，我们都是朋友，现在更是互相依赖的伙伴，你不会对我们有所隐瞒的，我知道。”

魏薇听了他的话，眼神变得迷离了，就在她正要张嘴说话的时候，赫连柯突然意识到了什么，他一步跨上前去，对卢平说道：“嘿，她不愿意说就算了，我们应该尊重每个人的想法。你暗地里对她使用超能力，恐怕不合适吧。”

卢平愣了一下，显得有些窘迫。过了半晌，他说道：“我是为大家好。再说了，我的超能力又不具备攻击性。”

“不具备攻击性就可以随便使用吗？你对我们使用超能力，我们是不是也可以对你使用？雷傲的能力你刚才也看到了，假如他控制上升气流把你卷到几十米的高空，我看你恐怕没法像他那样缓缓落地吧？”

“嘿，我不会那样做的！”雷傲抗议道。

“我只是举个例子，表示我们互相使用超能力的危害性。”赫连柯说。

“好吧。”卢平伸出双手比画了一下，“我不会再对你们使用超能力了。”

“我们最好每个人都别用。”赫连柯环视众人，并着重望着孙雨辰，似乎他已经意识到了什么，“否则，一旦我们的关系破裂，别说合作了，这里会变成另一个战场。”

孙雨辰心里抖了一下，猜不透赫连柯有没有看出他刚才一直在用读心术。这番告诫令他不得不有所忌惮，不敢再随意使用超能力了。

“好的，我赞成。”杭一说，“赫连柯说得有道理。”

“那么话说回来了，你打算把自己的超能力告诉我们吗？”卢平问道。

赫连柯摇头道：“我暂时不想说，请你们尊重我的意愿。有一点我可以向你们保证，我绝对不会擅自使用超能力的，你们放心。”

“我们相信你，赫连柯。但现在的问题是，我们不知道你和魏薇的超能力是什么，怎么研究逃出去的办法呢？”杭一说。

“其实，不是我想说丧气话。”赫连柯叹息道，“在你们提这个建议之前，我就思考过了，不管我们的超能力是什么，或者有多强，都无济于事。因为我们在另一个空间里，根本无法对外界操纵异空间的那个人构成威胁。只要他（她）不把‘门’打开，我们就永远别想出去。”

“你的意思是，他的目的就是要把我们活生生地耗死在这里？”倪娅楠忧虑地说。

“虽然我不能肯定，但恐怕就是如此。”赫连柯无奈地说，“想想看吧，不费一刀一枪，甚至不用面对我们，就能毫不费力地把我们九个人困死在异空间里。虽然可恨，但我不得不承认，这确实是高招。等我们死后，这个人的超能力就能一下子升到十级。”他摇着头说，“他（她）现在的超能力才一级，就已经如此强大了，如果升到十级，后果将不堪设想。全班同学或许没有人能逃脱‘异空间’的袭击。”

连赫连柯都这样想，难道他认为，“碧鲁先生”都不是这个“异空间”的对手？魏薇的心一阵阵地往下沉。我们真的会死在这里？

“赫连柯，结论别下得太早了。”杭一不愿大家丧失希望，“我相信没有哪种超能力是无敌的。再厉害的超能力，都会有破绽。我们只是暂时没有找到而已。况且——”他望着众人说，“就算身处在异空间内的我们没有办法，外面的人说不定能帮上忙呢？别忘了，季凯瑞和韩枫他们还在外面呢，他们得知我们失踪了，一定会想办法找到袭击者，救出我们的！”

赫连柯苦笑道：“杭一，你太天真了。我们是因为进入了异空间，才知道这是怎么回事，外面的人怎么可能想到这一点？”

赫连柯的话让大家如同置身冰窖，体温随同希望一起冻结了。杭一咬了咬牙，说：“不管怎么样，我不会放弃的！我一定要想办法出去！”

赫连柯叹了口气，不再说话了。雷傲说道：“大家别灰心丧气，我觉得任何事情都有两面性。我们虽然被困，但起码这里很安全，可以让我们毫无顾虑地思考对策。”

“不，这里一点儿都不安全。”刘雨嘉说。

众人一愣，全都望向她。卢平问：“你为什么这么说？”

“我感觉到的。”

“你预感到了什么，刘雨嘉？”杭一睁大眼睛问。

刘雨嘉不安地摆着头说：“不，从昨天开始，我就无法准确预知即将发生的事情了，但这并不代表我的超能力彻底丧失了。我仍然能感觉到未知的危险……”

她顿了一下，惶恐地说：“总之这里并不安全，危险很快就会到来。”

十一、第一个凶手

SUPER TABOO GAME

刘雨嘉的话让所有人都陷入了惶恐与不安之中。魏薇厌恶地说道："刘雨嘉，如果你不能确切地告诉我们到底会发生什么事的话，不如把嘴闭上！你那个半吊子的超能力除了让我们担惊受怕之外，还有什么用？每次都说预感到有危险，却又说不出个名堂来。最终结果还不是一样！"

魏薇的话虽然刻薄、毒辣，却恰好说到了刘雨嘉的痛处。她恼怒地张开嘴，本来想还击，却什么都说不出来。几秒过后，她的眼泪从眼眶里滚落下来，背过身去了。

杭一说道："魏薇，你这样说也太过分了吧？你以为刘雨嘉愿意这样吗？她说了自己无法准确预知即将发生的事情，只能产生一些模糊的预感。她提醒我们危险即将来临，总比我们彻底放松警惕好吧。"

魏薇嗤笑道："危险即将来临？'即将'是指多久？五分钟？一个小时？一天之内？这种信息有什么意义？更何况，就算我们知道了，又该怎么防范？她又没说是什么样的危险！"

"好了，别说了。"赫连柯制止了魏薇，"总之大家小心一些，总是没错的。"

静默了一阵，卢平说：“我们最好是做好打持久战的心理准备，节省体力，少说些话。我已经觉得口干了，这可不是什么好兆头。”

“我也是。”倪娅楠使劲儿咽了口唾沫。

“你们可以学我这样做。”陆华从衬衫上扯下一粒纽扣，把它含在嘴里，“可以刺激唾液分泌。”

好几个人都这样做了，也有人走到远一点儿的地方，坐了下来。

杭一站在原地想着办法，孙雨辰悄悄地碰了他和陆华一下，示意他们到一边儿去说话。

他们三个人走到距离其他人几十米远的地方，杭一问：“怎么了？”

孙雨辰假装随意聊天的样子，低声说道：“你们最好提防着魏薇。”

“为什么？”

“刚才我们说自己超能力的时候，她不愿说。我用读心术探听了她内心的声音。”孙雨辰望着两个朋友，“她之所以不愿说出自己的超能力，是因为害怕我们会猜到，游泳馆的命案是她制造的。”

“游泳馆……”杭一一下子想起来了，“付天！是她……”

“嘘，小声点儿。”孙雨辰提醒道，“别被她发觉我们已经知道了。”

付天是杭一的朋友，他惨死在游泳池内，至今未能找到死因，也没有抓到凶手。现在，突然获知凶手就是魏薇，杭一难以控制情绪，愤恨地说：“干吗怕她知道？我要找她当面问个清楚！”

“别冲动，杭一。”孙雨辰凝视着他，“我们当然要问个清楚，但不是现在，而是出去之后。”

“没错，现在这种状况下，我们最好别起内讧。”陆华说。

“得知了这件事，你叫我怎么跟她合作？”杭一把头扭到一边。

“不是合不合作的问题。如果让她察觉到我们知道了她的秘密，只会对我们不利。”孙雨辰望着杭一说，“想想看，就算她承认付天确实是她杀的，我们现在又能把她怎么样？杀了她？你下得了手吗，杭一？但她就说不定了。我们根本不知道她的超能力是什么，她要偷袭我们，太容易了。”

杭一烦躁地叹了口气。

陆华思忖了片刻，说道：“其实，我们未必猜不到她的超能力是什么。”

杭一和孙雨辰望向陆华。

陆华用大拇指顶着下巴说：“付天跌落在游泳池中摔死，我之前就猜测过原因，但不敢肯定。现在说起魏薇，我忽然想起，她曾说过自己在高中时是物理课代表，我认为她的超能力可能跟物理学有关……”他又想了一会儿，突然睁大眼睛，好像一下悟出来了，“付天摔死在水中，会不会是因为水的密度被改变了？”

“你的意思是，魏薇的超能力是可以改变物体的‘密度’？”杭一问。

“虽然不敢百分之百肯定，但我有九成把握。”陆华说，“实在想不出来还有什么别的可能。”

“太好了，我们知道了她的超能力，就知道该怎么防范了。”杭一说。

“但是……”陆华担忧地说，“假如果真如此，这真是一种可怕的能力。想想看，她既然能把泳池里的水（一部分）变成钢铁的密度，那么，应该也能把我们血管里的血液变成高密度的固体。人在血液循环停止后，几分钟内就会死亡。”顿了一下，他倒吸了口凉气，“仔细想想，这招可以杀人于无形呀。”

“难怪她态度强横，好像把谁都不放在眼里。原来是仗着自己有超强的能力。”孙雨辰咂了下嘴，“所以我才说，千万别让她发现我们知道了她的秘密，千万别激怒她。”

杭一并不惧怕魏薇的超能力，他的超能力“游戏”已经练得炉火纯青。只要进入游戏世界，他相信自己不会输给任何人。

另一边，魏薇悄悄地靠近远离众人的赫连柯，盯着他的眼睛，低声问道：“赫连柯，你跟我说实话，这件事情是不是你策划的？”

赫连柯瞥了她一眼：“你觉得我疯了，会把自己关进异空间？”

“万一是苦肉计呢？我怎么知道你和那个‘碧鲁先生’在玩什么花样？”

赫连柯冷笑一声：“你以为这是‘碧鲁先生’做的？不可能，他今天根本就没来琮州大学。”

魏薇眉毛微微一挑，似乎获知了某种重要信息：“‘碧鲁先生’果然是我们班的某个人。”

赫连柯意识到自己失言了，他眯着眼睛说：“魏薇，你在套我的话？”

“没有，这可是你自己不小心说漏嘴的。”魏薇带着讥讽的口吻说。

赫连柯盯着魏薇的眼睛：“我警告你，魏薇，别用这种态度跟我说话，也别去管你不该关心的事，否则的话……”

“否则的话怎么样？”魏薇毫不示弱，“赫连柯，你好像忘了我们现在的处境了吧？也忘了你的超能力‘强化’，如果不和别人合作，就毫无用处。你是了解我的，知道我的厉害。像你这么聪明的人，肯定会审时度势的，对吗？”

赫连柯冷冷地望着她：“你想怎么样？”

魏薇靠近他，贴着他的鼻子说：“我要你告诉我，‘碧鲁先生’到底是谁，他有什么秘密？为什么不能亲自露面，每次都要让你这个‘代言人’来替他办事？他究竟在幕后策划什么阴谋，有什么目的？”

“你一次性问这么多，我真难回答。”

“没关系，反正现在闲着也是闲着，你慢慢回答吧。”魏薇懒懒地说。

“如果我说你得知了这一切，会引祸上身，你相信吗，魏薇？”赫连柯不温不火地说。

“你威胁我，赫连柯？”

赫连柯淡淡一笑：“我凭什么威胁你？正如你所说，我的超能力只能起到辅助作用，对任何人都无法构成威胁。我只是善意地提醒你一下罢了。”

魏薇和赫连柯对视了一眼，慢慢地挪开目光。她不敢用性命去测试赫连柯所说的话是真是假，毕竟那个神秘的“碧鲁先生”究竟拥有怎样的超能力，完全是个谜。魏薇的直觉告诉她，不要和这个“碧鲁先生”作对。

“好吧，我不打听这些。”魏薇找了个台阶下，但话锋一转，“不过就目前来说，我是具有优势的。所以——我要你听我的，赫连柯。”

“你想要我怎么样？”

“必要的时候，我要你跟我配合。”

“配合什么，杀掉这里的其他人？”

“如果有必要的话。”

赫连柯凝视着魏薇，从她的眼睛中看到了一丝疯狂的神色，他不明白她在想些什么。这时，他注意到坐在地上的刘雨嘉站了起来，缓缓地朝某个方向走了过去。

其他人也注意到了，卢平问道：“刘雨嘉，你发现什么了？”

刘雨嘉神经质地注视着某个方向，就像是察觉到了什么异常情况。所有人都警觉了起来，慢慢靠拢过来。

刘雨嘉停下脚步，喃喃自语道：“就是这里……”

“你在说什么？”孙雨辰问道。

刘雨嘉倏地转过身，睁大眼睛说道：“刚才我突然感觉到，异空间的‘门’即将打开，就是这里！”

所有人的神经一下子绷紧了，雷傲急迫地问道：“你说的‘这里’是哪里？”

“就在我面前。”

“你面前什么都没有呀。”倪娅楠怀疑地说。

“来了，马上就要来了。”刘雨嘉的呼吸急促起来，“我能感觉到，这扇‘门’马上就要打开了！”

大家都紧张得屏住了呼吸，一时竟不知该作何应对，显得手足无措。杭一的心脏怦怦狂跳，突然，他想起了刘雨嘉之前说过的一句话——危险很快就会到来。一种不祥的预感油然而生，他大喝一声：“刘雨嘉，快离开那里！”

刘雨嘉惊恐地转过身：“什么？”

话音刚落，只见她身前的空间出现了一条细长的裂缝，数把尖锐的小刀在巨大吸引力的作用下，像子弹般疾射而出。还好众人都处于高度戒备中，陆华赶紧祭起圆形防御壁，把身边的杭一、孙雨辰、倪娅楠等人罩在其中，另外几把刀飞向了雷傲、魏薇和赫连柯。

雷傲双眼一瞪，改变了身体前方的空气动力，两把向他射来的小刀在快接触到他身体的时候，像湍流中的溪水遇到礁石那样，朝两边分散开去。

另外三把小刀，刺中了魏薇和赫连柯的身体。赫连柯吓得脸色苍白，认为自己快要死了。但仔细一看，尖刀接触到他的身体，却没有造成任何伤害，更没能刺入他的身体，反而像棉花那样轻飘飘地落到了地上，一丝声音都没有发出。他瞥了一眼魏薇，明白了。魏薇和他对视着，用眼神示意他不要声张。

但这一幕，恰好被孙雨辰看到了。现在他准确无误地知道了，魏薇的超能力确实是控制物体的“密度”。

大家回过神来的时候，那条空间裂缝已经消失了，一切复归于平静。陆华收起防御壁，问道：“有人受伤了吗？”

大家各自检查着自己的身体。突然，杭一发现站在最前面的刘雨嘉一动不动，他赶紧绕到她前面去，定睛一看，大惊失色。

刘雨嘉的腹部和颈部，插着两把小刀，刀刃已经完全没入了身体，只剩刀柄在外面。她的嘴角溢出了鲜血，身体已经站不稳了。

杭一赶紧扶住刘雨嘉，缓缓蹲下来，把她的身体放平。其他人也赶紧围了过来，倪娅楠双手捂住嘴，眼泪一下就流了出来。

两把小刀中的一把，正好刺中了刘雨嘉的颈动脉。杭一悲伤地望着刘雨嘉，知道已经救不了她了。

“杭一……我明白了，”刘雨嘉用尽最后一丝力气说道，“为什么我无法预知到今天……之后的事。因为……我活不过今天了……我的超能力，一次都没有出错过……”

“我知道，别说了……”杭一紧紧抱着刘雨嘉，感觉她的生命在他手中流逝殆尽，他心如刀绞。

刘雨嘉的头耷拉到一旁，死在了杭一的怀中。

女30号，刘雨嘉，能力“预知”——死亡。

十二、缺失的青春

SUPER TABOO GAME

杭一把刘雨嘉的尸体抱到远离大家的地方放下，之后心情沉重地走了回来，坐在地上。孙雨辰拍着杭一的肩膀说："杭一，我知道你心里难过，但你要打起精神来。正如刘雨嘉死之前提醒我们的那样，这个地方一点儿都不安全。那个把我们困在异空间里的超能力者，会想尽各种办法来杀死我们。刚才的飞刀，也许只是第一波攻击而已。"

"是的，"陆华说，"而且刘雨嘉死去后，'异空间'应该升级了。他（她）的能力本来就很强，现在又增强了一倍，我们更要小心提防才是。"

杭一知道两个朋友是为自己好，点了点头。

倪娅楠泪眼婆娑地走过来，愧疚地说道："都怪我……如果不是我一意孤行，坚持要补习的话，也不会连累大家，更不会害死刘雨嘉……"

杭一望着她说："倪娅楠，比生命更重要的东西是什么？现在你可以告诉我吗？"

倪娅楠悲哀地摇着头说："我错了。刘雨嘉的死，让我意识到，没有比生命更重要的东西。我之前……太幼稚了。"短短的几个小时，却发生了很多事情，她似乎在这些经历中成长了。

“你之前为什么坚持要补习？你明明知道这是十分危险的事。”杭一说。

倪娅楠坐了下来，双腿蜷曲，头埋在抱拢的双臂里，眼泪再次流淌：“我的父母，为我制定了很高的要求。我们家的亲戚——我的表哥、表姐、堂弟……全都是高学历人才。我爸妈不允许我输给他们，因为这会给他们带来耻辱。于是，他们要求我必须进入国外一流的名牌大学深造，否则就会让他们在亲戚面前抬不起头来。你们根本不知道，这给我带来了多大的压力。”

“倪娅楠，你的成绩本来就很好呀。”陆华说，“我记得补习班上次的测试成绩，排在前五名的是赫连柯、我、阮俊熙、你，还有连恩，对吧？”

“没错，但是你知道，我的好成绩是怎么来的吗？”倪娅楠苦笑道，“事到如今，我也不怕被人笑话了。实话告诉你们吧，我是付出了比一般人多好几倍的努力，才能勉强维持这个名次的。”

她叹了口气，悲哀地说：“陆华，你和赫连柯、阮俊熙他们都是那种本身就非常聪明，而且有学习天赋的人。但我不是……”她用手势制止了正准备说话的陆华，“不是妄自菲薄，我真的不是。我非常清楚，自己只是一个普通人，但我的父母却硬要把我逼成所谓的人才。

“他们给我安排各种补习，布置超出一般人几倍的学习任务，几乎让我丧失了所有的生活乐趣。有时我觉得自己就是一台超负荷运转的学习机器，只为满足父母的虚荣心。”

陆华、杭一和孙雨辰相对无言，他们能想象，这种日子对任何人来说都是一场噩梦。

“你没有向父母抗议吗？”孙雨辰问。

“当然有过，但他们会循循善诱、苦口婆心地和我谈心。告诉我‘吃得苦中苦，方为人上人’的道理；告诉我他们所做的一切都是为我好；告诉我人要怎样体现自己的价值。但他们从没真正关心过我的感受……”倪娅楠泪如泉涌，“我不想当‘人上人’，只想做一个普通女孩！星期天和朋友一起逛街、看电影、喝下午茶，在商场挑选漂亮的衣服和鞋子，享受人生的乐趣。但这些对我来说，竟是那么遥不可及……”

她的喉头哽住了，无法往下说，再次把头埋下去，呜呜地哭起来。三个男生无助地坐在旁边，不知该怎样安慰她。

过了一会儿，倪娅楠抬起头来，深吸了几口气，双手擦着鼻翼说：“抱歉，我失态了。”

“没关系，这些话闷在你心里很久了吧？”陆华说。

“是的，今天终于都说出来了，”倪娅楠勉强挤出一丝笑容，“我感觉好多了。”

“我猜你选择‘记忆’这个超能力，也是基于这个原因吧？”杭一说。

“没错。事实证明我选对了，拥有这个超能力后，我可以轻松地记住看过或学过的所有内容，各种考试对我来说，自然就不在话下了。”

“所以你无法放弃学习，因为你选的这个超能力是因此而存在的。”杭一明白了。

“是的，曾经我以为这就是我的全部，是我活着的所有意义。”倪娅楠深思着，“但现在，我才知道我真的错了。”

“错的是你的父母。”陆华说，“离开这里之后，你得跟他们好好谈谈。”

“如果能离开的话。”倪娅楠点着头说，“我会试试的。”

十三、无限空间

SUPER TABOO GAME

杭一估计，从他们进入异空间到现在，已经过去五小时以上了。他早已饥肠辘辘，然而比饥饿更难熬的，是口渴。他感觉自己的唾液分泌得越来越少。书上说人不喝水的话，能支撑三天，杭一怀疑自己一天都撑不下来。

孙雨辰朝杭一和陆华走过来，悄悄地掀开衬衫，露出别在腰间的几把小刀，小声说道："刚才我趁他们不注意的时候，用'隔空移物'把这几把刀弄过来了。"

"你要干什么？"杭一问。

"不干什么，防身呀。"孙雨辰说，"在这种状况下，拥有武器心里才有底气些。"他压低声音，"之前飞刀袭击我们的时候，我看见刺中魏薇和赫连柯的两把刀轻飘飘地落在了地上，就像变成了两团棉花。我现在可以肯定，魏薇的超能力就是'密度'。"

"就是说，杀死付天的人百分之百就是她了，对吗？"杭一说。

孙雨辰点了点头："她的超能力非常厉害，属于很'阴'的类型——就跟她这个人差不多。我们必须提防着她。"

"可是，现在这种情况下，她没有理由攻击我们或其他人呀。"陆华说，

"这对她没有任何好处，杀了我们她就能出去吗？"

"目前看来，她暂时不会出手。但她性格阴沉，让人琢磨不透，就怕会受到什么刺激，做出极端的事情来。"孙雨辰说。

正在说话的时候，不远处的卢平对着上方喊道："不是说大家都不使用超能力吗？你干吗违规？"

杭一他们望过去，看见雷傲慢慢地从空中降落下来。他不以为然地说道："我们之前约定的是——不互相使用超能力。我用超能力飞到空中去玩一下，碍你们什么事？"

"你可真有闲情逸致呀，还有心思玩？"赫连柯说。

"其实也不仅仅是玩，我飞到高空后，有所发现。"雷傲说。

"什么发现？"赫连柯问。

"我想试试这里到底有多高。结果我飞到好几千米的高度，也看不到头。反过来朝下方看，我发现哪怕从这么高的地方望下去，下面也完全是平的，没有出现一点儿弧度。"

"弧度？"孙雨辰没听明白。

"现实世界中，如果你在高空中的飞机上往下看，会发现地面出现了弧度，因为地球是圆的嘛。但在这里完全不一样，这个空间大得惊人。"雷傲说。

"你想说明什么？"卢平问。

雷傲托着下巴思索着——他很少表现得如此认真和专注。过了一会儿，他说道："如果说这个异空间是某人用超能力制造出来的，我实在是表示怀疑。这个人的能力再强，也不可能在初级的时候就制造出这样一个巨大的异空间来，这未免强得太离谱了。所以——"他顿了一下，"我认为这个异空间不是'制造'出来的，而是本来就存在的。这个人只是利用他（她）的能力把我们带进了异空间而已。"

雷傲的话让大家陷入了深思。片刻后，赫连柯说道："的确有这种可能。"

"这么说，陆华之前说的——消失的地铁列车、山顶一百多名圣教徒，以及百慕大三角失踪的飞机、船只……其实都到这个地方来了？"卢平难以置信地说，"如果是这样，为什么我们什么都没看到呢？"

"我刚才说了，这里大得离谱，可能是地球的若干倍。而且，这个空间里的事物也许根本就不能用普通人的认知和逻辑来判断。我们才来几个小时，对这里完全不了解。”雷傲说。

“你的意思是，这里有可能发生什么怪事？”倪娅楠缩紧了身体。

“不知道，这些都只是我的猜测而已。”雷傲说。

“我觉得，我们还是别自己吓自己了。”卢平说，“依我看，目前只有两件事是正事：第一，思考逃离这里的办法；第二，养精蓄锐，保存体力，尽可能地坚持久一些。雷傲，你再飞上天去玩的话，体能会消耗得更快。”

“谢谢提醒，我确实又累又饿，得好好休息一下了。”雷傲随性地就地躺下，“麻烦你们多注意周围，有什么异常情况就赶紧叫醒我，好吗？”说完，他竟然闭上眼睛睡了。

为了尽可能减少体力消耗，其他人也分别找了地方坐下或躺下，各自休息去了。

只有倪娅楠，头上虚汗直冒，苦不堪言。

对于她来说，新的大问题产生了。

十四、奇怪的生物

SUPER TABOO GAME

倪娅楠到这里来的时间比其他人都要久，粗略估计，她已经在异空间里待了七八个小时了。

饥饿、口渴都是可以忍耐的。但现在，新的问题是，她想要上厕所，而且是大便。

便意从一个小时前就有了，忍耐到现在，已经十分强烈了。她的肚子咕噜咕噜地叫个不停，小腹隐隐作痛，随着心脏的跳动，一波一波地向她袭来。黏湿的汗珠顺着她的鬓角流下，这份苦痛简直难以言表。

实际上，倪娅楠之前就注意到，男生们有时会一个人走到远处，背过身去解决内急。但那是男生，也许他们并不会觉得特别害臊。但她不行，她不仅是女生，而且是从小受到严格教育的淑女。倪娅楠在13班虽然算不上最漂亮的女生，但因为气质出众，也能排上前三。这样一个美女，要她在众人面前……比让她死还难受。

她本来想过，独自一人走到非常远的地方去解决问题。但这个异空间非常奇怪，走远之后，会莫名地回到原地。而且，还有另一个让她感到十分羞耻的顾虑——如果是小便，可能还好些；但大便的话，就算没被看到，那股味道也会暴露自己的行为。

不行，说什么也要忍住。她痛苦地紧闭双眼，默默告诫自己，但担忧却随着便意的增长而水涨船高。我要忍到什么时候？能忍到什么时候？这种事情，总有一个极限吧。如果被逼到临界点，会发生什么？天哪，该死的袭击者，你干脆现在就把我杀了吧！那也比让我忍受这种地狱般的折磨好！

最先注意到倪娅楠状况不对的是陆华。他发现豆大的汗珠从倪娅楠的额头上沁出来，问道："你怎么了，倪娅楠，不舒服吗？"

"啊……没什么。"倪娅楠见有人注意到了她，立刻强撑着恢复常态，"我只是觉得，这个巨大的白色空间让人十分压抑。"

陆华看出来她没说实话，他和身边的孙雨辰对视了一眼。孙雨辰暗暗启动超能力，读取倪娅楠的思想。几分钟后，他的脸唰地一下红到了耳根，窘迫得埋下了头。

"怎么了？"陆华用耳语般的声音问。

"没……没什么，别问了。"孙雨辰低声说，显得十分尴尬。陆华莫名其妙地望着他。

这种事情怎么能强忍着呢？孙雨辰心里暗暗为倪娅楠着急。这可是人的基本生理需求呀，一直憋下去会出问题的。

可是，他不知道该怎么帮她。总不能对倪娅楠说"没关系，你去解决吧，我们不会在意的"这样的话。

得知倪娅楠的苦楚后，孙雨辰似乎领略到了一种感同身受的痛苦。他跟着着急、难受起来，却又一筹莫展。

这时，坐在他们对面的卢平像是突然发现了什么。他倏地坐直身子，指着远处一个黑点说："喂，你们看，那是什么？"

大家都警觉了，连躺在地上的雷傲也迅速地坐起。众人一致望向卢平指着的方向，果然发现一个移动着的黑色小点，似乎在朝他们靠近。

所有人都站了起来，目不转睛地注视着这个黑点。眼力最好的雷傲最先看出来那是什么，说道："一只老鼠！"

随着这小东西的慢慢靠近，大家都看清楚了，果然是一只灰黑色的老鼠，体积和普通的成年老鼠没有太大区别。令他们感到诧异的是——这只老鼠是怎么出现在异空间里的？

老鼠跑到距离他们十多米的地方，突然发现了面前的几个人。它停了下来，几秒钟后，掉转方向跑走了，渐渐没了踪影。

“这地方居然有老鼠？”陆华讶异地说，“哪儿钻出来的？”

“它为什么看到我们，扭头就跑走了？”杭一问。

“一般的老鼠看到人后，不是都会逃走吗？”卢平说。

杭一总觉得有点不对劲儿：“我们并没有做出攻击它的举动呀，它却飞快地朝反方向跑去了。至于吓成这样吗？”

反方向？倪娅楠突然意识到了什么。也许，这只老鼠并不是“逃走”，而是……

她迅速转过身，赫然看到这只老鼠出现在了身后，而且张开大口，一跃而起，朝她扑了过来!

“啊——”倪娅楠发出惊恐的尖叫。

眼看老鼠就要咬到倪娅楠，它突然被定格在了空中。倪娅楠惊骇地跑开了，躲到了杭一和陆华的身后，再定睛一看，孙雨辰一根手指头指着悬浮在空中的老鼠，用意念操纵着它慢慢升向上方。

这只老鼠被一股无形的力量挟制住后，不但没有老实，反而变得异常凶暴起来。它在空中拼了命地挣扎，口中发出凌厉刺耳的叫声，想要不顾一切地摆脱钳制。

这老鼠凶恶的模样让孙雨辰不禁惧怕起来，生怕自己一个闪失，让这只发了疯的老鼠掉下来，它又会袭击众人。他紧张地喊道：“怎么办？我没法一直控制着它呀！”

杭一觉得自己必须出手了，但他必须进入游戏世界才行。正在他打算掏出PSV游戏机的时候，听到旁边的雷傲说了一句：“我来结果它。”

雷傲一步上前，伸出手指在空中快速画了一条弧线，只见一道风刃飞了出去，准确地击中了老鼠，将它拦腰切成两半，它掉落下来，抽搐了几下，死去了。

倪娅楠扭过头去，不敢看这残忍、恶心的画面。魏薇也有些作呕，皱起眉头，朝后面退了几步。

雷傲吐了口气，说道：“好了，没事了。”

“你这招可够狠的呀。”赫连柯心有余悸地说。

“我新发明的招式——真空刃。怎么样，很帅吧？”雷傲得意地说。

“先别管你的招式帅不帅了，这只老鼠到底是怎么回事？”孙雨辰擦着汗水说。

雷傲靠近老鼠，蹲下来研究了一阵，说道：“这不是一只普通的老鼠。”

“什么？”杭一一怔。

“你们自己过来看吧。”

杭一、孙雨辰和卢平走了过去。陆华害怕恶心的东西，赫连柯似乎也十分厌恶这类肮脏的低级生物，他们和倪娅楠、魏薇留在原地。

雷傲指着老鼠的牙齿和眼睛说：“这只老鼠的眼睛是红色的，而牙齿比普通老鼠长得多，也尖得多，基本上可以称为獠牙了。最不正常的一点是，它竟然会主动攻击人类。”

“一只变异的、凶暴化的老鼠。”孙雨辰不安地说，“它是怎么出现的？”

“也许就是为了攻击我们才出现的。”杭一说。

“你的意思是，这是那个可恶的‘异空间’专门放进来袭击我们的？”卢平说，“可是，现实世界里有这样的生物吗？”

“我也正在思考这个问题。”杭一说。

“我觉得，如果这是袭击者故意所为。那这轮攻击未免显得太幼稚了。”雷傲说，“他（她）该不会认为，仅仅一只变异老鼠，就能解决我们八个超能力者吧？”

“谁知道呢？也许被这老鼠咬一口，会出现非常严重的后果。”卢平说。

“就算是这样，它也不可能同时咬到我们八个人呀。”孙雨辰说。

“如果被它咬到的人，也会出现变异，或者感染上某种病毒呢？”卢平做着各种假设，“或者这次只是一只，下次就是一群？”

“你最好祈祷你说的这些不会变成现实。”孙雨辰说。

雷傲却兴奋起来：“如果真是这样的话，那实在是太刺激了！”

陆华听到他们的对话，战战兢兢地朝前面跨了一步，说道：“我倒觉得，会不会有这种可能——这只老鼠本来就是生活在异空间里的？”

“这里的原住民？”卢平皱起眉头，“这种地方有生物能生存下来吗？”

雷傲听了他们的话，似乎受到了某种启发。他不顾恶心，俯下身去仔细察看，有了新发现：“啊，这只老鼠的嘴边和牙齿上沾着血！而且，从它被切开的肚子里，还能看到一些食物残渣。看起来……是肉类。”

魏薇脸色发青，仅仅听到描述，就几乎要吐了。她拼命抑制着不让自己吐出来，胃里却一阵翻腾，不舒服到了极点。

“难道这只老鼠在遇到我们之前，就袭击过其他人？”孙雨辰骇然道。

“不知道，我们无法判断这只老鼠是这里的生物，还是外面的。”杭一说。

“不……也许，有一点能说明，它的确是这个异空间里的生物。”倪娅楠战栗地说，“起码，它不是刚才才来到这个异空间的。”

“你怎么知道？”杭一问。

倪娅楠说：“这只老鼠发现我们后，并没有从正面攻击我们，而是掉头就跑。然后，它出现在了我们身后——我认为这显然是一种‘战术’。它似乎了解这个异空间的一些‘规律’——绕到反方向或远处，就会回到原点。”

“这么说，这只老鼠不仅凶暴，而且智力明显高于一般老鼠？”赫连柯说。

孙雨辰感到越发恐惧了：“如果真是这样，那它之前袭击过谁？这里除了我们之外，真的还有别人？”

“这里的谜团越来越多了，”杭一不安地说，“不管怎么说，这只老鼠的出现，给我们带来了新的危险信号。”

十五、国王

SUPER TABOO GAME

倪娅楠的便意本来就濒临极限了，经过刚才那番惊吓和折腾，她差点儿没有忍住。现在，她已经脸色铁青，快要昏死了。如果再不解决排泄问题，只有两种可能：一种是被大便活活憋死；另一种是拉在身上。

相比之下，倪娅楠宁肯接受前一种，也绝不会允许第二种情况发生。但她怀疑活人是否会被活活憋死。眼下的状况，真是堪比地狱。

不行，我始终还是要解决问题，不然后果不堪设想……她痛苦而绝望地想道。突然，一个念头从她的脑中萌生出来。对了，也许我可以……

坐在附近的孙雨辰心中暗暗着急。他知道倪娅楠的苦楚，却没有丝毫办法——这种事情可不是他能帮上忙的。眼看着倪娅楠的脸色越来越差，他真是心急如焚。

但是，孙雨辰感觉自己恍惚了一下。当他再次望向倪娅楠的时候，发现她脸上已经恢复了血色，神态也变得自如了，仿佛“问题”已经得到了解决。孙雨辰非常吃惊，不明白刚才发生了什么。

实际上，除了孙雨辰之外，其他人都没有意识到，自己在不知不觉中被“删除”了五分钟的记忆。

这是倪娅楠临时想出来的主意，她以前从没尝试过。在这件事的迫使下，她试验出了自己的超能力“记忆”的另一种运用方式。

刚才，她走到远处去解手。然后，不管有没有被谁看到，回来之后，她用超能力删除了在场所有人五分钟内的记忆。现在看来，她做到了，众人几乎没有感觉到她刚才起身离开，更不可能知道这五分钟内她做了什么，甚至不知道她使用了超能力。

原来我的超能力这么厉害，除了用于学习和考试之外，还有这样的用途。倪娅楠暗自惊讶之余，冒出了一个让她自己都感到害怕的念头。这么说，就算我当着大家的面杀了人，只要立即清除他们的记忆，也不会有人知道这件事是我做的？

倪娅楠颤抖了一下。天哪，我在想什么？居然产生了这么可怕的想法。她晃了晃脑袋，把这可怕的念头从头脑中甩了出去。

尽管已经解决了内急的问题，但倪娅楠始终提心吊胆。她担心排泄物的气味传过来，担心大家猜到这是她干的。就在她惴惴不安的时候，突然听到卢平一声惊呼：“啊，小心，裂缝又出现了！”

众人还没反应过来，就看到异空间里再次出现了一道狭窄的空间裂缝。一个巴掌大的小纸盒被吸了进来，落在距离众人十多米远的地方。随即，只开一条缝的“门”又迅速关闭了。

大家警惕地望着这个被吸进异空间的小纸盒——毫无疑问，这是外面的袭击者有意扔进来的。上一次的飞刀攻击虽然惊险，好歹还是明刀明枪；这次的纸盒，让人摸不着头脑，却更令人恐惧。大家都离得远远的，不敢靠近。

过了好几分钟，纸盒仍然静静地躺在原地，看不出有什么异样和危险。雷傲实在是忍不住了，说道：“我去看看。”

“等等，别忙着过去。”杭一说，“谨防有诈。”

“那我用真空刃把它切开，看看盒子里到底是什么。”

“不行，万一是碰到就会爆炸的炸弹，或者是打开就会泄漏出病菌的危险物品呢？”卢平说。

“潘多拉的盒子？”雷傲挑了下眉毛，“我才不相信有这种东西呢。”说着，他就朝那盒子走了过去。

靠近之后，雷傲看清楚了，笑道：“我当是什么奇怪的玩意儿呢，原来是一副扑克牌呀。”

“扑克牌？”大家感到纳闷的同时，疑心更重了。赫连柯说：“别碰它，说不定扑克牌只是伪装。”

雷傲的性格像个小孩子，存在着一定的逆反心理，越是叫他别做什么事，他就越是要逞能去做。此刻，他弯下腰去捡起这副扑克牌，将盒盖打开，把纸牌抽了出来，像电影里的赌王一样把扑克牌展开成扇形，说道：“别疑神疑鬼了，就是一副普通的扑克牌。”

大家这才靠拢过去。卢平把扑克牌从雷傲的手里拿了过来，仔细察看、触摸了一阵——纸牌的厚度和质感都很正常。他松了口气，说道：“没错，真的是商店里出售的最常见的扑克牌。”

“袭击我们的人把‘门’打开，丢一副扑克牌给我们。”陆华疑惑地说，“这是什么意思？”

“也许他（她）害怕我们无聊，丢一副牌进来让我们娱乐一下。”雷傲撇着嘴说。

“是吗？真体贴呀。”魏薇讽刺地说，“也许再过五分钟，可乐和杂志也会塞进来。”

“你们还有心情开玩笑。”卢平严肃地说，“我敢保证这不会是无聊的行为，这一定有什么用意。”

“可是，这的确是副普通的扑克牌呀。它除了娱乐，还能做什么呢？”雷傲说，“反正我们都闲着没事，不如就来玩儿两把吧。”

“你还真打算玩儿呀。”卢平摇头道，“我明白了，这副扑克牌就是来消磨我们斗志的。”

“别这么一本正经嘛，只玩几把而已，好歹缓解一下这里的紧张气氛。”雷傲说着，把牌从卢平手中拿过来，一边洗牌，一边问道，“哪些人参加？我们玩‘二十一点’怎么样？”

“等等，雷傲。”杭一想起了什么，“真要玩的话，你不检查一下牌是否齐全吗？”

“哦，是的。”雷傲停止洗牌，开始一张一张地数起来。片刻后，他皱起眉头说，“好像真的少一张，只有五十三张。”

杭一心中一凛，问道：“少哪张？”

“要清一下才知道。”雷傲蹲下来，把牌从“2”到“A”依次排开。牌全部摆完后，答案出来了——少的那张牌是“黑桃K”。

众人面面相觑，沉默了好一阵，杭一说道：“黑桃K在扑克牌中代表什么？”

“‘K’代表的是‘king’（国王）。”陆华说。

“黑桃的含义呢？”

“按照塔罗牌中的意义，红心代表的是圣杯；梅花代表权杖；方块代表钱币；而黑桃……”陆华略微迟疑了一下，“代表的是宝剑。”

“那么，这副牌中唯独缺少的，是一个拿着宝剑的国王……”卢平思忖着说，“这是某种暗示吗？”

静默。

“够了，真是无聊。”魏薇说，“我看只是随机丢失了一张牌而已，没有任何意义。”她朝旁边走去，走的时候瞥了赫连柯一眼，“我不想继续研究下去了。”

这个细节被孙雨辰注意到了，不知为何，他心里颤抖了一下。

“不管怎么说，少了一张就玩不成了，真是可惜。”雷傲把扑克牌装回盒子里，交给卢平，“还是你拿着吧。”他也走到旁边，双手反枕着躺在地上。

大家都散开了。孙雨辰望着远离众人的魏薇和赫连柯，显得心神不宁。

走到远处后，魏薇望着赫连柯说：“你肯定明白那家伙（指袭击者）在暗示我们什么，对吧？”

“当然。”赫连柯阴沉地说，“这招真够狠的，比之前的什么飞刀攻击厉害多了。”

魏薇略微向身后望了一眼，说道：“你觉得他们明白这个意思了吗？”

“以杭一和陆华的智慧，当然会猜到这里面的含义。”赫连柯说，“迟早的事。”

“意思是他们现在可能还没有悟出来？那我们该怎么办？先下手为强？”魏薇冷酷地说。

赫连柯望着自己的搭档，觉得这女人真的很可怕。他问道：“你打算怎么做？”

“你了解我的超能力，对吧？只要我接近他们，悄悄改变他们血液的密度，或者是周围空气的密度，就能杀人于无形。”魏薇说。

“可他们有六个人，你能做到同时把他们全都杀死？”

“仅凭我自己，当然不行。所以我需要你跟我配合，只要我的超能力提升为现在的六倍，就不在话下了。”

赫连柯摇着头，低声说：“你做不到同时杀死六个超能力者的，魏薇。我知道你的厉害，但恐怕你太自负了。且不说你的攻击可能对陆华的‘防御’无效，雷傲那招真空刃你也看到了，只要他察觉到不对，一瞬间就能夺走你的性命。还有杭一，他一直没在我们面前展示他的超能力，肯定是有所保留。如果他们一起反击的话，就算你拥有六级的超能力，也不是他们的对手。”

魏薇思索着赫连柯说的话，片刻后，颔首道：“没错，你说得有道理。看来我应该各个击破，从最弱的开始。”

赫连柯心中冒起一股寒意：“‘各个击破’是否连我都包含在内了？”

魏薇望着赫连柯，许久后才说道：“不，怎么会呢，我需要你的帮助。”

赫连柯感觉到了她的虚伪，说道：“魏薇，有两点我必须提醒你：第一，你别低估杭一他们，如果你出手了，他们也许会猜到是你做的；第二，控制‘异空间’的人，真的会让活到最后的那个人出去吗？没人能保证这一点。”

“我明白，谢谢提醒。”魏薇说，“但不试一下怎么知道呢？我们困在这里已经若干个小时了，再拖下去，只有死路一条。眼前摆着一个出去的机会，我没有别的选择了。”

另一边，孙雨辰严峻地望着杭一和陆华：“魏薇刚才没说实话。她表面上说扑克牌没暗示什么，实际上她是猜到了什么，才故意这样说的。”

“你读到她的想法了吗？”陆华问。

“没有，我还没来得及使用超能力，她已经走开了，离开了我的能力范围。”孙雨辰说，“但我敢肯定她悟到了什么。”

杭一蹙着眉头，若有所思地说：“其实仔细想想，这副扑克牌所隐含的意思，十分明显……”

“是什么意思？”孙雨辰问。

杭一说：“黑桃代表宝剑，K代表王。一副牌里独缺这一张，也可以理解为

‘只剩’这一张。而这张‘王’，是唯独一张没在异空间里的……”

“啊，把这一系列暗示连在一起理解的话，就是……”陆华明白了。

“没错，”杭一不安地点了下头，“袭击者分明就是利用这副扑克牌暗示我们——拿起‘宝剑’（超能力），互相断杀，最后剩下的那个人，就是‘王’。而‘王’可以离开异空间，到外面去！”

听到这个解读，孙雨辰和陆华同时倒吸了口凉气，震惊得说不出话来。半晌后，孙雨辰疑惑地说道：“杭一，你确定扑克牌暗示的是这个意思吗？”

“我实在想不出别的理解了。”

“如果真是这样，袭击者干吗不直接丢一张纸条进来，上面写明这个意思？为什么要用扑克牌来暗示我们？”孙雨辰不解地问。

“我觉得，这正是那个袭击者的狡猾和高明之处。”陆华分析道，“从心理学的角度分析，引起纠纷和争斗最有效的方法就是——用隐晦的方式让众人陷入猜忌。因为太明显的挑唆会引起大家的抵触情绪，反而不容易达到目的。所以，如果直接丢一张纸进来要我们互相残杀，未免太拙劣了，‘暗示’才是真正的高招！”

“这个袭击者太阴险了……”孙雨辰汗颜道，不安地望了其他人一眼，“你说，他们是不是都领会到这个意思了？”

“不知道，但我觉得魏薇和赫连柯肯定猜到了。”杭一说。

“没错。”孙雨辰骇然道，“而且魏薇恰好是最危险的人！”

“我们该怎么办，杭一？”陆华问。

杭一思忖片刻，说道：“从现在起，密切关注魏薇和赫连柯，特别是魏薇。一旦发现她图谋不轨，就要立刻制止她。”杭一严峻地望着两个伙伴，“在这种紧张而敏感的状况下，只要有一个人出手，立刻就会引发混战。”

十六、误杀

SUPER TABOO GAME

扑克牌出现之后，又过了两三个小时。这段时间看似风平浪静，实际激流暗涌。被困在异空间里的八个人几乎都没有说话，也没有打盹或休息，彼此密切关注着对方的一举一动。对于扑克牌的暗示，大家心照不宣，那张缺失的“黑桃K”在他们心中播下了不安的种子。

沉默的气氛令人窒息，而缺水的困境更让人无法忍耐。每个人的嗓子都要冒烟了，严重缺水会让人心烦意乱，甚至出现幻觉。所有症状都在提醒众人——他们坚持不了太久了。

杭一的大脑一刻都没有停止运转，自从他被关进异空间的那一刻，就一直在思索逃离的方法。但十多个小时过去了，他感觉自己正在渐渐坠入绝望的深渊。

杭一想起了他们聚集在校门口时，刘雨嘉说过的一句话——“也许我们的超能力在这次袭击面前，都派不上用场”。他现在真正体会到了这句话的含义——不管他们的超能力有多厉害，被关闭在异空间里，就没有任何用武之地。杭一不愿悲观绝望，却无法控制自己的情感。他想起了自己的父母，还有辛娜。也许，自己再也见不到他们了……

魏薇的忍耐到达极限了。她感觉自己快要脱水了，头一阵一阵地发晕。但赫连柯的告诫又让她心存忌惮。在这种剑拔弩张的氛围下，她不敢贸然出手。但她知道不能再拖了，要是自己真的因为脱水而昏厥过去，那就迟了。

等等，脱水？她心中一颤。对了，肯定不止我一个人有这种感觉。也许我可以利用这一点，让他们误以为被我杀死的人是死于脱水。我还要做得再巧妙一些才行……

魏薇从地上站起来，朝卢平走过去。大家都注视着她，特别是孙雨辰——魏薇进入了他的能力范围——他暗暗用起超能力。

“卢平，我想跟你谈谈。”魏薇走到卢平身边。卢平身后是倪娅楠。

“哦，谈什么？”卢平问。

“你的超能力是‘沟通’，对吧？”

“是的，怎么了？”

“我觉得现在这种状况下，你应该发挥自己的超能力。”魏薇故作担忧地说，“你看，大家的状况很糟，看上去都失去信心了。”

“你的意思是叫我给大家打打气？”

“没错。”

卢平无奈地说：“不是我不愿意，只是在目前这种状况下，我真不知道该如何鼓励大家。”

“你可以试试呀，我相信总会有作用的……”

太好了，他们都以为我在跟卢平聊天，根本没注意到我在对身后的倪娅楠下手。

孙雨辰突然捕捉到这样一句来自魏薇心里的声音。他大吃一惊，望向倪娅楠，这才发现，坐在地上的倪娅楠大张着口，看上去呼吸困难，脸上已经没有一丝血色了。而周围的人都被吸引了注意力，没有注意到倪娅楠快要窒息而亡！

该死！魏薇转移我们注意力的同时，在暗暗对倪娅楠下手！孙雨辰顿时心慌意乱。怎么办？倪娅楠马上就要没命了！

现在站起来呵斥魏薇住手，已经来不及了。孙雨辰意识到自己必须立刻出手，才能帮倪娅楠逃过一劫。他悄悄摸出一把别在皮带上的小刀，用意念控制小刀，瞄准了魏薇的左肩膀。

小刀“嗖”地飞了出去。孙雨辰经过多次练习，已经能用意念准确击中目标。没想到的是，小刀飞至的一瞬间，魏薇似乎猛然感觉到了什么，侧着身体的她一下转了过来，望向孙雨辰。

这是一个致命的转身——本该刺在她肩膀上的小刀，不偏不倚地插进了她的心脏。

魏薇缓缓低下头，错愕地望着插在胸口上的小刀，鲜血从她的嘴角流了出来。她抬起头来，和目瞪口呆的孙雨辰对视在一起。几秒钟后，她跪了下去，身体倒向一边，死了。

魏薇死去的瞬间，倪娅楠重新获得了呼吸，脸上渐渐恢复了血色。她不知道刚才发生了什么，只知道自己险些被死神带走。

站在魏薇面前的卢平亲眼看见魏薇被杀，他大叫一声，惊惧地望向孙雨辰："你！"

雷傲望了一眼魏薇的尸体，瞪大眼睛怒视孙雨辰："你偷袭我们！"右手一挥，一道弧形风刃快如闪电般朝孙雨辰斩去。

孙雨辰无法躲避如此迅猛的攻击，只能呆坐在原地，幸好旁边的陆华及时用圆形防御壁，挡住了风刃。

"你们是联合起来的，对吧？"雷傲望着孙雨辰、陆华和杭一，"攻守皆备——真是完美的配合呀。"

"不！听我解释……"孙雨辰着急地说。

"解释什么？"雷傲义愤填膺地说，"我看你是在拖延时间，好寻找机会再次袭击我们吧？我不会让你得逞的。别以为有那个防御壁，我就奈何不了你们！"

说着，雷傲大喝一声，将超能力的最强力量发挥出来。他双手往上一抬，地面升起一股强烈的上升气流，将杭一三人喷射到几十米高的空中。

"糟了，从这么高的地方摔下去，防御壁也没用！"陆华惊骇地喊道。

说话的时候，他们已经在往下坠落了。孙雨辰紧闭着双眼，陆华则不停地哇哇大叫，他们正从二十多层楼的高度坠落下来。

"住手！雷傲！"倪娅楠大声喊道，却已经来不及了，眼看他们三个人就要掉下来摔成肉泥。

突然，天空中的场景猝然变化，变成了高山峻岭、深邃峡谷。一只绿色的巨大飞龙翱翔而至，将杭一、陆华和孙雨辰三个人稳稳当当地接在了背上，盘旋两圈之后，降落到地上。

这只有着蝙蝠翅膀的飞龙，是典型的欧洲中世纪魔幻世界中的产物，它体型庞大，形象霸气而凶狠。巨龙嘶吼一声之后，张开布满尖牙的血盆大口，一团火焰眼看就要吐向众人。

所有人都吓呆了，雷傲因为刚才的猛招消耗完了所有体能，无法再使用超能力与之对抗，只能眼睁睁地看着这头巨兽向他发起攻击。

但是，巨龙突然跟周围的幻象一起消失了——杭一解除了自己的超能力。

看见周围归于平静，卢平错愕地问道：“这到底是怎么回事？”

杭一说道：“雷傲，你现在能冷静下来听孙雨辰解释吗？”他又望向众人，“我们谁都别再用超能力了，可以吗？”

雷傲暂时已经使不出超能力了。其他人也赶紧点头，害怕那恐怖的巨龙再次出现。

事到如今，杭一无法再保留了，说道：“我的超能力能召唤出游戏中的事物，并对它们进行控制。刚才那只巨龙，是《龙骑士》这个游戏里主角的坐骑。”

杭一尽量表现得沉着冷静，为了增加自己的气场，也为了给大家造成一定的威慑力。实际上，他心脏怦怦乱跳，知道刚才真是危险到了极点。如果不是在雷傲攻击他们之前，他悄悄地打开了挎包里的PSV游戏机，启动了《龙骑士》这个游戏，一旦等他们被抛上高空，就来不及了。

“如果刚才那只龙攻击我们，会怎样？”卢平心有余悸地问。

“在杭一的‘游戏世界’里受到的任何攻击，都会作为‘游戏结果’保留下来。”陆华替杭一说道，似乎想以此证明他们的实力，“在游戏里死了，现实中也就真的死了。”

陆华说的是真的，确实如此。赫连柯想起了在停车场被炸死的蒋立轩（*参见第一季）。他知道杭一超能力的厉害。

“如果我刚才操纵巨龙攻击你们的话，估计你们一个都逃不掉。”杭一说，“不知道这能不能证明，我对大家是没有敌意的，也绝对没想过要杀死谁。”

“就算你是这样想的，但孙雨辰呢？”雷傲说，“他刚才杀死魏薇，不是事实吗？”

“我没有想过要杀死魏薇！”孙雨辰申辩道，“我只想刺中她的肩膀，没想到她会突然转过身来，飞刀这才插进她胸口的！而且……我攻击她是因为……她正在对倪娅楠下手！”

大家望向倪娅楠。倪娅楠愕然道：“啊……原来是这样。刚才，我突然感觉不能呼吸，原来是因为魏薇在对我使用超能力。”

“如果我没猜错的话，魏薇改变了你身体周围的空气密度。”陆华说。

赫连柯心中一惊，表面上却要装作茫然的样子，问道：“空气密度？你们知道魏薇的超能力是什么吗？”

“是的。魏薇的超能力是‘密度’。”陆华说。

“你们怎么知道？”赫连柯问。

陆华望了孙雨辰一眼。孙雨辰知道自己无法再隐瞒了，说道：“我的超能力‘意念’，能读取别人的思维。魏薇的超能力我早就知道了，她在对倪娅楠下手的时候，我也是因为听到了她心里的声音，才知道她想要暗中杀死倪娅楠。”

果然如此。赫连柯之前的猜想得到了验证，他的心攥紧了。该死，这个超能力将成为巨大的威胁，一定要想办法……突然他意识到了什么，不敢再想下去了。

孙雨辰现在并没有使用读心术，他继续说道：“不仅如此，我还用读心术得知，杀死付天的凶手，正是魏薇。”

“啊……她改变了游泳池里水的密度？”倪娅楠明白了。

“正是如此。”孙雨辰说，“魏薇的超能力使用起来极具隐蔽性。如果我刚才不阻止她，估计我们会被她挨个杀死。”他低下头，“不过，我真的没有想过要杀死她……”

“不管怎么说，我要谢谢你。”倪娅楠对孙雨辰说，“不然的话，我就真的没命了。”

卢平现在也明白了。“原来魏薇来找我谈话，只是为了分散我们的注意力……”他对孙雨辰说，“还好你识破了她的诡计。而且我能证明，魏薇确实是因为自己转过身，才被刺中心脏的。”

孙雨辰朝卢平投去感激的一瞥。

雷傲现在冷静下来了，他愧疚地说：“对不起，误解了你们。我还以为你们受到扑克牌的暗示，想把我们全都杀死呢。”

“我们要是想出手的话，杭一的能力比孙雨辰厉害多了。”陆华说，“你以后别这么冲动好吗，雷傲？我们三个差点儿就被你杀了！”

雷傲是个性情中人，想想刚才发生的事，自己都觉得后怕。他惭愧地说道："这样吧，为了弥补我的过失，从现在开始，我愿意当你们的'手下'，以后听从你们的调遣。"

杭一觉得这小子虽然个性冲动，却挺真诚的。他走过去拍着雷傲的肩膀说："什么'手下'，以后我们就是好朋友了。"

杭一他们的同盟又多了一个厉害角色，这实在不是赫连柯想看到的。他说道："抱歉打断你们感人的友情画面，我们现在还是商量一下接下来该怎么办吧。"

"既然刚才雷傲已经把话挑明了，我们就打开天窗说亮话吧。"卢平说，"那副扑克牌显然是在暗示我们——胜者为'王'。只有战胜其他人，才有离开异空间的可能——你们怎么看？"

"我们当然不能被挑唆！"陆华说，"这显然是那个袭击者的阴谋。他（她）希望我们在这里互相残杀，他（她）却在外面坐收渔翁之利！"

"对，我们不能中计。"倪娅楠说，"没人能保证袭击者真的会让活到最后的那个人出去。也许剩下的那个人，最后还是会被渴死、饿死在这里！"

倪娅楠的话突然让杭一心头一震，这番话似乎给了他某种提示，想到了一个重要的问题。"等等，"他说道，"那个袭击者，为什么要挑唆我们自相残杀呢？"

"这是他（她）的阴谋呀。"陆华说。

"没错，但是仔细想想，有这个必要吗？"杭一思忖着说，"他把我们困在这里，只要耐心地等待三天左右，我们肯定就全都死了。为什么还要让我们互相残杀呢？"

杭一的话让众人为之一怔，大家这才意识到，这的确是十分不合逻辑的。卢平说道："这样看来，从第一次的'飞刀攻击'到扑克牌暗示，袭击者似乎都希望我们能尽早死在这里。他（她）好像没有耐心等待我们因为饥渴而慢慢死去。"

"恐怕不是没有耐心，而是另有原因吧。"赫连柯说。

"对！"杭一一下子悟出来了，大声说道，"袭击者这样做唯一的解释就是——他的超能力无法持续这么久的时间！"

女21号，魏薇，能力"密度"——死亡。

十七、开始沟通

SUPER TABOO GAME

杭一给出的，毫无疑问是一个至关重要的结论。如果真是这样的话，就等于找到了这个看似无敌的异空间的破绽！大家突然信心倍增，似乎看到了希望的曙光。

“杭一，你的意思是，那个超能力者无法让我们停留在异空间里太久？”孙雨辰激动地说。

“我猜就是这样，所以他（她）才要在能力解除之前，想尽一切办法杀死我们！”

赫连柯思索着说：“我们可不可以这样假设——这个异空间确实是某人用超能力‘制造’出来的。我们进入之后，他（她）必须一直使用超能力维持这个异空间的存在。而使用超能力是要消耗体能的，他（她）不可能一直维持下去！”

“对，这样一想，就完全符合逻辑了！”倪娅楠说。

“但是，我总觉得不对。”雷傲说，“我之前飞到空中察看过，这个异空间大得惊人。一个能力仅仅一级的超能力者，能制造出这么大的一个异空间？我实在是有些怀疑。”

“你还是认为这个异空间是本来就存在的？”倪娅楠问。

"嗯。"

"可如果是这样的话，就不需要'维持'这个异空间的存在了呀。"

大家都陷入了沉默，确实这有些矛盾。思忖了一刻，陆华说道："我猜，会不会是因为这样——我们确实在一个原本就存在的、真正的异空间里。但袭击者因为某种原因，不愿意让我们待在这个'原始异空间'内。所以，他（她）用自己的超能力制造出了一个'小异空间'——实际上就是我之前提到的四维空间，又叫作'动态空间'。我们身处其中，会觉得空间无限大，但实际上是一种错觉。"

"啊！如果是这样的话，很多事情就能够得到解释了。"倪娅楠惊呼道，"为什么我们走远之后，会自动回到原地——其实是因为我们身处在动态空间里！"

"难怪这里什么都没有，我们也看不到那些消失的地铁列车、失踪的飞机、船只。实际上我们根本就没有在真正的异空间里，而是在袭击者制造的四维空间里。"卢平也想明白了。

"对，其实我之前就觉得奇怪了。按照我从科学杂志上看到的介绍，真正的异空间里，应该有各种各样失踪的事物，以及千奇百怪的东西。总之应该像个大杂货铺或垃圾场才对，绝不可能空无一物！"陆华说。

"在真正的异空间里制造一个'小异空间'……"雷傲挠着头，费解地问，"为什么要这么麻烦呢？"

"也许他（她）只有在真正的异空间里，才能制造出'小异空间'——好比制造任何东西都需要'原料'一样。"赫连柯望了陆华一眼，看见陆华不住地点头，显然他跟自己想到了一起，"如果我没猜错的话，以这个人一级的能力，根本没办法凭空制造出一个异空间来。"

"那他为什么不直接把我们带入真正的异空间呢？"孙雨辰问。

"陆华刚才不是说了吗？真正的异空间里有各种各样的东西，说不定还有丰富的食物和水，根本无法把我们困死在里面。"

"嗯，"杭一点头表示赞同，然后托着下巴沉思着说，"不过，我觉得还有另外一种可能性……"

"是什么？"陆华问，大家也都望着他。

杭一抬起头来说道："说不定，真正的异空间里隐藏着什么不能被我们发现的秘密，所以才必须把它隔绝开来。”

倪娅楠打了个冷战，说道：“别做这些可怕的假设了。还是回到最实际的问题吧——我们意识到‘异空间’的秘密之后，该怎么办呢？”

杭一望着倪娅楠手腕上的手表，忽然想起了什么，问道：“倪娅楠，你记得你刚刚被困在异空间里时，是几点几分吗？”

“不记得了……我当时很着急，没有刻意去关注时间。”倪娅楠说。她想了想，“不过，我可以用我的超能力搜寻十多个小时前的记忆。”

“你赶快试试吧。”杭一说。

倪娅楠闭上眼睛，暗暗启动超能力“记忆”。不一会儿，她睁开眼睛说道：“我找到（那段记忆）了，当时我确实不经意地瞥了一眼手表，上面显示的时间是七点二十二分。”

“那你再看一下，现在你手表上显示的时间是多少？”

倪娅楠看了一眼手表，“啊”的一声叫了出来：“现在是七点二十六分！”

“仅仅过了四分钟？”孙雨辰诧异地说。

杭一却激动起来，因为他发现了非常重要的事实：“我明白了，这里的时间果然不是静止的，而是流动得相当慢。但是——”他望向陆华，“并不是像你说的那样，外面的一小时等于这里的十年（一分钟等于六十天）。没有这么久！从我们在这里面待的时间来推算，大概外面的一分钟只等于这里的三个小时而已！”

“对，我最先进来，然后你们在外面隔了一两分钟进来。如果一分钟等于六十天的话，我早就死了。”倪娅楠说。

“没错，没错！”杭一点着头说，“你一开始就告诉了我们的。但我们当时因为恐惧和迷茫，并没有引起足够的重视。而陆华告诉我们外面一个小时等于这里十年的时候，我们都忘了你曾说过的话，却被陆华的信息误导了。”

“我是从非常权威的科学杂志上看到的……”

“我知道，陆华，你提供的知识并没有错。但我们都忽略了一件事——这个‘小异空间’，其实只有一级，他（她）的能力不会如此强大！也许我们可以假设——如果他（她）升满了级的话，就能做到（制造出的异空间里）一分钟等于六十天。但现在显然不行，他只能做到一分钟等于几个小时而已！”

陆华呆呆地望着杭一，脑子有些转不过来了：“这能说明什么？”

杭一望着大家说：“我认为，这家伙之所以要制造一个看似无限大的四维空间，把我们困在里面，原因就是——他（她）希望造成一种误导，让我们认为他（她）的能力非常强大！强大到我们根本没有希望出去！从而让我们丧失信心，甚至互相残杀。实际上，他（她）也几乎都要达到目的了，不是吗？”

倪娅楠的身体因为激动而颤抖起来：“你的意思是，他（她）其实根本没有我们想象的那么强，我们是完全有希望出去的？”

“没错！”杭一说，“现在我明白了，他（她）用扑克牌暗示我们互相残杀，最后剩下的人可以出去——也许胜出的人真的能出去——但并不是袭击者在兑现承诺，而是他（她）实在是维持不下去了，只能被迫解除超能力！但出去的人却会认为这是袭击者的恩赐。”

“换句话说，其实我们根本不用互相残杀，只要坚持到一定时间，就自然能出去？”卢平说。

“对！”杭一感叹道，“这个‘异空间’，也许并不是最强的能力。但这个人却的确是一个强劲的对手——这次袭击，决胜的并不是超能力的强弱，他（她）打的是心理战！”

“13班竟然有这样可怕的人物……”陆华汗颜道，“这个人究竟是谁？”

“现在猜测这个是没有意义的。我们推测一下他（她）还能用多久的超能力吧。”卢平说。

杭一说：“根据我的总结，每个超能力者能力的强弱和运用时间都是成反比的。也就是说，能力越强的人，能使用超能力的时间也就越短。这个‘异空间’既然能困住我们九个人，显然属于很强的超能力。如果我没猜错的话，他（她）最多只能使用几分钟而已。”

“假设外面的一分钟等于这里的三小时，那我们在这里待了十多个小时——相当于他（她）已经使用四五分钟超能力了。”赫连柯说。

“没错，我猜他（她）最多只能再坚持两分钟，就会被迫解除超能力。”杭一说。

“也就是说，我们最多再在这里待六个小时？”孙雨辰激动起来。

杭一信心满满地点了点头。

“那不就好办了？我们就耐心等几个小时，然后出去找那个浑蛋算账！”雷傲捏着拳头说。

就在大家都充满希望的时候，倪娅楠却提出了担忧：“我觉得，我们虽然识破了袭击者的诡计。但是，他（她）发现之前的办法全都没有奏效，会不会用更狠毒的方式来置我们于死地？”

孙雨辰埋怨道：“倪娅楠，我们好不容易看到了曙光，你别说这些令人不安的话好吗？”

“对不起……”倪娅楠低下头说，“但是，我真的在想，那个袭击者费尽千辛万苦设计这个圈套让我们钻进来，会轻易放弃，让我们逃脱吗？万一他（她）被逼急了……”

“那我们这几个小时，就尽量小心谨慎些。”杭一对倪娅楠说，“你要是实在担心，就和陆华待在一起吧，他的防御壁会保护你的。”

倪娅楠感激地点了点头。

接下来的一段时间，大家都打起了精神，静静地等待着。这场对决从心理战转变成了消耗战。虽然他们什么都没做，但也许这就是最好的战术。

赫连柯却忐忑不安。倪娅楠之前说的话和他的担忧不谋而合，他不认为袭击者会拿他们毫无办法。也许此刻，那家伙正在准备着最后的杀计。他瞥了一眼远处魏薇的尸体，心里打了一个寒战——唯一的盟友死了。如果再遇到什么险情，他的能力根本没法做到自保。

怎么办呢？赫连柯思忖着。向杭一他们寻求庇护吗？但是，要获得他们的信任，就必须得说出我的超能力才行……不行，说什么也不能暴露我的超能力。否则的话，会破坏“碧鲁先生”将来的计划。

赫连柯不敢再想下去了，怕又被孙雨辰读取了思维——他悄悄瞄了孙雨辰一眼，看起来他似乎并没有使用超能力。不过赫连柯不敢大意，他非常清楚，孙雨辰杀死魏薇之后，超能力升到了二级，范围和强度都大大增加了。

赫连柯在众人中暗暗搜寻，试图找到一个可以合作的对象。最后，他把目光停留在卢平的身上。他想到了一个主意，打算试试。

卢平一个人坐在距离大家有点儿远的地方。赫连柯走到他身边，坐下来，低声说道：“不知道你有没有发现，我们俩被孤立了。”

卢平扭头望着他：“什么意思？”

赫连柯说：“倪娅楠是女生，可以很自然地向杭一他们寻求保护；雷傲又自愿变成他们三个人的‘手下’；刘雨嘉和魏薇已经死了——还没加入他们的，不就只剩我们两个人了吗？”

"你想说什么？"

赫连柯望着卢平说："倪娅楠怀疑袭击者不会轻易罢手——我也是这样认为的。坐在这里等着出去，实在是天真的想法。不过就算那家伙再次发动什么攻击，杭一他们也不用怕。他们几个人的超能力联合起来，能攻能守。但是，我们俩就不一样了。遭到攻击，我们只有死路一条。"

"你的超能力也跟我一样，不具备攻击性？"卢平问道。

"是的。"赫连柯承认。

"那你为什么直到现在都不愿说出来？"

"我来找你，是想跟你合作。"赫连柯低声道，"我会把我的超能力告诉你，但你要保证不让其他人知道。"

卢平实在是对赫连柯的超能力感到好奇，他点了点头。

"我的超能力是'强化'，可能有很多种用途。但最关键的一点是，我能增强你们的超能力，让你们一级的超能力达到五六级的强度。"赫连柯实言相告。

卢平微微张开嘴，望了赫连柯一阵："你这个超能力很强呀。"

"准确地说，是一个很强的'辅助能力'。但缺点是，必须和别人配合，否则就派不上用场了。"

"你觉得我们应该怎样合作？"

"听着，我是这样想的。"赫连柯压低声音，"我们被吸入异空间之后，外面的人会发现我们离奇地消失在了教室里。如果我没猜错的话，他们现在正在附近寻找我们。

"卢平，你的超能力是'沟通'，对吧？你有没有想过，用你的超能力跟外面的人'沟通'，设法告诉他们，我们现在被困在了异空间里。而袭击我们的超能力者一定在附近！只要找到那家伙并制伏他，我们就有可能获救！"

"你让我跨越空间障碍，和外面的人联系？"卢平愕然道，"我的超能力不可能有这么强。"

"仅凭初级能力，也许做不到。但升到六级之后呢？"赫连柯说，"试试吧，也许有希望。"

卢平和他对视了几秒，点头道："好吧，我试一下。"

他闭上眼睛，启动超能力，试图找到与现实世界沟通的途径。赫连柯将他的能力提升到六级。

他们并不知道，巨大的危险正在迅速逼近。

十八、感知与距离

SUPER TABOO GAME

“怎么样？你跟外面的人取得联系了吗？”赫连柯问卢平，发现他满头是汗。

卢平深吸一口气，擦掉脸上和额头上的汗水，似乎进行跨越空间的沟通十分耗费体能。他摇着头，不确定地说：“我尽了最大的努力把信息传递到现实世界，但不知道那边有没有接收到，因为他们没法回应我。”

“也许你可以多传递几次，总会有人感应到的。”

卢平疲惫地说：“我办不到了……你根本无法想象，把一句话从一个空间传递到另一个空间，是多累的一件事。这根本不是距离的问题……即便我拥有六级超能力的强度，也只能进行一次。”

赫连柯看出来他确实已经精疲力竭，短时间内再也无法使用超能力了，只有叹息道：“好吧，接下来，就只能听天由命了。”

这时，不远处的雷傲突然站了起来，警觉地说道：“你们感觉到震动了吗？”

所有人都站了起来。陆华紧张地问道：“什么震动？”

“你们站好别动，保持呼吸均匀，有没有感觉这个空间在微微抖动？”雷傲说。

过了一会儿，大家都感觉到了——震动的感觉越来越明显，似乎什么东西正在迅速地靠近。

“这是怎么回事？”孙雨辰的呼吸变得急促了。

“有东西要进这个空间来了……”赫连柯本能地感应到了危险正在逼近，一滴汗珠从额头中间流淌下来。他恐惧地往后退着，其他人似乎也感觉到了危险的方向，聚拢在一起，不断后退着。

震动停了下来，时间仿佛在这一刻凝滞了。

所有人睁大眼睛望着前方，屏住了呼吸。

几秒之后，令人惊骇的事情发生了。

一条巨大的空间裂缝出现在距离他们一两百米的前方，数万只变异老鼠像潮水般涌了进来，以惊人的速度冲向它们的目标——面前站着的七个人。这种恐怖的场面足以让任何人吓得手脚发软、眼前发黑。

“啊——”倪娅楠双手掩面，发出撕心裂肺的尖叫。

“Oh，no，no，no……”最害怕恶心生物的陆华已经吓得面无人色了，不住地后退，几乎丧失了对抗的勇气。

“别慌，陆华！快用防御壁！”杭一大叫道。

“我的防御壁……挤不进来这么多人！”

“我来！”雷傲一步上前，半蹲在地上，双手交叉，然后猛地向两侧挥开，大喝一声，“真空刃！”

三道风刃呈扇形飞射而出，穿透性极强，几乎将第一拨鼠群全数斩杀。但源源不断的鼠群接踵而至，这些变异老鼠就像是受到了某种指令或控制，异常疯狂。它们丧失了理性和恐惧感，迅速踩过地上的老鼠残肢，疯狂扑向前面的人类。

雷傲鼓足全力，真空刃再次射出，但这次的力道明显弱了许多，只斩杀了跑在最前方的一些老鼠。黑压压的鼠群很快盖过同伴的尸体，就要逼近了。雷傲知道自己无法阻挡，惊惶地喊道：“我挡不住了！”

“全都让开，到后面去！”杭一大喊道。他打开游戏机，发动超能力——周围场景变成了崇山峻岭，起先那只绿色巨龙再次现身，它扑扇着巨大的翅膀，产生的风劲阻止了鼠群的靠近。接着，巨龙嘴里吐出一团火球，击中鼠群，引起了大范围的爆炸，炸死了一大半的老鼠。

“好呀，杭一！”雷傲大声喝彩，看得热血沸腾。

孙雨辰却并不乐观，焦急地说：“这些老鼠无穷无尽，一波一波接连不断地涌上来……杭一的超能力支撑不了太久的。”他把腰间别着的几把小刀拿出来，递给倪娅楠一把，又转过身，扔了两把给后面的卢平和赫连柯，“好歹拿把武器防身吧！”

赫连柯握着小刀，知道这样一把武器根本是形同虚设，一旦前面的防线失守，鼠群会像洪水一般涌过来，自己瞬间就会被咬死。他从来没有如此恐惧过，只有把一切希望寄托在杭一身上。

这时，卢平突然想起了什么，对赫连柯说道：“用你的超能力支援杭一呀！”

赫连柯望了他一眼，迟疑着。卢平瞪着眼睛说：“直到现在你还怕他们知道你的超能力？要是杭一撑不住，我们全都会死在这里！”

赫连柯也意识到了事情的严重性，更注意到，那只巨龙虽然厉害，但毕竟无法阻挡和击杀所有的老鼠。一些老鼠从侧面绕过它，向他们袭击过来。

不能再犹豫了，保命要紧。赫连柯咬紧牙齿，向前一步，暗暗增强杭一的超能力。

杭一渐感体力不支，突然，一股力量注入他的体内，他的超能力和耐久力仿佛瞬间提高了几倍。他感到诧异，却无暇去细想，借着这股力量将超能力发挥到最大极限。

陆华他们惊讶地发现，杭一制造出来的游戏场景扩大了几倍。而更振奋人心的是，一只红色巨龙和一只蓝色巨龙从天而降，加入到前面的战线中，分别吐出火焰和冰霜，并用它们巨大的尾巴扫击鼠群。杭一宛如召唤术士，全神贯注地操纵着这三只巨龙。

“杭一的能力……竟然这么强？”孙雨辰看得瞠目结舌。

“不，刚才好像发生了什么，让他的超能力瞬间增强了。”陆华说。

说话的时候，十几只狡猾的老鼠从巨龙的脚下穿过，以惊人的速度从不同的方向攻过来。陆华大叫一声：“小心！”——圆形防御壁应声而出，将自己和倪娅楠罩在其中。几只老鼠撞在防御壁上，昏了过去。

另外几只老鼠向雷傲和孙雨辰扑过去。孙雨辰大喝一声，伸出双手，用意念将几只老鼠定在空中。雷傲的手指在空中快速划了几下，用风刃将几只老鼠切成碎块。

“糟了！卢平他们！”倪娅楠发现还有三只漏网的老鼠向赫连柯和卢平扑去。他们想上前帮忙，但已经来不及了。

赫连柯正在对杭一使用超能力，无暇自顾。变异老鼠一下跳起来，咬住他的大腿，把一大块肉撕咬下来。赫连柯疼得大叫一声，捂着伤口跪倒在地。另外两只老鼠扑向卢平，卢平一边挥舞着小刀，一边躲避着，情况危急。

雷傲不敢用风刃攻击，怕误伤到他们。现在还能出手的，就只有孙雨辰了。他冲过去，用意念将三只漏网的老鼠升到空中，雷傲使用风刃斩杀了它们。

虽然解除了危机，但赫连柯遇袭之后，无法再使用超能力支援杭一了。他捂着鲜血淋漓的大腿，痛苦不堪。

杭一发现自己的超能力一下子减弱了——实际上，他的体能本来就快到极限了。他制造出来的游戏场景越来越小，三头巨龙也一只接一只地消失——终于，超能力彻底解除了。杭一累得连走动的力气都没有了，几乎瘫倒在地。

然而，鼠群并没有被杀光，还在不断地涌出。杭一回头望了一眼——雷傲也无法再使用超能力了；孙雨辰的“意念”根本不能跟大批老鼠对抗；陆华的防御壁最多能保护两三个人，而且只能支撑几分钟；赫连柯受了重伤；剩下的卢平和倪娅楠，没有攻击能力……

杭一的心凉了，知道他们终于走到了绝路。他绝望地看着鼠群像黑色的潮水般涌过来，很快就会把他们吞噬、淹没……

十九、获救

SUPER TABOO GAME

杭一等人冲向教学楼后，留在原地的还有六个人：米小路、韩枫、季凯瑞、裴裴、井小冉和辛娜。他们紧张而焦急地等待着，感觉此刻的一分钟就像一天那样漫长。过了一会儿，他们明显感觉到113教室那边出现了骚动，学校的保安和校内的很多学生都朝那边跑过去。米小路十分担心杭一的安危，说道：“到底出什么事了？我们过去看看吧！”

韩枫也忍不住了：“对，我们别傻站在原地了，得去支援他们！”

季凯瑞对三个女生说：“你们留在这里，我们过去看看。”

“不，我跟你们一起去！”辛娜说。

“我和裴裴的超能力虽然没法战斗，但肯定能帮上忙。”井小冉说。

“好吧。”季凯瑞不再阻止，“你们小心一些，尽量躲在我们身后。”

三个女生点点头，跟着季凯瑞、韩枫和米小路一起朝113教室跑去。

教室门口已经围了上百人，老师和保安都来了。刚才目睹了杭一等九人在教室内消失的人惊恐万状。一个小个子男人难以置信地讲述着这起离奇事件：“他们进去后，聚集在了教室中间。突然，教室门‘砰’的一声关闭了。只过了两三秒钟，我就推开了门，但里面的人已经消失不见了！”

“当时我就站在门口，如果不是我及时往后退了一步的话，恐怕教室门关闭的时候会把我也拉进去——那股力量真是太强大了！”一个女生脸色苍白地说，“如果我被关进去，估计也跟他们一起消失了！”

老师和保安面面相觑，不敢相信有这种怪事。但如此多的人目睹此事，很难相信他们会一起说谎。

米小路、韩枫他们心中非常清楚，杭一他们一定是遭到了超能力者的袭击。

“消失……”裴裴惶恐地说，“之前阮俊熙他们，也许就是这样离奇消失的！”

“这到底是个什么超能力？”韩枫眉头紧皱，“他们消失到哪里去了？”

“我们该怎么办？”辛娜焦急地问。

这时，一个秃顶的中年男人——看起来像是琮州大学的某个负责人——开始驱散围在113教室门口的人们：“好了，大家回各自班上去。这里发生的事情，我们会通知警察来调查，任何人不得靠近113教室！”

人群被迫散去。韩枫叹了口气，说道：“我们先到外面去吧，思考一下对策。”

所有人离开这间教室的时候，只有一个人呆呆地站在原地——米小路。

杭一哥消失了，就这样消失了？他的心仿佛坠到了冰窟之中。消失的意思是……我再也见不到他了？

韩枫拉了米小路一下，说道：“小米，我们先到别处去商量一下该怎么办吧。”

米小路木讷地摇了摇头，独自朝113教室走去。

学校负责人和保安拦住了他，保安呵斥道：“你没听到主任刚才说的话吗？所有人不得靠近这间教室！”

米小路头也不抬地说出两个字：“走开。”

主任和保安先是一愣，随即，他们感觉心底升起一种异样的恐惧感，似乎面前这个斯文的男生犹如恶鬼般可怕。他们不敢再阻拦，和周围的人一起朝两边退开。

辛娜知道米小路在暗暗用超能力改变周围人的情感。她不知道米小路想干什么，快步上前去拉住他的胳膊，说道：“小米，别靠近这间教室，危险！”

米小路回过头来望着辛娜，轻轻摇着头说：“你不知道，对我来说最可怕的是什么。”说完，他甩开辛娜的手，进入113教室。

辛娜目瞪口呆地望着米小路，似乎明白了什么。

“我们要进去吗？”韩枫问。

“别贸然行事。如果我们也消失了，就没人能救他们了。”季凯瑞说。

“可是……米小路怎么办？”

“由他吧。”季凯瑞说，“他知道自己在做什么，我们无权干涉。”

米小路走到教室中间，随便找了一个座位坐下。右侧的窗户旁，很多人用诧异的目光注视着他，他却视而不见。

全世界仿佛只剩他一个人，孤独地坐在这张椅子上。

米小路双手交叠放在课桌上，头斜靠着趴下去，安详地闭上眼睛。他一点儿都不害怕，反而心如止水，心里只有一个念头。

把我也带走吧，不管去哪儿，只要能跟杭一哥在一起。

站在门口的辛娜等人都看出来了，米小路希望自己也能消失。他们无奈地望着他，一筹莫展。

时间一分一秒地流逝，米小路发现自己仍然趴在桌子上，他不免失落起来。为什么？来呀，把我也带走呀。

忽然，他意识到也许袭击者并不知道他也是超能力者，才对自己没有兴趣。他站起来，几乎想大声呼喊：“我是超能力者，把我抓走！”

就在这时，一个声音像电流般穿过他的脑海——我们被困在了异空间。

米小路心中一震，还没反应过来，头脑里又冒出另一句——袭击者就在附近，找到他，就能救出我们！

米小路不知道这声音是从哪儿传出来的，也不知道是谁在传递信息。但不管怎样，他都激动万分。他全身颤抖，对着空气说道：“我知道了……知道了！”

韩枫他们莫名其妙地望着他，怀疑他精神出了问题。获得启示后，米小路不再萎靡不振，他快速朝韩枫他们跑过来，说道：“我知道是怎么回事了！杭一哥他们被困在了异空间里！”

“什么，异空间？”裴裴诧异地问，“你怎么知道？”

“我刚才在教室中间，突然听到一个声音——我相信是某人在使用类似心灵感应的超能力！”救人心切的米小路做出了惊人的正确判断，“这个人一定跟杭一哥他们在一起，他在用超能力跟我沟通！”

韩枫等人迅速对视了一眼，问道："那我们该怎么办？"

"那个人提示我，袭击他们的人还在附近——找到这个家伙，就能救出他们！"

"附近？那我们立刻分头去找！"韩枫说。

"等等，分头去找太冒险了。而且这样瞎找，恐怕也很难找到。"辛娜说，"我们冷静下来，先想想办法。"

"我们多耽搁一分钟，杭一哥他们就多一分危险！"米小路着急地说。

"没错，所以更不能盲目行事。"辛娜说，"除了我之外，你们都是超能力者，想想能不能用你们的超能力呀！"

这话提醒了井小冉，她"啊"地叫了一声，扭头问道："裴裴，你赶紧用超能力感应一下，那个袭击者现在距离我们有多远。"

裴裴明白了，闭上眼睛使用超能力。几秒之后，她报出一个数字："袭击者距离我们21.8米！"

"这么近！"韩枫叫道，"他（她）应该就在这栋教学楼周围！"

米小路突然想起了自己的超能力，说道："袭击者的头上会出现代表杀意的黑色小球。就算他（她）隐藏在人群中，我也能把他（她）找出来！"

说着，米小路启动超能力。升级之后，他的能力范围扩大了一倍，能观察到以自己为中心，半径十一米范围内的袭击者头上所显示的"情绪小球"。他相信只要自己不断在四周移动，肯定能发现隐藏在某处的"黑色小球"！

季凯瑞也做好了应战的准备，对米小路说："我跟你一起，一旦发现袭击者，我立刻将他（她）制服。"

米小路点了点头，几个人离开113教室，以教学楼为中心，四处寻找。

米小路在移动的过程中，紧张地环顾四周。但是，他看到的只有旁人诧异的目光和这些人头顶上代表着疑惑的紫色小球，根本没发现任何一个人的头顶上有黑色小球！

米小路有种直觉，事情紧迫，一秒钟都不能浪费。寻找一阵无果后，他问裴裴："你再感应一下，那家伙现在距离我们多远？"

"37.6米。"裴裴答道。

"这么说他（她）在反方向？"米小路朝教学楼后方跑去。这里有一个向上的阶梯，通往学校的多功能教学厅。

裴裴一直在使用超能力感应，她说道：“现在他（她）距离我们32.5米。”

米小路快要抓狂了：“怎么回事？我们不管朝哪个方向跑，都距离他（她）越来越远？”

“我也觉得很奇怪。”裴裴擦着脸上的汗水说，“自从我们离开113教室之后，不管朝任何一个方向走，都在拉开和他（她）的距离——似乎最开始在113教室门口的时候，我们和他（她）的距离倒是最近的……”

突然，她一下悟到了什么：“两点之间的最短距离，是直线。”

米小路和裴裴对视了一下，两人同时明白过来，他们飞快地朝教学楼楼顶跑去。

米小路和季凯瑞最先冲到楼顶，骇然看到，一个身穿黑色衣服的男人正背对着他们。米小路的血一下涌了上来，他几乎不用看这个人头上的情绪小球，就能准确地判断出——这家伙一定就是那操控“异空间”的袭击者！

黑衣男人听到声音后，转过身来。米小路他们这才看到，这家伙头上戴着一个狂欢节舞会上的面具——显然从一开始他就做好了隐藏身份的打算。此刻，虽然看不到他脸上的表情，却能感觉到他的惊慌失措，他怔怔地呆站在原地。

韩枫、井小冉、裴裴和辛娜也来到了楼顶。他们看到这个戴着面具的黑衣男生，惊愕不已。

季凯瑞举起手臂，左手比成手枪的模样，瞄准了黑衣男人。之前上楼的时候，他已经咬破了指头。“别动，”他冷冷地说道，“动一下你就没命了。”

黑衣男人似乎知道季凯瑞的厉害，赶紧点了点头。

“把杭一他们从异空间放出来，马上！”季凯瑞命令道。

黑衣男人不敢违抗，他启动了超能力。

黑压压的变异老鼠有一万只以上，正向杭一他们狂奔而来——异空间里的七个人都明白，死期到了。任何抵抗和挣扎都失去了意义，他们只剩死路一条。

然而，就在所有人都失去希望的时候，卢平突然发现，他们身边出现了一条宽大的空间裂缝。他激动地大叫道：“啊！‘门’开了！快离开这里！”

所有人扭头一看，没等大脑做出反应，本能地朝空间裂缝奔去。

同时，鼠群也靠拢并发动攻击了。陆华用面积较大的方形防御壁挡在最前方，掩护其他人先离开。雷傲使出最后一丝力气发动超能力，用风力阻挡了大批老鼠。卢平扶着赫连柯，率先冲了出去。接着，倪娅楠、孙雨辰和杭一也迅速跳进空间裂缝。陆华大声喊道：“雷傲，你快走！”

雷傲跑到裂缝面前，回头望了一眼，只见陆华的方形防御壁阻挡着成千上万只老鼠，眼看就要撑不住了。他大喊道：“你也快走呀！”也跳进了空间裂缝。

陆华看到最后一个人也走了，迅速改变超能力的形态，变成只保护自己一人，并节省能量消耗的“防御光膜”。上千只老鼠疯狂地向他扑杀过来，陆华虽然有光膜护体，也吓得大声惊叫，朝后仰去——借着一堆老鼠扑过来的力道，摔进了空间裂缝中。随即，这条裂缝关闭了。

陆华狼狈地滚了出来，抬眼一看，惊喜地发现自己和杭一他们已经身处现实世界中。但他来不及高兴，他发现几只变异老鼠也随着自己出来了。变异老鼠们到了另一个世界，仍然凶性不改，龇牙咧嘴地朝楼顶上的各人奔去，吓得辛娜她们失声尖叫。

季凯瑞看出这些老鼠绝不寻常，在它们发起进攻之前，他迅速用血子弹将这几只变异老鼠击杀了。

但是，这个小小的空当儿却给那个戴着面具的黑衣男人带来了逃脱的机会。当季凯瑞回过头来的时候，那个黑衣男人竟然消失无踪了。

“该死，这家伙一定逃到异空间里去了！”孙雨辰说。

辛娜、米小路、井小冉他们跑了过来。米小路并不在乎那神秘袭击者的下落，他欣喜万分地走到杭一面前，几乎想拥抱上去：“杭一哥，你没事吧？”

“嗯。”杭一拍了米小路的肩膀一下。他望向辛娜，心中百感交集——能再次回到现实世界中，再次看到辛娜和朋友们，真是太美好了。

辛娜看着杭一他们疲惫、憔悴、虚弱的模样，愕然道：“你们在异空间里，到底遇到了什么事呀？”

“可能得几个钟头才讲得完，以后慢慢说吧。”杭一说。他望向井小冉，“赫连柯受伤了，你能帮他治疗一下吗？”

井小冉点了点头，走到赫连柯身边。她将双手放在赫连柯腿部的伤口上，几秒之后挪开，之前血肉模糊的伤口已经完全愈合了。赫连柯望着井小冉，知道了她的超能力是什么，也看到了她随即露出的倦容。他立刻明白了这个超能力的弊端。

韩枫害怕井小冉又像上次一样，立刻昏睡过去。他走过去扶住井小冉，问道：“你怎么样？”

井小冉强打着精神站起来，说道：“幸好他的伤势不算太重……我还撑得住。”

裴裴发现从异空间出来的人少了两个，问道：“刘雨嘉和魏薇呢？”

经历了这件事的几个人对视了一下，不知该说什么好。好一阵后，杭一忧郁地说道：“她们死在了异空间里。我们逃出来的时候情况紧急，来不及把她们的尸体带出来……”

裴裴恐惧地捂住了嘴。杭一深吸一口气，对朋友们说：“经过这次的事，有一件事可以百分之百地肯定了——在这场‘竞争’结束之前，我们不可能再以任何形式、在任何地方继续补习了。”

韩枫点头道：“我也看出来了。”他对众人说，“总之，先离开琮州大学吧，留在这里说不定还会遇到危险。”

“怎样都好，我们赶快到一个有水的地方去吧……”陆华的嗓子都快冒烟了，几乎在脱水昏厥的边缘，其他被困的人也有同样强烈的渴求。一群人快速地朝楼下走去。

二十、袭击者联盟

SUPER TABOO GAME

琮州大学的负责人发现神秘消失的几个人竟然从楼顶上下来了，惊诧不已。主任试图把他们叫到办公室问个清楚，但这件事显然是没法说清楚的。为了避免被阻挠，以及今后可能产生的各种麻烦——倪娅楠使用超能力删除了主任和许多目睹此事的人十分钟内的记忆。之后，一行人匆匆离开。

被困在异空间十几个小时、滴水未进的几个人狂奔到校门口最近的一家超市，来不及付钱，他们就各自捧起饮料或矿泉水喝起来。超市店员吓坏了，如果不是米小路及时上前递了一张一百元的钞票，店员几乎准备报警。

一人喝了两瓶水之后，口干舌燥的几个人终于缓过劲儿来了。韩枫讶异地问道：“只不过几分钟，你们怎么渴成这样了？”

“外面一分钟相当于异空间里三个小时，你算算我们在里面待了多久吧。”孙雨辰用手背擦了下嘴。

韩枫张大嘴呆了一阵，说道：“附近有家拉面店，走吧。”

“随便什么都行，只要能填饱肚子。”陆华望着超市里的饼干和火腿肠，吞咽着唾沫。

韩枫对雷傲、赫连柯、卢平和倪娅楠说：“一起去吃吧，我请客。”

“谢谢，我累坏了，想回家去休息一下。”赫连柯说。卢平和倪娅楠也谢绝了。雷傲想起拉面的味道，口水都流出来了，当即表示同意。

于是，韩枫、杭一、陆华、孙雨辰、雷傲、米小路、季凯瑞、辛娜、井小冉和裴裴十个人，前往学校旁边的拉面店——吃饭的只有四个，另外六个人都是陪同的。但杭一点的餐几乎超过了十人的分量。

猪软骨拉面、泡菜海群拉面、关东烤鱿鱼拉面、鳗鱼饭、泡菜汁炒豚肉定食、和风泡饭、盐烤青鱼、芥味章鱼冷豆腐、铁板海螺煎饺、金针菇牛肉卷、烧秋刀鱼、碳烤黑猪串、芝麻八爪鱼、蟹子粟米色拉……杭一四人指着菜单上诱人的图片，乱七八糟点了一大通，督促服务员用最快的速度上菜。

韩枫打赌说：“你们四个要是把这些东西全都吃完了，我除了请客，再给你们一人一千元。”

半个小时之后，桌子上只剩一片狼藉。二三十个空碗盘像宝塔般叠在一起。杭一满足地拍了拍肚子，又拍了拍目瞪口呆的韩枫的肩膀，说道：“一人一千元就算了，你把钱留着以后再请我们吃几顿吧。”

吃饱喝足之后，雷傲无比惬意地说：“真是太幸福了。”

韩枫擦了一下头上的汗：“你们这种吃法……简直像饿死鬼投胎。”

陆华用纸巾擦着嘴说：“我们要是再待在里面出不来，就真的成饿死鬼了。”

“对了，你们是怎么发现那个操控异空间的袭击者，救出我们的呢？”孙雨辰问。

“到大本营去慢慢说吧，我们这么多人在这里，太扎眼了。”辛娜说。

“你们还有大本营？真是太酷了！”雷傲说。

“对，我们成立了‘守护者联盟’，路上慢慢跟你说吧。”杭一说。

韩枫付了账，一行人打车回到大本营。坐在客厅里，杭一把他们在异空间里遇到的事详详细细地讲了出来，米小路也把自己获得求救信息的事告诉了他们。所有人对对方所经历的事都感到十分震惊。

“怪了，小米怎么会感应到我们被困在异空间里呢？”杭一纳闷地说。

“我觉得是有人用超能力在跟我沟通。”米小路说。

“沟通……”陆华和杭一对视在一起，忽然明白了，“是卢平？”

“卢平的超能力有这么强吗？能跨越空间传递信息？”孙雨辰怀疑地说。

“不知道，但肯定是他。”杭一说，“看来多亏他联系到了小米，让你们找到了袭击者，我们才能获救。”

“实际上，这次的事件中，你们每个人的超能力都发挥了作用，如果少了任何一个人，都会造成无法挽回的后果。”辛娜总结道。

“嗯，没错。这正是我们成立同盟的意义所在——团结起来才能应对一切状况。”杭一说。

大家纷纷点头称是的时候，季凯瑞依然保持着冷静的分析和判断力：“任何事情都是有两面性的：这个同盟越来越壮大，一方面是好事；但从另一方面来说，也更容易成为‘主战派’袭击的目标。”

大家沉默了一刻。杭一说：“成为目标也没什么不好，让那些袭击者冲我们来吧，让他们领教一下我们联合起来的力量有多强大！”

“帅啊！杭一老大！”雷傲握紧拳头，赞赏地说，“你说得对，我们才不会怕他们呢。”

“杭一老大？”井小冉望了一眼雷傲，又望着杭一。

“我在异空间里说了的，”雷傲是个言出必行的人，“杭一、孙雨辰和陆华三个人，现在都是我的老大！”

“我可承受不起，你的超能力比我厉害多了。”孙雨辰咂着嘴说。

“不管你们怎么想，反正我已经决定了。”雷傲笃定地说。

季凯瑞打断他们的对话：“我说我们现在成了袭击者们的重点目标，当然不是怕他们，而是——既然我们知道了这一点，为什么还要继续被动下去呢？”

“你的意思是？”裴裴问。

“我们应该想尽一切办法找出‘主战派’的人，在他们策划并发动下一次袭击之前，将他们……”说到这里，季凯瑞停了下来，剩下的半句话不用说出来，意思是明摆着的。

“如果我们主动去攻击他们，那不是变成另一个‘主战派’了吗？”陆华提醒道。

“那你觉得该怎么办呢？”季凯瑞凌厉的眼神望向陆华，“始终处于被动状态，让那些袭击者恣意妄为？别忘了，他们袭击的对象并不止我们这群人，他们也在对13班的其他人下手！之前失踪的阮俊熙、佟佳音他们，就是第一批受害者！”

“对，之前失踪的六个人，肯定也是这个‘异空间’干的好事！”杭一愤懑地说，“这绝对是个阴险狠毒的家伙，如果不是你们及时找到了他，我们九个全都会死在里面。而且，这家伙杀死了刘雨嘉，现在已经升到二级了！”

“他一级的能力都如此厉害，升级之后，更是巨大的威胁。”韩枫蹙眉道，“我们一时大意，让这家伙溜了……如果不设法抓住他，真是后患无穷。”

“没错，这家伙肯定还会再次袭击我们或其他人。”季凯瑞严肃地说，“而且，你们别天真地以为，只有我们组成了同盟——袭击者们也联合起来了！这次的异空间袭击事件，毫无疑问就是由两个以上的超能力者联手制造的！”

大家都震惊了。陆华不安地点着头说：“没错，这个事情我在异空间里就思考过了。‘异空间’只能把我们困住，无法命令变异老鼠攻击我们。”

“而且，‘变异老鼠’是怎么产生的？”季凯瑞说，“这显然也是一个问题。”

“这么说，这次的袭击，起码是三个以上的人合作完成的？”孙雨辰愕然道。

“对，起码三个人。而我们只找到了其中一个，还让他跑了。”季凯瑞说，“另外两个袭击者躲在哪里？他们是怎样发动攻击的？如果不把这些事情搞清楚，我们就算幸运地躲过了这次袭击，迟早也会再栽在他们手里！”

杭一眉头深锁，缄口不语。片刻后，他说道：“这次的事情，有一点让我非常不安。这个问题，我们之前在异空间里也讨论过——为什么袭击者要制造一个‘小异空间’，把我们和真正的异空间隔绝开呢？显然是有某种理由的。我有种强烈的直觉和不祥的预感——真正的异空间里隐藏着一个惊人的秘密，也许是某些人正在策划的一个大阴谋！”

“阴谋？你为什么会这么想？”辛娜问。

“我这样想，首先因为变异老鼠——这些生物极不正常，而且数量之多，简直令人难以置信。这么多恐怖的生物，显然不会是一下子冒出来的。我怀疑是有人在秘密改造和繁殖这些老鼠，把它们作为生物武器，在适当的时候发动恐怖袭击。”杭一望着亲身经历了此事的陆华、孙雨辰和雷傲说，“你们设想一下，假如有一天，这些变异老鼠从异空间里出来，铺天盖地地涌入现实世界，那将是怎样的后果？”

陆华一想到这个画面，脸色都青了：“我只能说，如果真的发生了这种事，那简直跟世界末日差不多。”

大家都感到十分恐惧。杭一继续说道：“另外还有一件事，我也想不通——为什么袭击者不从一开始，就发动鼠群攻击我们呢？”

杭一顿了一下，望着大家说：“最开始，他把飞刀吸进来攻击我们；接着异空间里出现了一只变异老鼠；后来又出现了扑克牌暗示这样的诡计——这些手段都失败了，或者说没能完全成功，却让我们猜到了他的超能力不能坚持太久。似乎这个时候，袭击者才着急了，被迫使出杀手锏。这个过程显得不合逻辑——他干吗不一开始就发动最猛烈的攻击？”

雷傲说：“也许他一开始低估了我们，以为用飞刀或扑克牌诡计就能达到目的。”

“轻敌是一种可能，但我觉得还有另一种可能。”陆华思忖着说，“正如杭一设想的那样，变异老鼠也许是某种秘密武器，不到万不得已，袭击者是不会使用的。这些老鼠被变异和繁殖出来，除了用来杀死我们之外，肯定还有更重要的用途。”

“而且我觉得，袭击者可能做梦都没想到，我们竟然能躲过鼠群的攻击。按他的想法，鼠群把我们全数杀死之后，这个秘密也就保留了下来。”杭一分析，“出乎意料的是，我们居然从异空间里逃脱并活了下来。他们不但没能杀死我们，反而还暴露了自己的秘密，一定非常恼火。”

“所以我才说，如果我们不设法找出这些在搞阴谋诡计的家伙，肯定会遭到下一次更凶险的袭击。”季凯瑞说。

“可我们根本不知道他们是谁，怎么抓到他们？”孙雨辰说。

米小路说：“裴裴的超能力不是能感应到和某人的距离吗？也许可以利用这一点……”

没等米小路说完，裴裴就摇着头说：“不行，其实在你们说话的时候，我已经试过了——完全感应不到，就跟失踪的阮俊熙他们一样。”

“袭击者非常狡猾，他一定躲在异空间里。”陆华说，“我们不可能这么容易抓到他的。”

“我不相信他能一直躲在异空间里不出来。”雷傲说，“我们只要知道了他是谁，就一定能抓住他。”

“实际上，在楼顶的时候，我们全都看到了他呀。”辛娜说，“我不是13班的，不了解情况，可你们应该比较熟悉班上的同学，就算没看到他的脸……你们能通过身高、身材和发型判断出他是谁吗？”

季凯瑞摇头道：“我一直盯着他看，也没法做出准确判断。他的发型被面具挡了一大半，身高、身材都是最普通的类型——13班像这样的男生有十个左右。”

“这么说，我们根本没法得知这家伙是谁了。”雷傲沮丧地说。

“暂时无法得知，但我想他肯定会再次现身，一定会露出破绽的。”杭一说，“这段时间，我们要格外小心谨慎才是。”

二十一、合作

SUPER TABOO GAME

艾美酒店23楼的总统套房内，赫连柯和“碧鲁先生”坐在客厅巨大的落地窗旁边，玻璃茶几上摆放着一套精美的茶具。碧鲁先生亲自给赫连柯的茶杯斟满红茶，赫连柯显得有些受宠若惊。

“真是太惊险了。”碧鲁先生感叹道，“你几乎丧命。我真后悔让你和魏薇去琮州大学打探情况。”

“没关系，”赫连柯感动地说，“有惊无险。”他垂下头，“只是……魏薇死了，这是一个重大损失。”

“没关系，魏薇本来就不是真心跟我们合作的，她并不可靠。”碧鲁先生说，“我反倒觉得，这次的事情让我们大有收获。”

赫连柯点头道：“对，从另一个方面来说，通过十多个小时的相处，我清楚地了解了他们的超能力——杭一的超能力千变万化，非常强大；陆华的‘防御’也能够运用出不同的形态；雷傲的‘气流’无论速度还是攻击性都是一流的，是个强劲的对手；孙雨辰的‘意念’最大的威胁就是能使用读心术，必须小心提防。”

“你对他们每个人的超能力都了解得十分清楚，这非常好。”碧鲁先生往自己的茶杯里添了一勺蜂蜜，“只可惜，重点不是这个。”

“哦，是的，倪娅楠的‘记忆’——这个超能力对我们来说有某种隐患……”说到这里，赫连柯停了下来，他看到碧鲁先生在缓缓摇头。

“这一点确实值得注意，但不是我最在意的事。”碧鲁先生注视着赫连柯，“我最感兴趣的，是袭击你们的人。”

赫连柯望着他。

“‘异空间’——这真是一个强大而神奇的超能力。我敢说，选择这个超能力的人，一定是个天才，而他并非独自一人，还有几个强大的合作伙伴。这些人在异空间里制造出大批变异老鼠——也许还有别的更惊人的东西，显然是在秘密策划什么事情。”碧鲁先生牵动嘴角笑了一下，“真是越来越有趣了。”

赫连柯皱了下眉，似乎没法理解“有趣”在哪里。他提醒道：“从这次的袭击来看，这些人的目标是无差别的，他们的所作所为对我们来说，同样是威胁。”

“对，从这件事可以看出，第三个派别出现了。除了杭一他们的同盟和我们这边之外，由另外一些人组成的新兴力量正在悄悄崛起。直觉告诉我，这些人有着复杂的动机和惊人的计划。可以肯定的是，他们的目的绝对不止‘胜出这场竞争’这么简单。”

赫连柯张着嘴愣了半晌，说道：“那你觉得他们的目的是什么？”

“不知道。这些人行事隐秘，十分谨慎，知道怎样巧妙地避开锋锐、韬光养晦。我猜想这次的袭击，他们只是小试牛刀。真正的大计划，根本还没浮出水面呢。”

“那我们该如何应对？”

碧鲁先生从座椅上站起来，望着窗外思索了许久，转过头来望着赫连柯说：“我需要你来做这件事。”

“我一直在帮你做事呀。”赫连柯说。

“不，从现在开始，不再是了。”碧鲁先生说，“我要你离开我。”

“什么？”赫连柯惊愕地从椅子上弹了起来。

“别激动，听我说完。”碧鲁先生双手放在赫连柯的肩膀上，把他按到椅子上坐好，“你只是暂时离开我而已，这是我的计划——我要你打入他们内部，探知他们的秘密，帮我弄清楚这些人究竟在打什么主意。”

“他们想把我杀死在异空间。”赫连柯提醒道，“你却要我主动去找他们，跟他们合作——这现实吗？”

碧鲁先生掰着一根手指头说：“不，他们才舍不得杀你呢，除非他们是傻瓜。如果我没猜错的话，你根本就不用去找他们，他们很快就会来找你，要求你跟他们合作。到时候你要做的，只是顺水推舟而已。”

“你凭什么这样认为？”

“我分析，事情是这样的——一开始，他们把你困在异空间的时候，确实想把你和其他人全都杀掉。但是，你们在异空间里经历过那些事——特别是你增强杭一的能力之后，他们肯定会猜到，你的能力是‘强化’。”碧鲁先生俯下身来，凝视着他的眼睛，“赫连柯，你的能力被任何有欲望和野心的人发现，都会像奶酪对老鼠的诱惑那样，产生难以抗拒的吸引力。”

赫连柯沉吟良久，说道：“我同意这个计划，但我不能离开你。”

“现在不是任性的时候。”碧鲁先生带着责怪的口吻说，“一旦你‘加入’了他们，就不能再跟我接触。不然的话，那些人迟早会发现你是间谍。到时候不但你有生命危险，也会让我陷于不利之地。”

赫连柯凝视碧鲁先生片刻，无奈地说：“好吧，希望只是暂时的，也希望你知道，我做这一切，都是为了你。”

“我当然明白。我向你保证这是短暂的分离——而且仅仅是不见面而已。”碧鲁先生说，“你要经常通过电话或其他形式跟我联系才行——当然别被他们发现，你知道该怎么做。”

赫连柯点了点头，感觉好过了些。他站起来，说道：“那我先回去了。”

碧鲁先生默默颔首。

二十二、UFO

SUPER TABOO GAME

离开艾美酒店，赫连柯怅然若失地走在街道上，本该思考下一步行动的他却因为情绪低落而魂不守舍。他漫无目的地在街道上走了十多分钟，手机响了起来。

赫连柯看了一眼来电显示，微微一怔，打来电话的竟然是卢平。从异空间逃脱是昨天的事，之后卢平特意跟赫连柯互留了手机号码，今天就打了过来，显然是之前就想好了要找他。

赫连柯短暂犹豫了几秒，接起电话。

“赫连柯，记得你在异空间里说过，咱们俩应该合作——这话现在还有效吗？”卢平问。

赫连柯猜不透卢平的意图，顺着他的意思说：“当然。”

“那真是太好了，我想请你帮我一个忙。”

“什么忙？”

“对你来说只是一个小忙，对我却是非常重要的事。电话里说不清楚，如果你有空的话，我现在去找你怎么样？”

“可以。”赫连柯左右看了看，说道，“我现在在南部新区的紫荆路，这里有一家良木缘咖啡厅，我在里面等你吧。”

“好的，我二十分钟就到。”

赫连柯挂了电话，伫立原地思考了几分钟，走进旁边的良木缘咖啡厅。现在是下午两点四十分，还没到喝下午茶的时候，这里显得很冷清。赫连柯选了最里面的一个位子坐下，点了一壶花果茶。

十多分钟后，卢平赶来了，看得出来非常心急。他坐在赫连柯对面的沙发上，解开衬衫扣子，说道：“外面真热。”

“这么热你都跑出来见我，肯定是有要事吧。”赫连柯给卢平倒了一杯果茶，“别急，先喝点儿水再说吧。”

“谢谢。”卢平端起精致的茶杯，一饮而尽，自己又接连倒了两杯茶喝了。

赫连柯笑道：“你不会又被关进异空间了吧？这么口渴。”

虽然是个玩笑，卢平却笑不出来：“别再提这件事了，我要是再被关进异空间，就不可能活着出来了。”

“换成谁都一样。”赫连柯说，“上次是我们运气好，再加上我们俩的合作确实达到了预期的效果。不然的话，我们现在就不可能坐在这里了。”

卢平点着头说：“没错，这说明我们合作的话，能实现一些看似不可能实现的事情。”

赫连柯意识到他在把话题往正题上引了，说道：“卢平，我先把话说在前面——不管你要跟我谈什么，或者试图说服我做什么事，不要对我使用超能力——否则一切免谈。”

“放心吧，我不会这样做的。”卢平说，“老实说，我现在正处于超能力状态，但这是没有办法的事情。你也知道我以前是什么样，如果不使用超能力的话，我根本没法跟人正常沟通。不过我向你保证，我只对自己使用。”

“你最好说到做到，我知道你的超能力能产生一种类似催眠的作用。”赫连柯说。

“我保证，你放心。”卢平重申道。

“好吧，现在说正事。你找我，是想跟我再次合作，对吧？”

“没错。”

“你要我增强你的‘沟通能力’，以达到什么目的？”赫连柯问。

卢平迟疑了一会儿，说道：“我要跟你说的事情，可能会让你觉得……不可思议。”

“你这么说是希望我做好心理准备？好吧，我做好准备了。”

卢平抬起头，凝视着赫连柯：“我要你增强我的超能力，让我跟外星人进行沟通。”

赫连柯盯着卢平的眼睛看了半分钟：“你不可能是认真的。”

“不，我是认真的。”卢平一脸严肃地说。

“跟外星人沟通？”赫连柯难以置信地说，“我觉得要做这件事的前提是宇宙中真的有外星人存在。你能确定吗？”

“是的，我能确定。”卢平笃定地说。

“凭什么？”

卢平不想说出自己女朋友郭羽的名字：“我身边有一个人亲眼看见过飞碟，而且她相信飞碟造访地球，是为了带来某种重要信息。”

“这简直是科幻小说里的情节。”

“确实很像，但唯一的区别是——这是真的。”卢平说，“我的超能力能分辨出任何人说的话是真是假。”

“就算你那个朋友说的是实话，也不能证明外星人和飞碟真实存在。”赫连柯说，“全世界有成千上万的人声称自己曾看到过不明飞行物，但事实证明绝大多数人都看错了。”

“没错——‘绝大多数’。”卢平强调了这几个字，“这说明，有极少数人看到的是真的飞碟。”

赫连柯看出自己没法说服卢平不做这件事，他叹了口气，说道：“好吧，争论这个是没有意义的。那么，你至少可以告诉我，你为什么想要跟外星人沟通？”

“因为我是一个飞碟迷，也是一个科幻小说迷。”

“恐怕这不是唯一的理由吧。”赫连柯眯着眼睛说。

其实，卢平也搞不清楚自己对这件事如此痴迷的原因是什么。在听到郭羽说这件事情之前，他对UFO、外星人这类未解之谜一点儿兴趣都没有。但获知此事之后，他就像着了魔似的无法自拔了，仿佛冥冥之中注定的——进行这件事是他不可抗拒的使命。

出了一会儿神，卢平说道：“我就是觉得，我必须做这件事。”

赫连柯渐渐觉得这事有些蹊跷了，他也对此产生了兴趣。考虑了片刻，他说道：“就算我愿意帮你，也不能保证你一定能跟外星人成功沟通。这种事情太抽象了，谁都没有尝试过。”

“我相信会成功的。”卢平说，“想想看，我们连跨越空间传递信息都做到了，跟外星人沟通或许没想象的这么难。”

“但是，我们‘跨越空间’沟通的对象毕竟是人类。”赫连柯提醒卢平注意一些技术性的问题，“现在你试图面对的是神秘莫测的外星人。别的不说，起码语言就不通。”

“我相信我的能力——特别是经过强化之后，不用语言也能跟外星人达到一种心灵上的沟通。”

赫连柯觉得卢平有些走火入魔了，这种状态下的人显然是听不进任何劝告的。他放弃了劝阻，说道：“好吧，我答应你，尝试一下。但是具体怎么做，你想好了吗？”

“我打算将飞碟召唤到我的面前来。”卢平说。

赫连柯突然觉得有些害怕，打了个冷战：“然后呢？”

卢平耸了下肩膀：“我没想那么多了，到时候视具体情况而定吧。”

“你打算把飞碟召唤到城市中，大街上？”

“不，当然不行。外星人当然不会愿意光天化日暴露在众目睽睽之下。如果它们愿意的话，飞碟之谜早就不是个谜了。”

“那你想怎么做？”

“今天晚上十点，我们在福溪森林公园门口见。那里是郊区，人迹罕至，而且地势较高、视野开阔，非常适合跟外星人进行沟通。”

“今天晚上？”赫连柯吃了一惊，似乎还没做好准备。

“拜托了，赫连柯。”卢平央求道，“没有你的辅助，我绝对做不到。”

赫连柯看出来了，他根本没法拒绝，否则卢平会一直纠缠下去。他只好点头同意。

但是，他心中惴惴不安，似乎今天晚上会发生什么意想不到的事情。

二十三、我看到了未来

SUPER TABOO GAME

赫连柯觉得自己一定是疯了，因为他正坐车前往福溪森林公园。现在的时间是晚上九点四十分，他将要赴的约实在是诡异莫名。跟外星人沟通？这让他想起了《超级8》中的那个小男孩——真是可笑。但一想到卢平那疯狂而认真的神情，他又觉得不那么可笑了。

出门之前，赫连柯犹豫了很久。他一度想打电话告诉卢平，自己改变了主意，不想去做这件蠢事了。但他估计卢平会直接找到自己家里来，而且绝不会罢休。

从安全的角度考虑，赫连柯也想过找一个人陪自己去——比如陆晋鹏（男5号，能力“力量”）。但是，他隐隐觉得这件事最好不要让太多人得知为好，最终还是选择独自前往。

思忖的时候，出租车已经开到了目的地，停在了福溪森林公园门口。赫连柯付了车钱，下车之后，发现卢平已经等候在此了。

“你来了。”卢平走了过来。

“嗯。”赫连柯看了看周围。这里本来就是比较偏僻的景区，到了晚上，更是一个人都没有，甚至连路灯都是坏的，四周漆黑一片。在这里碰头，简直像间课在搞地下活动。

换句话说，要是在这里杀了人，根本不会有人知道是谁干的。

赫连柯突然怀疑起了卢平的动机——他该不会是找了个借口把我骗到这里来，然后……

卢平没有察觉出赫连柯的心思，兴奋地说：“我今天晚上的感觉特别强烈！走吧，我们进去。”

赫连柯并没有挪动脚步，而是用警告的口吻说道：“今天晚上我到这里来和你见面——这件事我可是告诉了别人的。”

卢平愣了一下，过了好一会儿才听出赫连柯这句话的弦外之音。他说道：“你在担心什么呀，我不会害你的！要是我有这个心思，在异空间的时候，就不会把你救出来了。”

确实也是。赫连柯回忆起，当时自己的大腿受了重伤，是卢平架着自己逃离异空间的。从这点来看，卢平应该不会是一个有歹心的人。而且因为这件事，自己还欠他一份人情。想到这里，赫连柯说道：“好吧，是我多心了，走吧。”

森林公园不在夜间开放，入口处也没有收费的工作人员。卢平和赫连柯轻易翻过了只有一米多高的伸缩铁门，进入内部。夜晚的森林公园冷寂阴森，阵阵冷风响彻林间，吹得树影幢幢，引人产生无穷遐想。

两个人走了一阵，来到一处空旷的地方。这里是森林公园的露天停车场，四周各有几条山路通往不同的景点。由于是夜晚，停车场内一辆车都没有。卢平说：“我们就在这里进行吧。”

赫连柯本来就觉得这事不靠谱，没有太多意见，一切依卢平的“感觉”来。他点了点头。

卢平抬起头来，仰望星空，集中精神试图联络外星人。赫连柯在一旁暗暗增强他的超能力。

今天晚上的天气很好，夜空中繁星点点，星座和云图清晰地展现在他们面前，不过卢平和赫连柯却无暇欣赏。特别是卢平，他能感觉到自己用超能力发出的召唤信息正在穿透云层，向四面扩散……

半个多小时后，卢平的脖子酸得不行，使用超能力将体力耗尽了。赫连柯也难以为继，两人疲惫地坐在草地上。

休息了好一会儿，赫连柯说：“好像不行呀。”

“怎么会呢？”卢平无比沮丧地说，“我明明感觉已经把信息传递出去了呀。”

“也许外星人正好不在家，没接收到吧。”

赫连柯发现卢平望着自己，他收起开玩笑的腔调，认真地说道：“我们的超能力再厉害，始终还是在地球这个范围内。你现在要做的事情涉及浩瀚的宇宙，哪有这么容易办到？外星人又不是你亲戚，打个电话、发条短信就出现在你面前了。”

“不，你不明白。”卢平说，“在我的能力只有一级的时候——也就是说，在没有你辅助的时候——我曾将飞碟召唤出来过一次。”

“什么？”赫连柯难以置信地望着他。

“我说的是真的，是在我家的楼顶上。只是我的能力还不够强，无法将它召唤到面前来，飞碟转瞬即逝了——但我敢肯定，即便是那一闪而过的瞬间，也是因为我的超能力所起的作用。”

赫连柯没有说话，心中十分怀疑。

卢平望着赫连柯说：“你以为‘它们’离我们很远吗？不，它们就在这里，一直都在。它们躲在暗处，默默地注视着我们的一举一动，从旁观者的角度观察着我们人类。我能感觉到它们的存在，你明白吗？”

赫连柯身子朝后面仰了一些：“你……有点儿吓到我了。”

卢平叹了口气：“我知道你不会懂的。”

赫连柯不想跟他就此事展开深层次的探讨，认为这是没有意义的。他看了一眼手表，说道：“十一点了，我们回去吧。”

“我还想再试试。”卢平说。

“我们刚才已经耗尽体力了，你要累瘫在这里吗？”

“求你了，我们休息一会儿，再试一次吧。”

赫连柯从草地上站起来，他实在不想再陪卢平玩下去了：“你自己试吧，我要回去了。”

卢平也站起来，着急地说：“凭我自己怎么能行？”

“你不是说你一个人的时候，也把飞碟召唤出来过吗？”

“对，但它没到我面前来呀。”

“我们刚才费了这么大劲，它还不是没出现。”

"正如你所说，也许没这么容易。要多试几次，才……"

"请你别勉强我好吗，卢平？"

"我不是勉强，而是请求。要不，明天晚上，我们再来试试？"

"什么？你要我天天晚上都陪你来做这种无聊的……"

话说到一半，赫连柯突然僵住了。他怔怔地望着斜上方，颤抖地说："那……那是什么？"

卢平愣了一下，迅速转过身。

他们瞪大眼睛看到，不远处的夜空中，一个发着绿光的碟状飞行物在以惊人的速度向他们靠近。仅仅一两秒钟，这个绿色圆盘就几乎飞到了他们头顶上。然后，它收起绿光，缓缓降落在前方一两百米处的茂密森林中。

卢平全身的血液都涌了上来，他身上的毛孔一阵一阵地收缩，紧张兴奋得全身发麻。他捏着赫连柯的手臂，语无伦次地说："成……成功了！我们真的把它叫来了……飞碟！"

赫连柯完全惊呆了，卢平紧紧抓住他的手臂，他却忘记了疼痛，一点儿感觉都没有。如果不是亲眼所见，他说什么也不会相信这一切。但刚才看到的绿色飞行物，无论从任何角度看都不会让人产生别的理解——那真的是一架飞碟！

当意识到这一点的时候，深深的恐惧将赫连柯攫住了。外星人会出现在我们面前吗？"它们"会做什么？

卢平却好像完全没有这种担心和顾虑，他已经被激动和欣喜冲昏了头脑，他快步朝飞碟所在的方向走去。赫连柯一把将他抓住，说道："你要过去吗？"

"当然！"卢平说，"我千辛万苦把飞碟召唤到面前来，难道看一眼就走了？"

"你知道你要面对的是什么吗？"赫连柯觉得卢平的头脑已经不清醒了，"你不担心外星人会对你做出什么……意想不到的事情？"

"我觉得'它们'应该是友好的，不然的话，它们早就袭击地球了。我相信'它们'这次降临，是感应到了我的召唤，要将一个重要的信息告诉我！"卢平兴奋异常地说，"如果你害怕，就留在原地吧，赫连柯。非常感谢你帮了我！"

说完，他朝前面的树林跑去，不一会儿就消失在了树影中。剩下赫连柯茫然无措地站在原地。

我……我也该过去吗？赫连柯焦急而矛盾地思忖着。能亲眼看见外星人和飞碟，这可不是每个人都能有的机会。但是，这些家伙真的会像卢平设想的那么友好吗？或许只是卢平一厢情愿的想法？

突然，他意识到了一点。卢平说外星人其实一直隐藏在地球的某处。如果这些外星人真有那么友善，那它们为什么一直不愿露面？也许“它们”有某种不能让地球人发现的秘密？如果是这样的话，“它们”会让见过自己的人活下来吗？

想到这里，赫连柯心里一阵发寒。他绝不敢靠近过去，甚至想转身逃走了。他拼命鼓足勇气，才让自己坚持站在原地，焦虑不安地等待着事情的结果。

时间一分一秒地流逝，赫连柯感觉度秒如年。他看了一眼手表，卢平已经过去十多分钟了。

他应该早就见到外星人了。

他们在干什么？怎么一点儿动静都没有？

种种疑问令赫连柯越发不安起来。就在他快要坚持不住的时候，突然，森林里闪烁了一道绿光，随即，发着耀眼绿光的飞碟升了起来，以肉眼难以看清的速度“嗖”地一下蹿上夜空，消失在了云层中。

外星人离开了？赫连柯惊惶地想道。既然如此，卢平怎么还没从森林里出来？

他实在忍不住了，想去看个究竟，快速地朝刚才飞碟降落的地方跑去。

赫连柯拨开树枝和灌木，克制着内心的慌乱和恐惧。他的心脏怦怦狂跳，不祥的预感呼之欲出。

突然，他眼睛一亮，看到了地上躺着的人——正是卢平。赫连柯赶紧跑上前去，蹲在卢平的面前，问道：“你怎么了，卢平？”

没有人知道卢平之前经历了什么，但他现在的表情足以让任何人感到心惊胆寒——他瞪大双眼，大张着口，面部肌肉因痉挛而扭曲，他的双眼布满血丝，眼泪从他的眼眶中倾泻出来——似乎刚才短短的十分钟，他经历了人世间最恐怖和悲伤的事情。赫连柯看到他这副模样，惊骇得说不出话来。然而，卢平却一下子抓住了他的手，嘴唇一张一合，半晌之后，终于说出了一句话：

“未来……我看到了未来……”

说完这句话，他僵硬的脑袋耷拉到一边，表情凝固、呼吸停止，死去了。

赫连柯的头皮一下炸开了。虽然他并不是第一次看到有人在自己面前死去，但这种恐怖莫名的死法，令人感到无限恐惧。而卢平最后说的这句话，更令他心慌意乱、不寒而栗。此刻，他无暇去揣测这句话蕴含的意思，只想赶快离开这里。

赫连柯费力地把卢平紧握着自己的那只僵硬的手掰开，不敢再看他骇人的死状。然而，他的体内莫名地涌起一股力量。赫连柯大吃一惊——这是怎么回事？难道我升级了？但是……怎么会呢？我并没有杀死卢平呀。

突然，他想到了一点，“旧神”说过——这场竞争中，最后获胜的人将拥有五十倍的强大能力。五十个人，缺一不可。赫连柯明白了。如果有人因为别的原因死去，那么他的能力会转移到距离他（她）最近的一个人身上，或者是这个人希望继承的那个人身上。

就在他暗自猜测的时候，令人惊骇异常的事情发生了——森林公园里突然燃起熊熊大火！不止他的周围——放眼望去，整个森林公园都成了一片火海！

毫无疑问，这不是普通的火灾——任何纵火犯都不可能将上千公顷森林瞬间点燃。赫连柯惊恐地意识到，做这件事情的，是那架绿色飞碟上的外星人！

该死！他们杀死了卢平，还要将我置于死地？这些家伙早就发现了我，知道我躲在附近？不过，如果是为了杀死我，用得着点燃整片森林吗？

不管怎样，赫连柯清楚地知道，自己的死期也到来了。他的四周全是熊熊烈火，没有任何一条路能让他逃脱。强行突围的话，跑到一半就会被活活烧死。

此刻，后悔已经来不及了。置身这场竞争之中，死亡并不让人感到意外。只是，他没想到自己会以如此诡异莫名，而且是惨烈无比的方式死去。但这是自己能选择的吗？他绝望地闭上了眼睛。

然而，令他意想不到的是，一股强大的吸力像几天前在113教室中那样，将他一下吸入到了另一个空间。他还没反应过来是怎么回事，已经从现实世界中消失了……

男7号，卢平，能力“沟通”——死亡。

二十四、绝对机密

SUPER TABOO GAME

柯永亮和梅娜走进琮州市国家安全局局长纳兰智敏的办公室。柯永亮问道："昨天晚上发生的事，为什么不让我们去调查？"

纳兰智敏坐在办公桌前，浏览着网上的新闻。她把头低下来一些，让目光高于眼镜框："你是在质问我吗，柯警探？"

梅娜赶紧为自己搭档的鲁莽道歉："对不起，纳兰局长。老柯性子比较急，说话也比较直，没有对您不敬的意思。"

纳兰智敏轻轻点了点头："坐下说吧。"

两个警探坐在办公桌对面的椅子上。纳兰智敏双腿交叠，手指交叉，说道："国家安全部并不是只有你们两位探员，不可能所有事情都交给你们去调查。况且我作为局长，安排哪些人去办哪些事情，没有义务向两位汇报吧？"

"对不起，局长。"柯永亮知道自己刚才确实有些失礼，他平静下来说，"我并不是想冒犯您，只是有些想不通，所以才来问问。您知道我和梅娜是专门负责调查与明德13班有关的事件的。昨天晚上发生的怪事，分明就跟13班的人有关，为什么您不让我们去调查呢？"

纳兰智敏沉吟一下，说道："你们通过什么途径了解到这件事的，新闻？"

"是的，说起来真是讽刺——我们两个专门负责调查此事的专案组成员，居然是在事情发生的十个小时以后，从电视新闻上看到的。"柯永亮说，"我们没参与调查也就罢了，竟然没人告诉我们发生了这样的事。"

"是我的疏忽，确实应该跟你们说一声。"纳兰智敏坦承。

"纳兰局长，这件事现在已经成为轰动全国乃至全世界的重大新闻了，电视、网络、报纸、杂志……各种媒体铺天盖地报道此事。听说今天晚上，美国、英国、日本、俄罗斯、韩国等国家，也会在电视的国际新闻中报道这件事，相信您也看了各种报道。我们想知道的是，这些报道属实吗？"梅娜问。

"我刚才浏览了几个大网站——几乎每一家的报道都有浮夸的成分，报纸还相对保守一些。不过总的来说，大家都是盲人摸象，只是发表不同的猜测而已，没有人知道真相。"纳兰智敏说。

"听起来，好像您知道？"柯永亮敏锐地指出。

"我要真有这么神通广大就好了，"纳兰智敏苦笑了一下，"这件事涉及了UFO，岂是这么容易调查清楚的？"

梅娜惊讶地说："这么说报道是真的，网上的新闻并没有夸大其词、添油添醋——真的有人目睹了不明飞行物？"

"恐怕是真的，据说当时目睹不明飞行物的有十多个人——这些人相距甚远，而且互相没有关系，不可能串通起来说谎。"纳兰智敏说，"但遗憾的是，他们都没能拍下照片，原因是一样的——飞碟的速度太快了，根本不容许他们做出反应。但他们却一致认为，飞碟是朝福溪森林公园的方向飞去。结果十多分钟后，福溪森林公园就变成了一片火海。"

柯永亮虽然不是飞碟迷，此时也禁不住激动起来："真的有飞碟和外星人？"

梅娜保持着冷静的态度，问道："假设这真是外星人干的吧——他们为什么要这样做？放火烧掉整片森林公园，这种行为有什么意义吗？"

纳兰智敏耸了下肩膀："我没法用外星人的思维和逻辑来分析此事。"

"但是有一点可以肯定，这件事又跟明德13班有关系。"柯永亮指出，"新闻里说，在福溪森林公园内发现了一具尸体，经警方调查，是一个叫卢平的年轻男人——正是13班的成员之一。"

纳兰智敏默默点头，没有说话。

“这个叫卢平的男人跟突然造访的飞碟肯定有某种联系。”柯永亮进一步指明。

“没错。”纳兰智敏轻描淡写地承认道，显然她早就想到了这一点。

柯永亮又有些控制不住情绪了，着急地说道：“难道我们不该去调查清楚，这到底是怎么一回事吗？连外星人都牵扯出来了！天知道13班的这些超能力者还会玩出什么花样来！”

纳兰智敏提醒道：“我没有不管呀，我一接到消息就派了探员去调查此事。”

“好吧，又回到之前那个问题了。”柯永亮说，“跟13班有关的事情，一直是由我和梅娜负责的，为什么这件事，不由我们去调查呢？”

“我再说一遍——作为局长，我有我的考虑，没有告知你们的义务。”纳兰智敏说。

柯永亮和她对视了足足半分钟，气氛凝固得令人窒息。梅娜在一旁不安地蹙着眉头。

“好吧，纳兰局长，您是我们的上级，工作安排的事，确实没必要跟我们说明什么。”柯永亮说，“但我必须提醒您一点，在这件事上，我们不仅是上下级的关系，也是合作伙伴。您知道，我和梅娜本来是警察，因为此事才被您借调到国安部的。如果我们之间不能坦诚相待，显然会形成隔阂。我直说了吧，纳兰局长——这件事情，很明显您对我们有所隐瞒，这种不信任会严重影响我们今后的工作热情。”

梅娜在心中暗暗叫好——柯永亮说的话句句在理，对一直以来趾高气扬的纳兰智敏显然也形成了一定的威慑。

看纳兰智敏的样子，似乎以前从来没有哪位下属用这种口吻跟她说过话。她显得有些难堪和气恼，却又无从反驳，闷了半晌，只说出一句：“我并非不信任你们，只是……”她略微犹豫了一下，“这件事情不是我做的决定，而是上面交代下来的。”

柯永亮和梅娜对视一眼。梅娜问道：“您说的上面指的是……”

“没错，国家安全部。”

梅娜惊讶地说：“您跟国家安全部的人汇报此事之后，他们特意交代这件事要避开我们，找别的探员去调查？为什么？”

纳兰智敏烦躁地叹了一口气："我也不知道为什么。"

"您总能猜到一些原因吧？"柯永亮说。

纳兰智敏考虑了一下："好吧，既然话都说到这份儿上了，我就把我知道的事情都告诉你们。实际上，这件事情上面的人压根儿就不希望任何人去调查。他们叫我随便派一个探员去收集一下基本材料就行了，不用深究。为什么不让你们俩去调查此事，可能是因为上面知道你们俩是非常认真负责的探员，不会满足于象征性地做点儿表面工作——现在你们明白了吧？"

事实上，柯永亮和梅娜越加糊涂了。柯永亮困惑地问："这到底是为什么？发生了这么重大的事，难道国家安全部的人不想弄清楚这是怎么回事吗？"突然，他想到一种可能性，惊讶得张大了嘴，"除非……"

"你想说，除非他们非常清楚这一切是怎么回事？"梅娜立刻明白了。

"只有这一种可能。"柯永亮望着纳兰智敏说，"纳兰局长，您怎么看呢？"

"我真的不知道。这件事是高度机密，他们连我这个国安局局长都没有透露。"

柯永亮思忖了一阵，说道："纳兰局长，您看这样好吗？这件事情，我们不以国安部探员的身份去调查，而以普通警察的身份去查探。这样国家安全部的人就管不到我们了。"

"太天真了。你觉得他们会在乎你们的身份吗？他们要的是任何人都不介入此事。福溪森林公园已经被全面封锁起来了，不准任何人靠近——警察和我们的人都包括在内。这个命令是上面直接下达的，你要坚持调查，就是跟他们作对。"纳兰智敏严峻地说。

柯永亮意识到了事情的严重性，他不敢跟国家安全部的人对着干。他和梅娜根本没法跟他们对抗——这是毫无疑问的。

梅娜显然也明白这一点，但她实在是好奇："全面封锁……难道福溪森林公园内，隐藏着什么秘密吗？"

提到这一点，柯永亮突然想起来一个重要的问题："电视和网络视频上，好像都只是报道了这件事，却没有出现福溪森林公园的任何镜头……所有赶往现场的记者，都不允许靠近，只能离得远远的。"

"这是当然，连警察和国安部的人都不能靠近，何况是记者。"纳兰智敏说。

“但最开始肯定有人进去过，才会发现那个卢平的尸体呀。”柯永亮说。

“对，但是从第一批人之后，上面的命令就下来了，之后就再没人靠近过福溪森林公园。”

“这么说，公安局肯定有人知道里面的情况……”柯永亮望着梅娜，意有所指地说。

纳兰智敏听出了柯永亮的意思，她叹息一声，说道：“你不必花心思向你的同事打探消息了，我知道里面的情况是怎么样的。”

柯永亮和梅娜望着纳兰智敏。

“听着，以下的内容是绝对机密。”纳兰智敏严肃地说道，“昨天晚上那场大火非常神秘——看起来好像上千公顷的森林都被点燃了，其实不然。烧起来的只是其中一些树木而已。古怪的是，森林里树木茂密，每棵树之间挨得十分紧密，但和着火的树相邻的那些树，却并没有烧起来。”

柯永亮和梅娜听得呆了。梅娜愕然道：“这么说，森林里的树木只是‘选择性’地烧起来了？”

“正是如此。”

“哪些树被烧了？”

“跟植物种类没有关系，似乎是随机的。”纳兰智敏说，“据说第一批进去的警察和工作人员看到这一情景，都惊呆了。”

“等等，第一批进去的人是警察？”柯永亮觉得不对，“不是应该消防队的人最先进去吗？”

纳兰智敏摇着头说：“福溪森林公园占地面积1796公顷，整个森林一起烧起来，任何消防措施都无济于事。”

“那这场森林大火是怎么被扑灭的？”梅娜问。

“根本就不是被扑灭的。消防队赶到的时候，这场规模惊人的山火已经自己熄灭了。”

“什么？”梅娜惊讶无比。

“听起来十分不可思议，但事实如此。”纳兰智敏说，“这场火灾，一瞬间被点燃，又很快偃旗息鼓了。似乎那些被点燃的树木在超高温的烧灼下，迅速化为灰烬，而旁边的树木一点儿都没有受到影响。毫无疑问，这些事情是受到某种神秘力量控制的。”

柯永亮和梅娜对视着。片刻后，柯永亮说道：“现在没有任何媒体获得授权拍摄福溪森林公园内的情景？”

“是的，别说是影像，就连我口述的内容都是机密，绝对不能外泄。”

“他们显然是在隐瞒什么。”梅娜说。

“我知道你们很好奇，我又何尝不是？但这件事情不是我能控制的，你们就不要介入了。”纳兰智敏说，“我已经把我所知道的事情全都告诉了你们。接下来，你们继续密切关注13班的超能力者们的动向，有什么异常情况立即向我汇报。”

柯永亮和梅娜从座椅上站起来，同时回答道：“是！”

二十五、它们的暗示

SUPER TABOO GAME

福溪森林公园发生的事件带给杭一等人的震撼，是可想而知的。他们现在聚集在大本营里，心情复杂而沉重。电视里还在播放着所谓的“跟踪报道”，但实际上并没有什么实质性的内容，都是关于受害者家属的一些访问。电视画面中，除了卢平悲痛欲绝的父母，还有一个年轻女孩也泣不成声。屏幕上打着这样的字幕——神秘死者卢平的女友。她抽噎地对记者说：

“都怪我……如果不是我告诉他，我曾看见过飞碟，他也不会去做这种事……”

“你曾经看见过飞碟？什么时候？”记者问。

“八九年前，我读小学的时候。”

“你看到的飞碟什么样？”

“一个绿色圆盘，像一顶光滑的绿色帽子。”

“就是说，和这次目睹飞碟的那些人看到的一样？”

“是的。”

“你把这件事告诉了你的男朋友卢平？”

“是的，我现在后悔极了。”

"你认为，是你告诉他这件事后，引起了他的兴趣，他才会想去召唤飞碟？"

"嗯……他自从得知这件事之后，整个人都沉溺其中。他曾在电话中告诉我，他非常希望能和外星人沟通。但我以为他只是说说而已，并不知道他会真的去召唤飞碟。"

记者露出困惑的表情："难道飞碟是他想召唤就能召唤来的吗？普通人怎么可能办到这种事情？"

女孩悲伤、迷惘地摇着头："我不知道……也许他不是普通人。"

"你为什么会这样认为？"

"他给人的感觉，跟别人不同……"说到这里，女孩捂着嘴，眼泪又淌了出来，似乎想起了以往的时光，她把身子背过去，"请不要再问我了……"

记者只能结束访问，转身面对镜头说道："以上是对受害者家属和女友的采访，我们还会继续关注这一事件，进行跟踪报道……"

"够了。"韩枫用遥控器关闭了电视，厌恶地说道，"这些记者简直是往人伤口上撒盐，考虑过别人的感受吗？"

孙雨辰也气愤地说："听说一会儿还要采访卢平的爷爷奶奶，找不到事做了吧？不报道福溪森林公园内的状况，老缠着死者家属干什么？"

"两天前我们还跟卢平在一起，现在，他居然就死了……"杭一悲伤地说，"早知道，从异空间出来，我就该邀请他加入同盟的。"

陆华拍着杭一的肩膀说："就算他加入我们的同盟，大概也还是会去做这件事吧——结果不会改变的。"

"你们真的相信他召唤出了飞碟？"井小冉难以置信地问。

杭一叹了口气："如果是别人，可能我不会相信。但卢平——我知道他的超能力是'沟通'。而且刚才电视上，他女朋友不也是这样说的吗——卢平非常希望能和外星人沟通。"

"他女朋友我认识，是明德18班的郭羽。"辛娜说，"她就是我隔壁班的人。"

"那女孩儿说的是真的吗——她曾经看见过飞碟，而卢平也是受了她的影响才去做这件事的？"韩枫说。

"应该是真的，郭羽不是那种喜欢哗众取宠的女生。"辛娜说。

“这么说，宇宙中真的有外星人存在？”雷傲激动地说，“太神奇了！”

“别不知所谓了，这可不是什么值得高兴的事。”孙雨辰说，“卢平被外星人杀死了！”

“新闻里可没说他是被‘杀死’的。”陆华严谨地说，“报道称卢平的尸体被发现的时候，浑身找不到任何外伤，脸上带着惊恐的表情，就像是被吓死的。”

“他会不会是……看到外星人恐怖的模样后，被吓死了？”米小路打了个冷战。

“不会吧，他既然想召唤飞碟和外星人，难道连这点儿心理承受能力都没有？”雷傲说。

“我也觉得事情不会这么简单。外星人说不定对他做了某些事情。”陆华叹息道，“可惜的是，现在卢平已经死了，谁也不可能知道当时发生了什么。”

大家沉默了一阵。裴裴说：“那么，福溪森林公园发生的大火跟卢平的死有没有关系呢？”

“我也在思考这个问题。”季凯瑞说，“这场大火一定有什么意义。”

“也许是外星人想暗示地球人什么？”杭一猜测。

“将一片森林点燃……这代表什么意思？”韩枫抓着头说，“太难猜了。”

“你别停留在这件事的表面呀，也许秘密隐藏在森林公园内部。”杭一说。

“对了，说到这个问题，你们注意到没有——不管网上的图片，还是电视里的新闻直播，竟然都没有出现福溪森林公园内部的画面。”孙雨辰费解地说，“按道理，这么大规模的森林大火，肯定应该出动直升机航拍才对。”

“说得对，”井小冉说，“不可能连我们都能想到的问题，政府和媒体却没有想到。”

“这样看来，只有一种可能性——福溪森林公园内部确实隐藏着什么秘密，而且政府知道这件事，有意隐瞒民众。”辛娜说。

“难怪那些记者只能去做些采访死者家属这样的无聊事情，肯定是因为政府封锁了森林公园，不让任何人入内调查。”季凯瑞说。

“一定是这样。”辛娜同意季凯瑞的分析。

静默了一会儿，韩枫试探着说道：“我觉得，我们应该……”

雷傲两手食指一齐指向他：“我知道你想说什么，我也是这样想的。”

陆华望着他们："你们该不会是想进入福溪森林公园内部，调查此事吧？"

"对，难道你们不好奇吗——这件事背后到底隐藏着什么秘密。"韩枫说。

"问题是，福溪森林公园现在肯定已经被封锁，说不定还有重兵把守。我们怎么进得去？"杭一问。

韩枫眨了下眼睛："我们可不是普通人呀，有什么能难得住我们这些超能力者？"

"你该不会是想一路杀进去吧？"季凯瑞讽刺地说，"为了调查这件事而大动干戈？"

韩枫撇了下嘴，意识到自己考虑欠妥。

大家思考了片刻。孙雨辰忽然望向雷傲，雷傲也望着他："怎么了，孙老大？"

"刚才我们说到'航拍'的问题，我突然想起，也许你可以……"

"对呀！"雷傲的手掌和拳头击打在一起，"我自己都没想到，我的超能力可以飞呀！"

"啊，你是说，让雷傲飞到福溪森林公园上空，把里面的情景拍摄下来？"陆华惊讶地说。

"对，这样我们就能知道森林公园内部到底是什么状况了。"孙雨辰说。

"真是个好主意！"雷傲激动地站起来，"我马上就去……"

"等会儿，现在？"杭一说，"大白天的，你飞在空中，被人发现了怎么办？"

"没关系，我在高空飞行的话，人在地面基本上是看不到的，最多看到一个小黑点儿。而且今天太阳这么大，一般人应该不会抬头看天吧。"雷傲说。

"没什么危险吧？"辛娜问。

"放心吧，我对自己的超能力早就驾轻就熟了。"雷傲自信地说。

"好吧，我把我的单反给你。"韩枫说着，到自己房间去取出一台索尼单反相机，交给雷傲，"航拍的任务就交给你了。"

雷傲把相机绳挂在脖子上，兴奋得满脸通红："保证完成任务！"

"你的超能力能支持这么久吗？"杭一问。

"没问题，福溪森林公园按直线距离来算的话，离这里非常近。我的超能力如果用于'飞翔'，维持十多分钟是没有问题的。"

“没错，我刚才用超能力感应了一下，按空中直线距离来算的话，福溪森林公园距离这里只有3783米。”裴裴说。

“以我的速度，几分钟就能飞到了。”雷傲说。

“好吧，小心些。”杭一拍了拍雷傲的肩膀。

众人走出门，一起来到大楼26层高的楼顶。他们观察周围，由于今天天气炎热，附近楼顶上没有任何人。

雷傲运了口气，表演欲极强的他，一只手握成拳头，伸向上方，另一只手侧握靠在腰间——模仿了一个超人的动作。他抛给大家一个帅气的微笑，“嗖”地一下，以极快的速度升到空中，转了一个弯，朝福溪森林公园的方向飞去。

韩枫第一次目睹雷傲的超能力，整个人都看傻了。他羡慕嫉妒恨地说道：“我当时怎么没想到选这样一个酷毙的超能力？”

二十六、神秘数字

SUPER TABOO GAME

大家回到屋内，心神不宁地等待着雷傲归来。杭一不停地看表，当时间过去十五分钟后，汗水从他的额头上渗出来了：“雷傲怎么还没回来？”

“耐心些，再等等吧。”辛娜说。

杭一在客厅内来回踱步，已经过去了二十分钟。他焦急地说道：“糟了，已经过去二十分钟了，雷傲说他最多只能维持这么久！”

大家都着急起来。韩枫想到了一些可怕的情况：“他该不会是飞在空中，被地面部队发现，让人给击毙了吧？”

“别说这种不吉利的话！”杭一瞪了韩枫一眼，“他又不是麻雀，哪能这么容易被击毙？再说他飞在高空中，子弹的射程有这么远吗？”

“一般的子弹可能不行，但如果是M82A1狙击步枪，射程能达到6800米。”十分熟悉各类武器的季凯瑞说道。

“难道你也认为他……”

“不，我只是说，这种可能性是具备的。起码他在高空中，不是我们想象的那么安全。”季凯瑞说。

“确实……还有撞到飞机的可能。”陆华咽了下唾沫。

听到他们这样说，大家越发烦躁不安了。裴裴用超能力感应了一下，说道：“你们别着急，他还活着，现在距我们的直线距离是3257米。”

大家都松了口气。杭一说道：“这么说，他现在正在福溪森林公园附近？照片应该拍好了吧，怎么还不返回？”

裴裴耸了下肩膀：“这我就不知道了。”

“他会不会遇到什么麻烦了？”孙雨辰猜测，“我们要过去支援他吗？”

“怎么支援？我们又不能飞到空中。”韩枫无奈地说。

“他的超能力坚持不了这么久，现在肯定没在空中了。”杭一皱着眉头说。

“好了，我们别瞎猜了。雷傲的能力很强，相信他自己能应付的。”陆华说。

大家又等了半个小时，距离雷傲离开已经差不多有一个小时了。就在杭一实在忍不住，想要去福溪森林公园找他的时候，雷傲终于回来了。

所有人都松了口气，大家一起走上前去，杭一关切地问道：“你没事吧，雷傲？”

“没事。”雷傲擦着头上的汗，睁大眼睛说，“太惊人了，你们根本想不到，我在空中看到了什么。”

“别急，坐下来慢慢说吧。”韩枫从冰箱里取出一听冰镇可乐递给雷傲。雷傲坐在沙发上，打开易拉罐，将饮料一饮而尽。

“你不是说二十分钟后就能回来吗？怎么去了差不多一个小时？”井小冉问。

雷傲解释道：“我很快就飞到了福溪森林公园上空，在空中看到的情景把我惊呆了。为了把整个场景完整地拍下来，我飞到更高的地方，变换不同的角度拍摄了很多张照片。

“整个过程耽搁了很久，不知不觉已经超过了我能维持的飞行时间。我没有体力再飞回来了，只有降落在福溪森林公园附近一个不起眼的地方，然后打车回来。”

“原来是这样。”杭一说，“你在空中看到了什么，告诉我们吧。”

雷傲深吸了一口气：“太令人震撼了，我没法用语言来形容，你们直接看我‘航拍’的照片吧。”他把相机从脖子上取下来，交给韩枫。

韩枫立刻拿出数据线，将相机和茶几上的笔记本电脑连接在一起。不一会儿，他们在电脑屏幕上看到了雷傲拍摄的照片。一开始，他们都没看懂，盯着屏幕看了许久，他们才终于明白自己看到的是什么。

韩枫最先惊叫起来：“这……这是从高空中俯视的福溪森林公园？”

“要不然呢？还会是什么？”雷傲说。

“天哪，”辛娜惊讶得合不拢嘴，“这真是……太令人震惊了！”

“你们看到的还只是照片，想象一下我在高空中直接看到这一幕的感受吧——我差点儿从空中掉了下来。”雷傲擦着汗说。

在他们发出各种惊叹的时候，杭一完全看呆了，震惊得许久说不出话来。这实在是太不可思议了——照片上，整个福溪森林公园如同一张绿色的垫子。这张垫子上，仿佛有调皮的小孩用粉笔在上面写下了密密麻麻的“数字”——准确地说，不是“写”下，更像是“印”下了这些数字。如果不加以说明的话，没有人会想到这是一个面积有1796公顷的森林公园，可能只会认为这是谁在草坪上留下的印记而已。

这些数字所代表的意义，需要仔细研究，但有一点是可以肯定的——能做到这件事的，不可能是人类，只能是那些神秘莫测的地外生命。

“原来福溪森林公园并没有全部烧起来，只有‘数字’部分的树木被烧光了。”米小路愕然道，“这是怎么办到的？”

“对于外星人来说，可能并不是什么难事。”季凯瑞说，“就像用激光在钢板上烙字一样。根据新闻上说的来看，福溪森林公园似乎一瞬间变成了火海——说明这些数字是同时烙上去的。”

“目前地球上的科技，应该办不到这一点吧？”井小冉说。

“当然。我觉得不用怀疑——这些数字肯定是外星人有意留下的暗号，他们在试图暗示地球人什么。”季凯瑞说。

“这些数字应该有几百个吧。”陆华张着嘴说。

“是的，一共426个数字。”裴裴用超能力感应了出来。她对韩枫说：“有纸和笔吗？”

韩枫递了一张白纸和一支签字笔给裴裴。裴裴伏在茶几上，将照片上的数字按顺序仔细地抄写在纸上。她抄得非常认真，写完后又校对了两遍。半个小时后，她抬起头来说道：“好了，我把数字一个不漏地抄下来了。”

纸上写着——

5，5，6；3，1，7，1，4；2，1，9，1，3；2，1，9，1，3；2，1，8，1，

4；2，1，1，3，2，3，4；2，2，3，2，2，1，4；3，3，3，2，5；4，1，5，1，5；5，1，3，1，6……（后略）

“你知道这些数字代表什么意思吗？”杭一问裘裘。

裘裘眉头深锁，缓缓摇头。

“你的超能力是‘数字’，应该对此很敏感呀，没办法破译吗？”

裘裘无奈地说：“这些数字可是地外生命留下的呀，可能已经超出我的能力范畴了。”

陆华仔细看了一阵，说道：“会不会是某种特殊进制所表示的程序语言？就像计算机使用的二进制系统那样。”

裘裘点着头说：“很有可能，但我根本看不出规律，该怎么转换成我们能看懂的语言呢？”

“输进电脑试试。”陆华提示。

“对！”裘裘从沙发上站起来，“我家的电脑上，有一个用计算机破译各种密码的软件，我这就回去试试！”

裘裘把那张白纸折叠好，放进包里，对众人说道：“我研究出结果，立刻通知你们。”

“小心呀。”杭一说。

裘裘望着他，微微皱了下眉毛：“我只不过是在家里的电脑上研究这些数字，会有什么危险吗？”

杭一自己也觉得奇怪，刚才那句“小心”，似乎是根本没有经过大脑，脱口而出的。难道是潜意识让他说出这样一句话？他无法解释，只有说道：“没什么……小心一些，总是没错的。”

裘裘略略颔首：“好的，我知道。”打开门，离开大本营。

“我们呢，现在做什么？”韩枫问。

“我今天要回趟家，我爸妈从老家来了，我得陪陪他们。”孙雨辰说。

“我也好久没回家了。”陆华说。

杭一的父母其实也催促了好几回，叫他回家。杭一害怕这场残酷的竞争会牵连到父母，所以一直没回去，但心里却很是挂念。看到大家都有这个意思，他说：“那我们今晚就各自回家吧，但是考虑到安全问题，不能在家里待太久。明天……最多后天就要回到大本营来。”

“好吧，今天大家都回家休整一下。”韩枫说。

“唉，没劲。我本来还说要搬过来跟你们一起住呢。”雷傲说。

“后天你就搬过来吧。”韩枫说。

“太好了！”雷傲兴奋地说，“我早就想在外面住了，在家天天都要听我老妈唠叨。”

“我们别一起出去，目标太大。”杭一说。

商量之后，众人分别离开大本营。

二十七、灰姑娘的故事

SUPER TABOO GAME

俞璟雯，女，身高154cm，体重76kg。

每次在体检表上看到自己的各项数据，俞璟雯（女24号）都想把体检表撕得粉碎。

如果只是胖还罢了，关键是她长得也很丑——满脸雀斑、塌鼻子、单眼皮、一身赘肉……

她是13班最胖最丑的一个女生，也是最自卑的一个女生。严格地说，在生命中的任何一个阶段，她都扮演着这样的角色。

小学和初中的时候，她是班上男生讥讽、嘲笑的对象，连女生都瞧不起她，不愿跟她一起玩。到了高中，班上同学的素质有所提高——毕竟人长大了，要成熟些，没有人再做出不尊重她的行为，但是那种漠视，仍让她感觉受到了莫大的伤害。

二十岁的花样年华，正是一个人最美好的时光，很多人都享受着恋爱所带来的欢愉——哪怕是刺痛。但俞璟雯没有这种权利。身边的男生没有一个拿正眼瞧她，甚至话都不愿跟她多说。

俞璟雯曾经想，如果有一天，自己能跟喜欢的男孩一起约会，那么，只活一天她也愿意——尽管想法已如此卑微，但对她来说仍只是奢望。

她本来以为，人生已注定如此，悲哀将伴随终生。但在一节英语补习课上，她的人生出现了希望和转机。

当“旧神”让全班的人在一张纸上写下任意一个“概念”，并赋予他们控制这种事物的超能力的时候，俞璟雯差点儿因为脑部充血过量而昏厥。她首先想到的是“容貌”，又突然意识到，容貌包括的大概只有长相，并不是她想要的全部。略一思忖，她在纸上写下了“外形”两个字。

事实证明，她的选择是对的。“外形”这个概念明显比“容貌”涵盖的范围要广得多。

从此之后，俞璟雯拥有了变形的超能力。

第一次试验超能力的时候，她站在卫生间的大镜子前，手里握着一本时尚杂志，紧张得浑身发抖。她盯着杂志某一页上艾玛·沃特森的全身图片，闭上眼睛，心中默默祈祷自己能变成这个全球最美的女孩儿的样子。当她睁开眼睛——

那种感觉难以用语言来形容!

她捧着自己那张俊俏的脸蛋，看着自己纤细修长的身体，眼泪扑簌簌地掉落下来。她当时激动得只有一个念头——够了，我满足了，哪怕现在要我死都行。

但事实是，人的欲望是会随着外在的改变而升级的。既然已经变成了全世界第一美人儿的样子，怎么可能待在家里，不出去展示一下呢?

令俞璟雯尴尬的是，变成艾玛·沃特森之后，她的衣柜里竟然找不到一件合适的衣服，以前那些宽松、肥大的衣服此刻让她厌恶不已。似乎变身仅仅十多分钟，她就已经和过去彻底决裂，俨然以美女自居。由此可见，外貌对人的影响之大，真是不可思议。

好不容易，俞璟雯才在衣柜里找到一套几年前的衣服——好歹要小几个号，能穿在现在这个玲珑有致、娇小可爱的她身上。接着，她迫不及待地奔上了街。

当天下午引起的轰动，简直成了一场灾难。对于从来没有受到过瞩目的俞璟雯来说，这种阵势是她从来没有见识过的。刚刚走到街口，她就听到一群女生发出尖叫——“天哪，那是艾玛·沃特森？”接着，整条街的人都望向了她。随即，半条街的人朝她拥了过来，只为一睹超级大美女的风采。人们为之疯狂，街道拥挤得水泄不通。一个普通的日子因为一个美人儿的出现变成了狂欢节。

受到如此追捧的俞璟雯，全身每一处毛孔都打开了，舒畅得无与伦比。这种满足感所带来的愉悦，超越了一切物质层面的享受。她不断向“影迷”们解释：“抱歉，我不是艾玛·沃特森，只是长得跟她有点儿像而已。”而换来的是更大一波像浪潮般的赞叹——“我们市竟然有这种美女！”“我敢说她比艾玛还要漂亮！”“这辈子终于见到真正的美女了！”

最后，俞璟雯害怕露出破绽，挤出人群逃了回去，才让这场骚动平息。回到家后，过了十多分钟，她变回了原来的样子。她这才知道，原来使用超能力的时间是有限的，不能一直维持超能力状态。她吓出了一身冷汗，庆幸自己及时逃了回来，没在众人面前变回丑女，否则后果不堪设想。

之后，她又在家试验了好几次，明白了自己维持超能力的时间在一个小时左右，之后会强制变回原状，要休息一阵之后，才能够再次使用超能力。也就是说，她每天可以有若干个小时变成美女，但中途必须休息，不能连续。不过这对俞璟雯来说，已经足够。值得一提的是，她变形时有些恐怖，脸像烧开的水一样咕嘟咕嘟冒着泡，身体亦然。但她毫不在乎——只要能变美，其余一切都不重要。

经过上次的事，俞璟雯总结出了经验——不能再变成大家都熟悉的超级大明星走到大街上去了，不然又会引起同样的骚动。为了真正地享受当一个美女的快乐，要稍微低调一点才行。

经过多次试验，她对超能力的运用已驾轻就熟。她买了若干本带有大量明星（主要是女明星）照片的杂志，选择变成自己喜欢的美女，并适当做了一些改变——跟那个明星本人略有区别。然后，她带着迷人的美貌出去，享受作为超级大美女的快感——前面十七年的人生所欠缺的，她要最大限度地弥补。

俞璟雯对这件事的热衷简直到了痴迷的程度。短短一个星期之内，她就曾变身成与安妮·海瑟薇、梅根·福克斯、克里斯汀·斯图尔特、詹妮弗·劳伦斯等超级美女相似的样子出现在城市各大繁华场所。不管现身何处，她总会成为焦点。人们对她行注目礼是最基本的礼仪，多数时候，她都会被帅哥搭讪，而骨子里还是那个丑姑娘的俞璟雯并没有学会大美女应有的矜持。她欣然接受大部分年轻男士（当然是她喜欢的）的邀约，和他们一起喝咖啡、逛商场。尽管她每次只能和这些男人共处一个小时，但这些被美色俘虏的男人，还是心甘情愿地为她奉上名牌服装、包包和各种讨女孩子欢心的小玩意儿。俞璟雯一个星期收获的礼物，可以在淘宝上开一家精品店。

俞璟雯沉醉在了自欺欺人（她本人不这样认为）的美丽旅程中。但是，终于有一次，令她始料不及的状况出现了。

那天下午，她变成与斯嘉丽·约翰逊相似的模样，出现在了哈根达斯甜品店。与往常一样，她的美貌惊艳了整个店里的人，一些单身男士开始跟她搭讪。俞璟雯注意到，其中一个穿着D&G短袖T恤、戴着一块欧米茄名表的短发帅哥，是她最喜欢的男生类型——干净、帅气、阳光、极具品位。她曾经在心里想，能和这样的帅哥约会一次，死也知足。现在，这样的优质男生就在眼前，唾手可得。

俞璟雯默许这个短发帅哥坐在自己身边，男孩为她奉上一个粉红色的、可爱的冰激凌蛋糕。他们边吃边聊，几乎只用了五分钟，两人就坠入了爱河。男孩不但英俊帅气，谈吐举止也十分得体，极具绅士风度——和以往那些为了满足虚荣心而追求她的男士有很大不同。俞璟雯被他迷得神魂颠倒，几乎忘记了时间。

男孩突然叫她等一下，迅速地离开了哈根达斯甜品店。五分钟后，他回来了，手里捧着一大束玫瑰，还有一个精致的首饰盒。他走到俞璟雯身边，将鲜花和礼物一起奉上，红着脸说道："也许你觉得我有些轻浮，才认识这么一会儿就……但是请你相信，见到你之后，我才明白什么叫作'一见钟情'。我这辈子从来没有过这样的感觉——认定一个人就是一生中的挚爱。我无法控制我的感情，必须立刻向你表白——请你做我的女朋友，好吗？"

说着，他打开了首饰盒，里面是一条闪烁着耀眼光芒的钻石项链。不过，令俞璟雯沉醉的并不是钻石，而是男孩俊俏的脸庞和真挚的表白。她感觉自己快要融化在这份幸福中了，真想一口答应"好，好！"但她没有完全失去理智，她知道自己的真实面貌。这时，俞璟雯看了一眼时间，变身已经超过了五十分钟，马上就无法维持超能力了。

她紧张起来。男孩见她并没有立即答应，说道："请你不要以为我是那种只看重外表的人。没错，你确实美得无与伦比，但真正吸引我的，是你的内在。尽管才接触一会儿，但你真诚的笑容和毫无架子的率真个性深深地打动了我。相信我，我能给你想要的一切。"

我相信，我相信。我想做你的女朋友。俞璟雯内心在呐喊，但她不敢答应。而且，恐怖的事情发生了，她感觉自己的脸慢慢鼓起来——天哪，超能力快到时间了！俞璟雯不敢再耽搁下去，情急之下，她只有快步朝店内的卫生间走去。

男孩不明就里，拉住她的手臂问道："你要到哪里去？"

“我去上个厕所，马上就回来。”俞璟雯挣脱他的手，快步冲进卫生间。

几乎刚刚关上门，她的超能力状态就解除了，变回了原来的样子。

真是太险了，差点儿就露馅儿了，俞璟雯心有余悸。她在卫生间里休息了几分钟，突然意识到一个严峻的问题。

糟了，这是一个独立卫生间。我要休息一个小时左右，才能够再次使用超能力。难道要我在这里面待上这么久？但是，如果就这样以本来面目出去的话……

俞璟雯焦躁起来，不知道接下来该怎么办才好。过了二十分钟后，等候在外的男孩大概是等不及了，也可能是起了疑心，在门口问道：“Aimee（俞璟雯告诉他的假名字），你没事吧？”

“没……没事。”

四十分钟后，男孩和店里的工作人员都觉得不对了——谁会在厕所里待上这么久？他们一起敲门，店员问道：“女士，请问你真的没事吗？”

俞璟雯不知道该怎样回答了，紧张地攥紧脚趾，浑身冒汗。

店员实在觉得不对劲儿，说道：“麻烦你把门打开好吗？”

俞璟雯没有办法了，她害怕再不开门，他们会强行破门而入。她哆嗦着打开了卫生间的门，然后埋着头，快速地朝前面走去。

男孩看到里面出来的竟然是这样一个胖女生，先是一愣，然后探头朝厕所内望去，发现里面没有人。他迅速追过去，一把抓住俞璟雯的手臂，问道：“刚才那个美女呢？”

俞璟雯不敢说话，她害怕声音会暴露自己和“那个美女”是同一个人。她只有埋着头，摇晃着脑袋。

男孩好像丧失判断了，竟然问道：“你……你把她弄到哪儿去了？”

这时，店长走过来问道：“出什么事了，先生？”

男孩气急败坏地说道：“我女朋友是个超级大美女，她刚才进了卫生间，不知道怎么消失了！门打开的时候，就看到这个肥婆出来了！”

听到“肥婆”两个字，俞璟雯的心仿佛被重重地击打了一下，接着开始抽泣，眼泪滚落下来。她这才明白男孩所说的“喜欢你的内在”的前提是——这份内在必须装在一个漂亮的容器内。现在，这个容器已经和她的心一起被打碎了，而男孩还在不依不饶地要她把他的美丽女友赔出来，就像她是一个会生吞美女的怪物一般。

“求你……让我走吧……”俞璟雯艰难地挤出这句话。她受到的侮辱和伤害正从她身上四溢出来。

男孩听到她的声音，愣了一下，手不自觉地松开了。俞璟雯逃一般地冲出了甜品店，招了一辆的士钻进车里，就像找个地缝钻了进去。

回到自己所在的住宅区后，俞璟雯并没有立刻回家，她躲在小区里的一片树荫下哭泣。懊丧、羞愧、悔恨等情绪一股脑涌了上来，但她偏执地认为，造成这一后果的原因是自己变身的时间太短，换句话说，是自己的超能力还不够强大。

这时，她才想起了“旧神”所说的关于升级和竞争的事，泪眼婆娑地抬起头来。

这一抬头，把她吓了一大跳。她身边不知什么时候站了一个人——赫连柯。

“赫连柯，你……什么时候……”俞璟雯惊讶得语无伦次。

“别紧张，我没有恶意，我是来找你合作的。”赫连柯说。

“合作？合作什么？”

赫连柯俯下身子，压低声音：“我能让你一直处于超能力状态，或者说，绝大多数时候处于超能力状态。”

俞璟雯的脸一下涨得通红，尴尬而惊愕地说：“你……跟踪了我？你知道刚才发生了什么事？”

“别管这些旁枝末节了。我刚才说的话，你应该听清楚了吧。你觉得怎么样？”

一直处于超能力状态？俞璟雯不敢相信这是真的，但她也猜不透赫连柯的意图。

赫连柯说道：“不用怀疑，我的超能力能帮你做到这一点。”

俞璟雯并不傻，她问道：“那么，你想要什么？”

赫连柯浅浅一笑：“相信不用我说，你也充分领略了‘美’的力量。我想借用这个力量。你帮我做一件事情，完成之后，你就能永久地增强自己的超能力——怎么样，这交易不坏吧。”

俞璟雯知道自己会答应的。其实从赫连柯刚刚说出那句话时，她就非常清楚，不管要她做什么，她都会答应——她不可能拒绝“美”所带来的致命诱惑，哪怕“美”本身就是致命的。

二十八、恐怖的水

SUPER TABOO GAME

杭一待在家里这两天，父母多次询问13班到底出了什么事——从游泳池事件开始，13班目前为止死亡和失踪的人已经超过了两位数。这件事引起了他们的高度警觉，并感到恐惧和迷惑。

其实杭一很想把一切都告诉他们，但估计这样做之后，父母会变得惶惶不可终日，而且再也不准他出去和13班的任何人接触——其结果只会适得其反。无奈之下，杭一只有谎称自己根本不知道这是怎么回事来蒙混过关。

现在看起来，13班的其他人也是这样做的。不然的话，关于这个班五十个人全都成为超能力者的事情，可能早就传遍大街小巷了。

为了获得长期在外面住宿的机会，杭一向父母谎称，韩枫在市中心租了房子，并聘请了英语外教，邀请自己和陆华去免费听课。父母虽然担心杭一的安危，但也不能因此让他待在家中，什么都不做，只有同意。

离开家之前，父亲塞给杭一五千元钱，母亲则再三叮嘱杭一一定要注意安全。杭一连声答应。以往，他都会嫌母亲啰唆，但这次，只感受到浓浓温情。

离开家，杭一长叹了一口气。欺骗父母让他心生愧疚，但这实在是迫于无奈。如果不想个办法离开家，万一袭击者找到家里来，殃及父母，后悔就来不及了。

想到这里，杭一忽然感到悲凉。他回头望了一眼自己的家，心中思潮起伏——爸、妈，如果我能在这场竞争中活下来，我一定把所有的事情都详详细细地告诉你们；如果我死了……希望你们别太悲伤，要好好地生活下去……

不行，再想下去他要忍不住掉下泪来了。杭一深呼吸一口，走到大街上，拨通米小路的手机。不一会儿，他们碰头了，一起坐车前往位于市中心的大本营。

到达的时候，已经是下午三点多了，杭一发现他们竟然是最后到的——韩枫、陆华、雷傲和孙雨辰都已经聚集在此了。雷傲似乎也是刚到不久，他搬了一皮箱行李过来，看来是真打算在这里长住了。

杭一坐下来，问道："裴裴跟你们联系过了吗？"

"没有，"韩枫摇头道，"我还正准备问你呢。"

"看来她还没研究出结果……"杭一若有所思地说，"外星人留下的暗号比我们想象的要难破解得多。"

"那我们现在该做些什么呢？就这样一直等下去吗？"陆华问。

"那多无聊呀。"雷傲双手背在脑后，"我们可以想些好玩的事情来做呀。"

"什么好玩的事情？"陆华问他。

雷傲从皮箱里摸出一台新款的苹果笔记本电脑："我们来联机玩对战游戏吧。"

陆华翻了翻眼睛，对他来说，这正是最无聊的事情。韩枫苦笑了一下，说："你好像忘了杭一的超能力是什么，我们永远玩不过他。"

"不能用超能力，那是作弊！"雷傲申明。

如果是在平时，杭一一定会赞成雷傲的提议，但现在，他却提不起这个兴致。班上的人被杀和失踪的已经有十多个了，他怎么可能安下心来玩游戏呢？

而且，他心里一直惦记着一件非常重要的事情。

韩枫见杭一一直没说话，问道："你在想什么，杭一？"

杭一望着伙伴们，说："你们肯定没有忘记，谭瑞希（女32号）袭击我们的那天晚上，孙雨辰听到的那个神秘人的心声吧——'旧神'是我们班的某个人。"

"什么？"雷傲第一次听说这件事，大吃一惊，"'旧神'是13班的某个人？”

“对，我用读心术听到了这家伙心里的想法。”孙雨辰说，“可惜他当时在一辆车里，并不知道他是谁，就让他跑了。”

“但他肯定也是13班的一员，对吧？”雷傲猜测。

“应该是。”

“这么说，‘旧神’是13班的一个人——而我们班的另外一个人知道这件事！”雷傲惊诧万分。

“是的，‘旧神’引发这场残酷竞争的背后，肯定有一个惊人的秘密，说不定是一个天大的阴谋。”杭一说。

得知这件事后，雷傲也没心思再玩游戏了，他说：“如果我们能找出‘旧神’是谁，就能得知这件事背后隐藏的秘密了，不是吗？”

“话是没错，但有什么办法能把‘旧神’从几十个人中分辨出来？”韩枫问。

雷傲缄口不语了。

米小路思忖了一阵，说道：“我觉得，我们首先要弄清一件事——‘旧神是13班的某个人’这句话到底是什么意思？”

大家望向他。米小路继续说道：“我的意思是，‘旧神’到底是一个什么样的存在？他真的是一个‘神’吗？或者只是一个‘人’？”

米小路的话引起了大家的思考。确实，这个问题他们之前似乎一直忽略了。杭一若有所思地说：“当时，我们正在上课……聂老师却突然像被附身了一样，以‘旧神’的姿态跟我们说话。接着，他（旧神）让我们五十个人在一张纸上写下一个概念，赋予我们控制这种事物的超能力，并强迫我们参与这场残酷的竞争……”

杭一抬起头来，望着伙伴们说道：“无论怎样看，能做到这些事情的，都不可能是普通人呀。”

“对，‘旧神’的所作所为，确实像一个高高在上的‘神’。所以，他才能赋予我们五十个人不同的超能力。但是，这样一个‘神’，竟然是13班的某个人——这不是十分矛盾吗？”陆华皱着眉头说。

大家都沉思着。良久，杭一想到了一种可能性，说道：“会不会是这样——‘旧神’不是能附身在某人身上吗？当时，他从聂老师身上抽离出去之前，故意对我们说，一年之后他才会再次降临。但实际上，他并没有走，而是附在了我们班的某个人身上，暗中观察我们！”

大家面面相觑。雷傲说：“对，有可能是这样！”

“而且这件事，我们班有一个人是知道真相的。谭瑞希策划的阴谋失败后，这个人立刻坐车逃走，可见他是这个阴谋的参与者！”杭一分析。

“照你这么说，这个人和‘旧神’是一伙的，而且他们在悄悄策划着各种阴险的袭击。”陆华愤然道，“说不定阮俊熙他们的失踪，以及我们被困在异空间里，都是他们在暗中搞鬼！”

“暂时别把所有罪责都归结在‘旧神’身上。”杭一理性地说道，“但有一点是可以肯定的，‘旧神’和他的同伙，肯定没安什么好心！他为什么要隐藏身份躲在我们五十个人之中，他策划这场‘竞争’真正的目的是什么——这里面一定大有文章！”

雷傲听得热血沸腾，说道：“那我们赶快行动吧，把这个阴险的‘旧神’找出来！”

“你又来了，”韩枫说，“怎么找？一个一个去调查吗？”

“其实我觉得，也没有我们想象的那么困难。”雷傲说，“排除掉已经死去的人，和我们同盟的伙伴……”

米小路忍不住打断他的话：“你能保证，他（旧神）不会是我们同盟中的某个人吗？”

此言一出，大家都为之一惊。杭一睁大眼睛望着米小路：“小米，你这么说……是什么意思？”

米小路赶紧解释道：“不，不，我并不是怀疑谁。这么多天以来，我并没有觉得我们当中有谁是可疑的。但我们的同盟在不断扩大，加入进来的人越来越多，谁能保证……那个阴险的‘旧神’不会混迹其中呢？”

杭一连连摇头：“不管怎样，最好别说这种话。如果我们之间出现信任危机，后果不堪设想。”

“我知道了……”

雷傲思考了一阵，突然望着孙雨辰说：“孙老大，你的超能力不是‘意念’吗？你能不能用意念推测一下，‘旧神’到底是谁。”

孙雨辰苦笑道：“你太高估我了，我的‘意念’不可能做到心想事成。”

陆华想了想，对孙雨辰说：“我觉得雷傲说的有道理，你可以尝试用超能力感知与‘旧神’相关的一些事情，没准儿能获得某种提示。”

“提示？”孙雨辰蹙眉道，“可能吗？”

“我在一些科普书上看过这样的文章——一些具有‘法力’的巫师，能够回答人们提出的各种问题，帮助他们解决难题。比如占卜未来即将发生的事情、帮助人们找到失散多年的亲人，甚至可以通灵。当然，这些巫师当中可能绝大多数都是江湖骗子，但科学家经过考证，发现其中一些人真的具有异能。而归根结底，是这些人能够运用隐藏在大脑深处的‘意念’的力量。”

听了陆华说的话，孙雨辰皱了下眉头：“你说得我好像就是巫师一样。”

“不，如果你能够完全发挥你的超能力，肯定比一般的巫师厉害。其实我早就觉得，你的超能力非常强大，运用的方式也十分广泛。而且，你在异空间里升级了。”陆华提醒道，“你的能力现在应该比以前强得多。”

看见大家都望着他，孙雨辰只有说：“好吧，我试试。”

他闭上眼睛，进入超能力状态。

大家都不出声。一分钟之后，孙雨辰的身体痉挛般地抽搐了一下，随即睁开了眼睛，神情茫然。

“怎么了？”杭一问道。

孙雨辰隔了好一会儿才回过神来，说道：“我刚才启动超能力，试图用意念所产生的精神力探索‘旧神’的秘密，获得某些启示。一开始什么都感应不到，突然，脑子里闪现出一个画面……”

“什么画面？”杭一专注地望着他。

“我看到一大片水，可能是一条江、一条河，也可能是海洋。”孙雨辰说。

“水？”陆华疑惑地说，“这说明了什么？‘旧神’的身份跟‘水’有关？”

“除了水，你还看到别的东西了吗？”韩枫问。

“没有。”

“你再试试？”

“恐怕不行了。”孙雨辰疲惫地说，“用意念来探知某件事情，比隔空移物和读心术累得多。”

“好吧，不管怎么说，我们起码获得了一个提示——水。”陆华说。

“但这个提示也太抽象了吧。”雷傲说，“仅凭这一点，怎么能知道‘旧神’的身份呢？”

“慢慢来吧，说不定下次又能获得新的提示呢。”杭一拍了拍孙雨辰的肩膀。

“希望如此吧。”孙雨辰没把握地说。

二十九、地图

SUPER TABOO GAME

雷傲第一天搬到大本营居住，为了表示欢迎，韩枫晚上请客吃海鲜烧烤。之后他们又在外面玩了一会儿，回到住所，已经十点多了。大家分别洗澡睡觉。

第二天早上，最早起床的是陆华。他揉着惺忪的睡眼从二楼来到一楼，看到客厅地板上一大摊水，“哇”地叫了一声。

叫声把其余五个人都惊醒了，他们以为出了什么事，赶紧从房间里出来，跑到楼下。陆华指着地板上的水说：“你们看。”

“这……哪儿来这么多水？”韩枫惊讶地说。

杭一寻找了一下水的源头，发现客厅里饮水机上面一大桶纯净水都空了，说道：“可能是饮水机漏水了。”

韩枫绕过地上的水，走过去仔细一看，没好气地说：“昨天晚上有人没把饮水机龙头关严，一桶水全漏光了。”

大家过去一看，果然——冷水出口那边的龙头把手是向上的，显然是有人接了水后，忘了放下来。

“昨天晚上谁最后喝了水，老实交代。”韩枫质问道。

“我昨天晚上最早上床睡觉，肯定不是我。”陆华说。

“也不是我，我睡觉之前在冰箱里拿了一听可乐，嘿嘿，没喝纯净水。”雷傲嬉笑着说。

杭一挠着头说：“我倒是接了水喝，但是不可能忘了关龙头呀……”

韩枫指着他：“犯人多半就是你，去拿墩布来！”

“凭什么就是我呀！”杭一抗议，“我从来没有忘记过关水！”

“行了，多大点儿事儿呀。”陆华翻了下眼睛，“一起把地擦干吧。”

几个人从卫生间拿来干抹布、墩布和桶，费了好大劲儿才把地弄干净。韩枫打电话又叫了一桶纯净水，叮嘱道：“不管是谁，以后可别再忘了。”

这一天，他们过得十分平淡。杭一打电话给裴裴，裴裴说还没研究出结果，她正在尝试用各种方法破解数字暗号。大家现在最关心的就是这个，暂时做不进别的事情。

晚上，杭一洗了澡后，在房间里玩游戏机。但是，玩了半个小时后，他发现自己的心思没法集中在游戏上了。

三天没见，他又开始想辛娜了。

杭一看了下时间——十点钟。辛娜现在在干什么呢？三天过去了，她怎么不给我打个电话、发个短信呢？她不关心我们这边的进展吗？

她不会是出什么事了吧？

尽管是胡思乱想，杭一却紧张起来。他倏地从床上坐起来，摸出手机，拨通了辛娜的号码。

电话打通了，却响了很久都没有人接。杭一越发着急了。他设想着各种可能性——辛娜可能洗澡去了，或者手机没放在身边，也可能调成了振动没听到……但不管怎样安慰自己，都无法让他停止担心。

怎么办？现在已经是晚上十点多了，难道我跑到辛娜家里去？如果只是虚惊一场，反而会对辛娜造成困扰。但是，总不能一直联系不上呀……

杭一在房间里踱着步，焦急让他感到口干舌燥。他拿上手机，走到一楼客厅，在饮水机那里接了一杯冷水喝。由于昨晚才发生了那样的事，他今天特别注意关好了饮水机的水龙头。

喝完水，刚刚放下杯子，杭一的手机就响了起来。他一看来电显示，是辛娜打过来的！杭一心中大喜，一颗心也放了下来，赶紧接起电话。

“喂，辛娜吗？刚才给你打电话怎么没接呀？”

“不好意思，我在街上，有点儿吵，刚才没听到。”

“三天过去了，裴裴还没能破解数字暗号。”

“我知道。”

“你怎么知道？”

“井小冉告诉我的，我们已经是好朋友了，你没想到吧。”电话那头的辛娜笑了起来。

听到辛娜的笑声，杭一的心情无比愉悦。他也跟着傻笑起来：“呵呵，是呀……”

“你打电话给我什么事呀？”辛娜问。

“没什么，就问问你这几天过得好吗。”

“挺好的。”

“对了，你怎么这么晚了还在街上？”

“我肚子有些饿了，出来吃点儿夜宵。”

“你一个人？”杭一担心起来，“我过去找你吧。”

“不用不用，我跟朋友在一起呢。杭一，不用担心，你早点儿睡吧。”

“哦，好的……”杭一正要说“注意安全”，突然听到电话那头有一个小姑娘的声音——大哥哥，买朵玫瑰送给你女朋友吧，这个大姐姐这么漂亮！

接着，电话听筒似乎被辛娜捂住了，但杭一还是听到了一丝细小的声音，是辛娜在说“不用了，小妹妹”。

杭一的心一下揪紧了。辛娜跟一个男的在一起？

他忍不住问道：“辛娜，你跟谁在一起呀？”

“啊，就是一个朋友……”辛娜支支吾吾。

这时，辛娜身边传出一个熟悉的男声：“谁呀，杭一吗？”

杭一听出来了，这是季凯瑞的声音。他的心在往下坠，一时竟说不出话来。

辛娜在电话那头可能感觉到了杭一的情绪不对，忙说道：“杭一，你别听那个卖花的小姑娘瞎说。其实，我就是饿了……我家和季凯瑞家离得比较近，所以我就叫他陪我到夜市来吃点儿东西，没有别的意思……”

说到这里，辛娜突然停了下来，似乎意识到自己没有必要向杭一解释。

确实，她没有必要向他解释什么。杭一自己也清楚，他凭什么管人家呢？他深吸一口气，假装无所谓地说：“哦，好的，那你早点儿回家，晚安。”

“晚安。”

挂了电话，杭一整个人瘫在了沙发上，双眼空洞无神，心一阵阵地抽搐，难过得想掉泪。

晚上十点多了，辛娜还和季凯瑞在一起吃夜宵。而且，是辛娜主动约季凯瑞出来的……

就连旁边卖花的小女孩，都看出他们俩像一对情侣。

这三天时间，他们不会都在一起吧？

其实，杭一早就知道季凯瑞对辛娜也有好感，但他不知道辛娜的心意。现在看来，似乎十分清楚了。

杭一闭上了眼睛，感觉自己仿佛在慢慢向悬崖滑落，浑身却使不上一丝力气。

但渐渐地，他又寻回了一些力量，稳住了下坠的身体。

辛娜为什么不直接告诉我，自己和季凯瑞在一起呢？而且她刚才急着跟我解释，似乎感觉到了我在吃醋。杭一思忖着。也许这说明，她还是在乎我的感受，也知道我的心意？

如果是这样的话，或许我还有希望。杭一自我安慰着。辛娜刚才说了，她只是和季凯瑞住得比较近，才叫他出来陪自己吃夜宵的，也许真的没有别的意思。

这样想着，杭一感觉自己好过多了。他在心中暗暗决定：合适的时候，他一定要鼓起勇气向辛娜告白。

一边想着，他一边朝楼上走去。另外几个人估计都睡了，房子里十分安静。

杭一刚走上楼梯两步，突然听到“啪”的一声。

这声响并不大，但在这安静的环境下，却显得很突兀。杭一停下脚步，四下环顾。

他觉得这个声音有些熟悉，似乎平常就会听到这个声音。思索了一阵，他忽然想起了什么，向饮水机望去。

这一瞧，他惊得张大了嘴。打电话之前，他才接了水喝，然后清清楚楚地记得，自己关上了水龙头。但此刻，饮水机的冷水出口却是打开的，一股细水流淌而下，在地板上慢慢扩张开来。

杭一明白了，刚才“啪”的一声，是冷水龙头自己往上跳的声音。

饮水机自己打开放水，怎么会有这种怪事？杭一不敢怠慢。这种异常情况引起了他的警觉。他迅速走到二楼，叫醒了韩枫和陆华，把饮水机的事告诉他们。

他们一起走到客厅，韩枫打开灯，走到饮水机跟前，盯着那股水流——地上现在已经浸湿一小片了。他诧异地问道：“杭一，你说它是自己打开的？”

“千真万确。”

“难道昨天晚上也是这样？”

“多半是。”

韩枫望着两个朋友：“这是怎么回事？饮水机坏了？”

“你能想到的就只有这个吗？”杭一眯着眼睛说。

“那你觉得是怎么回事？”

“反正不会是饮水机坏了这么简单，坏了的话怎么可能只在晚上出问题？”杭一说。

“这可没准儿。不管怎么说，先把它关上吧。”韩枫走过去把龙头压了下来。

“这些溢出来的水怎么办？”陆华问。

韩枫打了个哈欠：“明天早上再处理吧。我明天去买台新的饮水机，这台是老式的。”

杭一有时真的觉得，韩枫的思维模式和常人不同。他说：“韩枫，这件事压根儿就不是饮水机的问题，你意识不到吗？”

“可你们也想不出来到底是怎么回事呀。”韩枫说，“我也觉得有点儿奇怪，但总不能因为饮水机漏水这样的小事，大晚上的把大家召集起来，开紧急会议吧？”

陆华说：“韩枫说的也有道理，等到明天早上再说吧。”

杭一叹了口气，十分无奈。但仔细想想，确实也不好因为这点儿小事劳师动众，让大家心里不安，只有作罢。

三个人返回楼上卧室。杭一这天晚上没睡好觉。

第二天一早，杭一就起床了。他来到客厅，惊讶地发现，和昨天一样，客厅的地板上淌着一大摊水——饮水机上的一桶纯净水又漏光了。

杭一赶紧把几个朋友叫醒。韩枫是最惊讶的，他叫道：“我昨晚明明把水龙头关上了呀。”

“很明显，它又自动打开了。”杭一说。

“这到底是怎么回事？”韩枫直抓脑袋。

“我们先把地弄干净吧。”米小路说着准备去拿墩布。

“等等，”雷傲盯着水渍发了会儿呆，愕然道，“这两天晚上漏水形成的水渍，形状好像是一样的。”

大家盯着水渍看了半晌，韩枫怀疑地说：“是吗？”

“如果我没记错的话，昨天早上那摊水也是这样——”雷傲指着水渍扩散的方向说，“这边刚好到电视柜，而这边到楼梯下方，仅剩一个人过路的位置。”

“这说明了什么？”韩枫望着雷傲。

“说明很古怪。按道理，漏水形成的水渍应该是随机的才对，怎么可能连续两天形成同样的形状？”

陆华蹙眉道：“其实昨晚杭一告诉我饮水机自己启动的时候，我就想说了……”他望着孙雨辰，“你不是用意念感知到，‘旧神’的身份跟水有关吗？”

大家都一怔。韩枫张着嘴愣了半天，哑然失笑：“什么意思？难道这台饮水机试图暗示我们什么？这可能吗？又不是童话故事。”

“不，我想是有可能的……”孙雨辰迟疑着说，“这两天晚上，我都在房间里使用超能力，尝试进一步探索‘旧神’的秘密。由于上次我感应到了‘水’，所以我老是在想跟‘水’有关的事情，希望借助‘水’获得新的提示。”他咽了下唾沫，“难道我的‘意念’不知不觉中控制了饮水机中的水，让它自动流淌出来？”

“很有可能，”陆华点着头说，但立刻又陷入疑惑，“可是这些流淌出来的水到底代表什么意思呢？”

大家沉思着，如果这是道谜题的话，提供的线索实在是太过隐晦了。就在他们一筹莫展的时候，门铃响了起来。

韩枫看了下时间，才早上八点。他嘟囔了一句：“谁呀？这么早。”走过去把门打开。

一个四十多岁的中年妇女站在门口，她看见韩枫后，没好气地说：“你们这上面到底在搞什么名堂呀？”

“怎么了？”韩枫莫名其妙。

中年妇女闷哼了一声，径直走进屋子，她一眼看见了客厅地板上淌着的水，气鼓鼓地叫道：“呀，我说呢！你们地板上怎么这么多水？不会是几个大小伙子在家里打水仗吧？”

“我们哪有这么幼稚，”韩枫解释道，“是饮水机坏了，漏水造成的。”

“那你们地板弄湿了倒是赶紧擦干呀，怎么能让水一直淌着呢？为我们楼下考虑了吗？”

“下面怎么了？”

“你们的水从地板缝隙浸下去了，我们客厅的天花板现在一大片印迹呢，难看死了！”

“哎呀，真不好意思。”韩枫赶紧道歉，“我们这就用墩布把水吸干。”

“现在已经迟了，我们雪白的天花板现在一大片黄色的印迹，你们说怎么办吧。”中年妇女气恼地说。

韩枫想了想，说：“这样吧，我跟您下去看看浸得到底有多严重。根据情况，我适当地赔偿给您，可以吗？”

“这还差不多，走吧。”

杭一对韩枫说：“我跟你一起下去看看吧。”

“我也去。”孙雨辰说。

结果，韩枫、杭一、孙雨辰和陆华四个人一起去了楼下邻居的家。果然，天花板上现在有一大块儿难看的水迹。韩枫无话可说：“阿姨，您开个价吧，看多少钱合适。”

中年女人可能没想到这小伙子这么爽快，当然她更不知道韩枫这种手持无限额度信用卡的阔少根本不会在乎这点儿钱。她掰着手指计算着：“我想想，买涂料的钱，加上人工费……”

韩枫有些不耐烦，不想等这个斤斤计较的中年女人算细账。他摸出钱包，准备直接给她一千元——怎么着都够了。

韩枫正要掏钱，陆华两只手分别抓住了他和杭一，怔怔地盯着天花板上那块水迹，愕然道：

“你们看，这块印迹的形状，像不像一张地图？”

三十、小岛

SUPER TABOO GAME

“什么？”韩枫丈二和尚摸不着头脑。

“不，我说得不够准确。”陆华赶紧解释，“我的意思是，这块印迹看起来很像地图上的某一个地方。”

“哪个地方？”杭一问。

“不知道，我只是有这种感觉。”陆华说。

杭一凝视那印迹一阵，说道：“这形状看起来像一个岛。”

“对，对……”陆华赶紧附和，“我也是这样想的。”

“如果让你在Google地图上对照着找，你能找到这是哪个地方吗？”杭一问。

“不知道，只能试试。”陆华没把握地说，“关键是不知道大范围和比例尺。”

“试试吧。”杭一说。

韩枫愣愣地望着他们俩，忽然间兴趣十足：“我们现在就打开电脑做这件事吧！”

他从钱包里摸出一千元，递给还在计算着自己损失的中年妇女，说道：“阿姨，你看够了吧。”

“嗯……够了。”中年妇女接过钱，尽量不让自己表现得过分欣喜。她刚才本来是在犹豫报四百元还是五百元。

“对了，我要先把这块印迹拍下来。”陆华说着掏出了手机。

“拍吧拍吧。”得到了赔偿的中年妇女爽快地说。

陆华换着角度拍了好几张照片，点头道：“可以了。”

四个人走出门，快速跑到楼上。陆华一头扎进自己的房间，开始研究。韩枫向雷傲和米小路解释这是怎么回事。

两个小时后，陆华的房间里传来一声惊叫：“啊！”

楼下的五个人快速对视了一眼，赶紧朝楼上跑去。

跑在最前面的韩枫一下推开陆华的房门，问道：“怎么了？”

陆华坐在电脑桌前，张口结舌地盯着电脑屏幕，难以置信地摇着头：“真是太不可思议了……我把Google地图的比例尺放大到两公里，在各个群岛间挨着寻找，真的在地图上找到了跟这块印迹完全一样的一个岛！”

几个人都望向电脑屏幕，陆华指着Google地图上的一个小岛说：“你们看，这个岛的形状是不是跟我手机上拍的这个印迹一模一样？”

杭一拿起陆华的手机，反复比对之后，深吸了一口气，说道：“真的，完全一样！”

孙雨辰、韩枫等人也挨着对比了一番。孙雨辰大声说道：“没错，每个细节都相同，这绝对不是巧合！”

“怎么会有这种怪事？”米小路诧异地说。

“是我的‘意念’所致——我相信是这样！”孙雨辰无比激动地说，“我的意念通过‘水’带给我们关于‘旧神’的启示！”

“这么说，‘旧神’的秘密跟这个小岛有关？”雷傲兴奋地说。

“很有可能是这样。”孙雨辰望着大家，“你们不觉得吗？”

几个人彼此对视了一下，杭一问陆华：“这个岛在什么地方？”

“这是舟山群岛最东边一个不知名的小岛，面积只有3.61平方公里。”陆华说。

“舟山群岛在浙江省？”

“是的。”

“太好了，起码在中国境内。刚才我还担心是太平洋上的某个小岛呢。”韩枫松了口气。

杭一望着韩枫：“听你的意思，好像想立刻到那里去。”

韩枫说：“我还以为你们都是这样想的呢。”

“没错，我是这样想的。”孙雨辰肯定地说，“既然‘意念’给了我们新的提示，而我们又找到了这个地方——没有理由不去一探究竟。”

“说得对！”雷傲摩拳擦掌，“如果我们能在那个岛上探索到‘旧神’的秘密，得知他的身份，说不定能制止这场残酷的竞争！”

雷傲的话让杭一心头一震。制止这场竞争——有这个可能吗？但不管怎么说，只要有一丝一毫的可能性，就应该去尝试。我的命运，13班五十个人的命运，不应该受到任何人，哪怕是神的操纵。每个人的命运都应该掌握在自己手中！

杭一深吸一口气，说道：“我赞成到这个岛上去。”

“好了，现在我们四个人都同意去这个岛，你们呢？”韩枫望着陆华和米小路。

“我没意见。”米小路的立场从来都跟杭一是一致的。

“我也愿意去。”陆华说，“但我必须提醒你们，这个岛在地图上没有标注名字，网上自然也查不到与之相关的任何资料，说明它可能是一个无人荒岛。这还不是最重要的，关键是——我们对这个神秘的小岛一无所知，根本不知道上面有些什么未知的事物，或者说，是否潜藏某种危险。”

“我觉得你是不是考虑得太多了？只是一个无人岛，会有什么危险？”韩枫说。

“如果这个岛真的跟‘旧神’有关系，你认为它会是一个普通的小岛吗？”陆华反问。

韩枫不说话了。过了一会儿，杭一说：“这不正是我们要去探索的吗？如果它只是一个普通的小岛，我们此行又有什么意义？”

“没错，那我们是不是应该把这件事告诉井小冉、季凯瑞他们？”孙雨辰问。

“当然应该，他们是同盟的成员，况且我们也需要他们的力量。”韩枫说。

“唔……”杭一迟疑着说，“告诉季凯瑞和井小冉我同意。但是，这件事能不能别告诉辛娜？”

“你不希望她一起去？”韩枫问。

“辛娜本来就不是13班的人……”杭一支支吾吾地说，“况且她没有超能力，如果遇到什么危险……”

“杭一，你要这么说我觉得就有点儿不公平了。”韩枫有几分不满，“那井小冉呢？她虽然是超能力者，可她的超能力只能算是辅助能力。如果遇到危险，她也一样没辙呀。但不管是辛娜还是井小冉，我们肯定都会保护她们的。你单独为辛娜考虑，未免太偏心了吧。”

杭一低着头，说不出话来了。米小路心里清楚，正如韩枫所说，杭一对辛娜的关心爱护确实远远超过了其他人。他心里很不是滋味。

陆华说道：“杭一，我知道你为辛娜着想。但你想过没有，她是我们同盟的一员，我们现在要去某个地方，却单单把她排除在外，甚至什么都不告诉她，她会怎么想呢？也许她会认为我们根本没把她当成朋友，或者，我们把她当成一个没用的人？”

确实，陆华说得对。杭一非常清楚辛娜要强的个性，如果把她排除在外，她一定会责怪自己的。

孙雨辰看出杭一十分为难，说道：“这样吧杭一，这件事我们还是要告诉辛娜，同时也要告知她可能存在的危险。至于去不去，让她自己做主吧。”

杭一点点头。只能这样了。

半个小时后，季凯瑞、井小冉和辛娜都赶到了大本营。杭一把这两天发生的事，以及陆华今天早上的发现详详细细地告诉了他们，并说出了他们打算去那个岛上一探究竟的想法。

不出杭一所料，辛娜没有丝毫犹豫地说道：“这是揭开‘旧神’神秘身份的重要线索，我们应该尽快前往！”季凯瑞和井小冉也表示当然会一同前去。

看到辛娜坚决的态度，杭一知道任何劝阻都无济于事。他叹了口气，说道：“好吧，那我们大家就一起去这个小岛，哦，除了裴裴——让她在家里继续研究外星人留下的数字密码吧。但是此行可能会有危险，我们必须十分小心谨慎才行。”他特别注视着辛娜和井小冉。两个女孩一起点了点头。

“好，就这么说定了！”韩枫拍板道，“陆华，你查一下去那个岛的途径。”

陆华在笔记本电脑上一边查一边说：“舟山群岛……我们得先坐飞机到舟山市，但琮州没有直飞舟山市的飞机，得先坐车到上海，再从上海飞到舟山市才行。”

“那没问题，大家的机票我都包了，一会儿就在网上订明天的机票。”韩枫豪爽地说。

“到了舟山市之后，我们要乘坐快艇到距离那个小岛最近的衢山岛，接着……没有到那个无人岛的航线，估计我们得自己联系当地的渔民，坐他们捕鱼的小船前往那个荒岛了。”

“真够复杂的。”井小冉感叹道。

“没关系，到时候我们雇一艘小船就行了。”韩枫对大家说，“你们把各自的身份证号码告诉陆华吧，让他订机票。”

陆华帮大家订好机票后，韩枫找了纸、笔，说道：“接下来，我们去买一些用于荒岛生存的户外生活用品。大家一起想想需要些什么东西，我记下来，一会儿一并去买。”

“帐篷、睡袋。”雷傲不假思索地说。

“食物和水。”陆华说，“不过这些东西也可以到了舟山市或者衢山岛再买。”

“手电筒、指南针。”孙雨辰说。

“不知道那种无人岛上手机有没有信号，最好买几个小型对讲机，用于彼此联络。”杭一说。他突然想起了自己使用超能力所要依附的游戏机。岛上一定没法充电，得多带几块电池才行。

“生火的工具。”米小路说。

“常用的药品。”陆华补充。

“防晒霜。”辛娜说。井小冉赶紧附和：“对对对，还有湿纸巾和遮阳伞。”

正在埋头记录的韩枫抬起头来，好笑地说：“大小姐们，这些东西我们男的可用不着，麻烦你们自己准备吧。”辛娜和井小冉彼此对望了一眼，吐了下舌头。

“就这些了吗？”韩枫问道，“还需要些什么？再想想。”

“一套刀具。”季凯瑞说，“不过这个就不用买了，我会把家里的那套瑞士刀具带上。”

“刀具能带上飞机吗？”米小路提醒季凯瑞。

“可以托运。”季凯瑞说。

杭一想了想，说：“差不多就这些了吧。”

“好，我们现在就出门去买！”韩枫站起来，兴奋得就像要到某地去旅行。

三十一、水怪

SUPER TABOO GAME

第二天，一行九人按照既定行程乘飞机到了浙江省的舟山市（中途在上海转机）。舟山是中国仅有的两个以群岛建立的地级市之一（另一个是海南省的三沙市），这里风景优美，旅游资源丰富，如果不是要探索那个神秘的小岛，他们真想在这里玩上几天。

从机场打车到三江码头，几人踏上了快艇，乘风破浪前往衢山岛。天气晴好，大海一望无垠。杭一在船舷上站了一会儿，任凭湿润的海风吹拂面庞，抬眼望去，百岛迷蒙，千帆影绰，头顶上还有几只海鸟在欢快自由地翱翔。杭一深呼吸了几口，感到神清气爽、心旷神怡。细想起来，他很久没有出来旅游过了，哪怕这并不是旅游。

米小路从船舱里出来，对杭一说："杭一哥，风大，还是进去吧。"

"没关系，我再站一会儿就回去。"

米小路用超能力看到杭一头上的情绪小球是橙红色，知道杭一心情极佳。他不再劝杭一回船舱了——只要杭一能快乐，怎样都好。米小路陪杭一站在船舷上，他又一次希望，时光能永远停留在此刻。

一个小时后，快艇抵达了衢山岛的码头。下船之后，辛娜看了一眼手表，说道：“已经下午四点了。”

“估计再过两个多小时天就该黑了，我们今天还去那个小岛吗？”孙雨辰问。

“去，干吗不去？”雷傲毫不犹豫地说。

“我们要去的可是无人岛呀，那上面既没旅馆，也不通水电……要不，我们先在这里休息一晚，明早再去吧。”井小冉提议。

“我赞成。”陆华表态。

雷傲瞪大眼睛望着他们：“你们怎么回事？我们不是一开始就做好了露营的准备吗？要不然买这么多帐篷、食物干什么？”他特意抖了一下背着的大旅行包，显示这包分量不轻。

“这些东西肯定能派上用场的，不急着今天晚上用呀。”陆华说。

“住旅馆多没劲呀，我们到岛上去，生起篝火，一边吃烧烤一边喝啤酒，那感觉多爽！”

“等会儿，今天早上我说带几瓶爽肤水和精华露，你都嫌重，结果你连啤酒都带了？”井小冉质问雷傲。

雷傲嘿嘿一笑：“下飞机才买的，只有几罐而已。”

“行了行了，说正事儿吧。”杭一说，“今天到底去不去那个岛，咱们举手表决吧。”

结果，不同意今天去的只有陆华和井小冉两个人，他们只有被迫服从了。

韩枫抬眼望去，衢山岛的码头附近有很多当地渔民自己的捕鱼船，基本都是可以乘坐十人左右的机动船，包一艘下来刚好。他说：“我们去问问看吧。”

几个人走到最近的一艘渔船旁，船主正在甲板上清理捕捉到的鱼虾。韩枫和杭一、陆华跳上船，韩枫问道：“大叔，你的船要出航吗？”

四十岁左右的船主望了他们一眼：“你们想干吗？”

“我们想租你的船，麻烦你把我们送到附近的一个小岛去，价格你说了算。”

船主打量韩枫一下，大概看出他是有钱人家的公子哥儿，自然不会放过这赚钱的机会，问道：“你们想到哪座岛去？”

陆华打开手机上的Google地图，把比例尺放大到两公里，指着目的地说：“就是这个无名小岛，在鼠狼湖岛的下面一些，距离应该不算太远。”

船主凑过来看了眼地图，脸色一下变了，头摇得像拨浪鼓般：“不行，不行，这个岛去不了……”

三个人同时一愣，杭一问：“为什么去不了？”

“不为什么，你们下船吧！”船主下了逐客令。

“别呀，价格好商量，你说多少就多少。”韩枫不肯罢休。

船主的脸垮了下来，喝道：“出多少钱我也不去！快下船！”

三个人莫名其妙地下了船。辛娜问道：“怎么回事？”

“不知道，”韩枫丧气地说，“一开始他还愿意，一看地图，就说什么都不去了。”

井小冉皱了下眉头：“这个岛会不会有什么问题？”

杭一对孙雨辰说：“你用读心术打探一下他心里想的是什么。”

“我已经这样做了。”孙雨辰盯着那个船主，“但他心里只是一味地咒骂，而且是当地方言，他在说（想）什么，我听不太懂。”

“有一点是可以肯定的。”米小路说，“他现在内心很恐惧，似乎那个岛让他想起了什么恐怖的东西。”

这句话让人心中发冷。杭一说：“小米，你看到了他头上的情绪小球？”

“没错，他头上的小球之前是橙色，大概代表今天的收获还不错；你们刚才和他对话之后，小球就变成灰色了，象征着恐惧。”

大家沉默了一刻。季凯瑞说：“再问问别的船家吧。”

这次，辛娜和他们三人一起到另一艘船上去询问，但这个船主的反应几乎跟前者一样——刚听到要去那个无名岛，就立刻拒绝了，而且坚决不肯透露原因。一连问了四五艘船，都是如此，实在令人生疑。

“怎么办？”韩枫沮丧地摊开手，“不管我怎么加价，都没人肯去，真邪门儿了！”

“要不……我们别去了吧，”陆华胆怯地说，“这些渔民对那个无人岛全都讳莫如深，说明这个岛上肯定有什么不好的东西。”

“我们本来就不是来度假的呀！越是这样，不越是证明我们来对了地方吗？”雷傲热血沸腾地说，“这个岛上绝对隐藏着什么秘密！”

“但目前的问题是，没有一艘船愿意前往，这可怎么办？”井小冉对雷傲说，“我们可不能像你一样飞过去呀。”

“要不我先飞过去打探一下？”雷傲说。

“不行，你一个人贸然前往，遇到危险怎么办？”杭一说，“而且那种无人岛上肯定没有手机信号，到时候你想联系我们都办不到。”

就在众人一筹莫展的时候，一个二十多岁的年轻渔民靠拢过来，试探地问道：“呃……请问，你们是想到‘鬼岛’去吗？”

所有人一齐望向他，杭一问：“你说什么？鬼岛？”

“呃……这并不是那个岛的名字，是渔民们乱取的……总之，就是鼠狼湖岛下方的那个岛，对吧？我刚才听到你们在说。”

“对对！”杭一眼睛一亮，“你了解那个岛的情况吗？能不能告诉我们？”

年轻渔民迟疑一下，反问道：“你先告诉我，你们为什么想到那座岛上去？”

杭一不知道该如何解释，只能说：“那座岛上可能存在一些让我们感兴趣的事物，我们想去探索一下。”

听到杭一这样说，年轻渔民显得有些激动：“真的？那真是太好了！”

众人彼此对望了一眼，对此反应不明就里。杭一说：“那座岛到底是怎么回事，为什么大家都不敢靠近，现在可以告诉我了吧？”

年轻渔民点了下头，说：“我叫张顺，是土生土长的衢山岛人。你们想去的那座孤岛，本来只是一座普通的无人岛，上面虽然没有人居住，但是岛上生长着一些珍稀的植物和药材，所以衢山岛上的渔民，有时会到岛上去挖这些植物，拿到城里去卖钱。”

杭一点了下头，示意他继续往下说。

“但是，最近一段时间，那个岛和周围的海域，发生了很多怪事。最开始是有渔民在前往那个岛的途中，发现海里有水怪……”

“水怪？”陆华惊愕地叫了出来，他对水怪这类神秘生物十分着迷，“什么样的水怪？”

“我没有看到过，实际上也没人看到过水怪的全貌，有些人说像一条巨蛇，有些人说像巨型鳄鱼……我猜他们都只看到了水怪的一部分而已。但是很显然，那片海域真的出现了某种神秘的大型生物。”

陆华听得出神，问道：“水怪有袭击过人或船只吗？”

“目前没有，但有了这种传言，大家都有些害怕，不太敢靠近那片海域了。”

“这就是他们都不敢去那个小岛的原因？”雷傲朝身后伸了伸拇指，指着那几个渔民，语气中带着轻蔑。

“不，不止如此！”张顺赶紧解释，“水怪的传说虽然让人不安，但毕竟没有发生袭击事件，所以还是有一些胆大的人开着船到那个孤岛采摘植物和药材。这其中，就有我的哥哥张腾。”他带着哭腔说，“可是，我哥哥和十几个到那岛上的人，居然离奇地消失了，直到现在都没有回来！”

杭一回头望了大家一眼，继续问张顺：“‘消失’的意思，是指他们到了那座岛后，就神秘失踪了？”

“对！”张顺焦急地说，“到今天，已经过去六天了！”

“你们有没有到岛上去找过他们？”孙雨辰问。

“当然找过，但大家都有些恐惧，不知道岛的深处有什么危险，所以只在海滩上找了一阵，就赶紧返回了。”张顺说，“我本来想自己开着船去岛上找我哥哥，但母亲坚决不许。她只有两个儿子，要是连我也消失不见，她就活不下去了！”

季凯瑞问：“这件事情，为什么其他渔民都讳莫如深，不愿告诉我们？”

“对于渔民来说，海上发生怪事，以及有人出海遭遇不测，都是非常不吉利的。所以大家都不愿提起此事，一方面是害怕，另一方面是担心厄运会降临到自己头上。”

“这么说，大家都认为，消失在岛上的那些人，凶多吉少？”季凯瑞说。

“对……但我不这样认为！我总感觉，哥哥还活着！而且就在那岛上的某处！”张顺突然跪了下来，“求求你们，如果你们要去那座岛，请一定帮我寻找哥哥！”

杭一赶紧把张顺扶起来：“我答应你，我们会仔细搜索那座岛的。”

“那真是太好了！”张顺感激地说，“我有一艘渔船，可以送你们到那个岛！船就停在那边，你们跟我来吧！”

三十二、大怪兽

SUPER TABOO GAME

张顺的船是一艘白色的捕捞渔船，十个人踏上这艘小型机动船，船身往海里陷入很深一截，看来承载这么多人有些勉强，行驶起来速度也较慢。好在那个小岛不算远，张顺说：“按照这个速度，两个小时内应该能到达。”

此时已是下午四点多，天气依旧晴好，海面风平浪静。这让前往神秘小岛的众人多少心宽了一些。不过陆华例外，他一直站在船舷边，俯首望着海面，神情严峻、心情紧张。

杭一注意到了陆华的紧张神情，走到他身边，问道：“你在担心什么，海怪吗？”

陆华看着他：“你认为不值得担心吗？”

杭一耸了下肩膀：“我不知道，毕竟只是渔民们的传言。你相信他们看到的真是某种未知生物，而不是鲸鱼之类的吗？”

“我想渔民们比我们有经验，他们能分辨出自己看到的是不是鲸鱼。”陆华不安地说，“我以前在书上看到过很多‘海怪’袭击船只的事件，其中一些的真实性让人存疑。但有件事情千真万确——‘二战’期间，英国海军的一艘军舰行驶到圣海伦娜岛海域，突然遭到某种神秘巨大海洋生物的袭击，一股强大的力量把整艘军舰拽向海底，一阵冲天的海浪落下后，海面又趋于平静——当时军舰上反应最快的几个海军士兵及时跃入海中，目睹了这一奇景。后来他们声称，落入水中的瞬间，看到海中浮现出了一个‘难以想象的庞然大物’，是他们从未见过的物种。”

这番话无法不让杭一感到心悸，他观察了一会儿海面，说：“如果我们真的遇到了海怪，该怎么办？”

“只能祈祷它对我们这艘小船不感兴趣。想想看，连一艘军舰都能在瞬间被拖入海底，这艘小船如果遇袭，恐怕我们连反应的时间都没有。”陆华担忧地说。

杭一想象了一下那个画面，不寒而栗。同时他想起了另外一些事情，低声对陆华说：“你刚才也听到了，张顺说所有的怪事都是最近一段时间才发生的。也就是说，是在我们变成超能力者之后。那么所谓的‘海怪’，以及消失在无人岛上的渔民，会不会……”

“跟13班的某人有关系？”陆华说，随即摇头，“老实说，刚才我就思考了这个问题。但如果说这些事件跟我们班的某人有关，未免太牵强了。首先，你能想象一个人在选择超能力的时候，会在白纸上写下‘海怪’两个字吗？其次，就算这个人拥有某种让我们难以置信的超能力，他又怎么会跑到距离琮州市十万八千里远的东海某个孤岛上去袭击那些渔民？意义何在？”

杭一思索了好一阵，说：“也许这些事情，跟‘旧神’有关系。”

“就跟我们获得的提示一样，整座岛和周围的一切，都跟‘旧神’有关系。”陆华同意杭一的说法，他的眼睛一刻都没有离开过海面。

陆华对海面略带神经质的关注已经影响到杭一了。杭一皱着眉头说：“我不明白，你一直盯着海面看有什么意义？如果海怪真像你说的那么厉害，能瞬间掀翻或吞噬掉这艘小船，你就算发现了它，也为时已晚了。”

“不管怎么说，总比什么都不做好吧。就算只能提前几秒钟发现，也比直接遇袭强。”

“那我要不要提醒大家警觉一些，随时做好遭遇险情的准备。”

“季凯瑞已经做好这个准备了。”陆华说，“从上船开始，他就一直守在另一边的船舷上，和我一样观察着海面。”

杭一探头望了一眼，果然如此，季凯瑞站在靠近船头的地方，目不转睛地盯着周围的海面。杭一又望了一眼狭小的船舱，发现雷傲居然把扑克牌都拿出来了，正在招呼韩枫他们玩牌。杭一翻了下眼睛，暗暗感叹，季凯瑞这个人虽然少言寡语不太好接近，但确实可靠得多。

也许他如此警觉，是为了时刻保护辛娜？杭一的心情复杂起来。他当然希望辛娜受到最严密的守护，但行使这项职责的，不应该是自己吗？

不管怎么样，他不打算输给季凯瑞。杭一不打算回船舱了，加入监视海面的行列。

航行了一个多小时后，辛娜、米小路和孙雨辰一起走出船舱。辛娜先走到杭一这边，说道："这么大的风，你们怎么一直在外面，不进来坐会儿吗？"

只要听到辛娜的关心问候，杭一就感到温暖无比了。他微笑道："没关系，我喜欢看海。"

孙雨辰知道杭一没说实话："你们是在提防海怪吧？"

"啊，海怪……你们真的担心会遇到海怪吗？"辛娜问。

突然，他们听到身后传来井小冉的一声惊叫，几个人倏地回头，却看到从船舱走出来的井小冉兴奋地指着斜前方的一个岛屿叫道："你们快看，好漂亮的岛！"

杭一舒了口气，朝井小冉指的方向望去，一座郁郁葱葱的岛屿映入眼帘。岛的顶端有一个类似灯塔的建筑，周围分布着造型别致的民居，沙滩上泊着几艘渔船。杭一注意到，这片海域中，除了他们这艘船之外，再没有任何行驶在海面上的船了。

船头的张顺一边驾驶渔船，一边说："这就是鼠狼湖岛，是距离那座无人岛最近的一座有人居住的岛了，最多半个小时，我们就能到目的地。"

目标越来越近，船舱里的人也无法保持轻松心态了。雷傲、韩枫、米小路都走到甲板和船舷上。说来奇怪，随着众人的警觉和提防，天色也变得阴沉和诡谲起来，几分钟前还晴空万里，现在却风云突变。湛蓝的天空仿佛被盖上了黑压压的幕布，浓雾弥漫，乌云密布，碧绿的大海顷刻间变成了一望无垠的广袤黑荒。

毫无疑问，所有人都紧张起来，张顺安慰着自己和船上的乘客："别担心，大海就是这样，说变脸就变脸……不用怕。"

"是不是暴风雨要来了？"米小路问。

"不知道，有这个可能。不过，也可能只是海面上暂时起雾而已，也许过一会儿就好了……”

“不只是雾的问题，乌云蔽日，天昏地暗，情况有些不对劲。”季凯瑞提醒众人，“保护没有战斗能力的人，进入戒备状态。”

季凯瑞的话让张顺诧异莫名：“战……战斗能力？你们……是什么人？”

“反正不是敌人。”季凯瑞说，“专心开船，别管这些。”

这时，一直扶着栏杆监测海面的陆华转过身，脸色铁青地蹲了下来。杭一走过去问道：“怎么了，陆华？”

“我……好像晕船了。”

“你长时间盯着海面看，又吹了这么久的风，当然会晕船。韩枫，我们把陆华架到船舱里去。”

“可是，如果出现状况怎么办？”陆华抚着胸口，艰难地说。

“我们应付得来。这样，我让辛娜、井小冉和米小路跟你一起待在船舱里，如果出现什么情况，你就用防御壁保护他们。”杭一说。

“行。”

杭一把米小路和井小冉喊过来，却没看到辛娜在哪儿。四下环顾，他看到辛娜正站在船舷边——刚才陆华站的位置——扶着栏杆，探着头往下看。

“辛娜，危险！”杭一跑过去抓住辛娜的手臂，“别把身子这么探出去！”

辛娜扭过头，脸色煞白地看着杭一：“我刚才，好像看到海里有东西。”

“什么东西？”

辛娜恐惧地摇着头：“不知道，天色太暗了，海面是黑色的，那东西也是黑色的，看不清楚。我只知道，是个庞然大物。”

大家都聚拢过来，孙雨辰不安地说：“难道海怪真的出现了？”

“会不会是鲸鱼？”韩枫问。

“不，不可能是鲸鱼，我看到那生物的背脊不是光滑的，有点像……鳄鱼。”辛娜说。

“可是海里怎么会有鳄鱼？”井小冉难以置信地说。她双臂紧紧抱着身体，显得十分害怕。

“不，海里确实是有鳄鱼的，比如说湾鳄。但这种鳄鱼生活在东南亚和印度，从来没听说过我们国家的海域有湾鳄。况且湾鳄的体型最多只有几米长，不会是‘庞然大物’……”陆华说。

“这么说，真的是海……”

井小冉话没说完，船身突然被什么东西重重地撞击了一下，渔船不受控制地朝左方倾斜了四十多度！船上所有人都在惊呼中摔倒在地，井小冉没能抓住任何人或物件，竟然被直接甩了出去。她发出惊恐的尖叫，眼看就要坠落到恐怖的黑色深海中。

一个闪电般的身影射了出去，一只手像鹰爪般稳稳地抓住井小冉的手臂，腾空而起，飞到几米高的空中，然后慢慢降落下来，把雏鸟般的井小冉交给杭一，说道：“保护好她，我到空中打探一下！”

杭一牢牢地抓住井小冉，刚才那一幕把他吓得目瞪口呆。还好雷傲反应敏捷，动作迅速，不然井小冉一旦落水，后果不堪设想。

此时，雷傲飞在近十米高的空中，睁大眼睛观察着海面上的动静。只要看到异常，随时准备出手。但是海面上黑压压一片，能见度极低，而且也没看到有怪物起伏。几分钟后，渔船重新发动，向前行驶很远一段后，雷傲才降落到甲板上。

张顺已经惊诧得面无人色了，刚才的撞击几乎毁了他的船，目睹的景象又几乎毁了他的世界观。他指着雷傲大叫：“你……你到底是什么人？竟然会飞！”

“超人。”雷傲冲他挑了下眉毛，“而且不只是我，这一船的人都是。”

杭一和辛娜没工夫管目瞪口呆的张顺，他们走到雷傲身边，问道：“怎么样？你在空中有没有发现什么？”

雷傲摇头道：“没有，可能那怪物钻到海里去了。”

辛娜愕然道：“我起先看到的那个脊背，不夸张地说，不比一只成年鲸鱼小。怎么会这么快就消失不见了？”

“说明那怪物虽然身体庞大，但动作灵活。”季凯瑞走过来说，“不过这就奇怪了，如此巨大的一只怪兽，竟然只做出了刚才那种程度的攻击，就善罢甘休了。”

“你觉得刚才的撞击太‘温柔’了？”杭一问。

“你不觉得吗？就像它只是路过的时候不小心撞了我们一下。”季凯瑞说。

“也许确实如此呢？”

“我可没你这么天真，会认为这是一场巧合或偶遇。在我看来，刚才的撞击意味着警告、威胁和挑衅。”

“有什么东西在试图阻止我们上岛？”杭一猜测。

“如果真要‘阻止’的话，那海怪就不会这么轻易走掉了。最起码把我们的船掀翻，解决几个没有战斗能力的人。但它没有这样做，反倒令人生疑。”季凯瑞说，“这件事情开始变得扑朔迷离了。”

杭一和辛娜对视了一眼，心中的感受难以言喻。这时，驾船的张顺转过头对他们说：“我们到了，无人岛就在前方。”

三十三、过夜

SUPER TABOO GAME

船靠岸之前，所有人都走到甲板上，观望着这座神秘莫测、令人生畏的孤岛。由于是无人岛，整座岛上没有一丝亮光。此时天色灰暗，无法看清岛的具体模样，只有一个大体的轮廓。表面上看，这座岛和普通的无人岛并没有太大的区别。但之前的传言和海怪袭击事件，为这座岛披上了恐怖惊悚的外衣。没人知道这座岛上有什么，或者曾发生过什么，这里的一切都令探险者们期待和畏惧。

张顺和杭一等人一起跳下船来，此时是傍晚六点三十分了，但天色却暗得好像夜晚。张顺问杭一："你们带帐篷和生火工具了吗？"

"放心，都有。"杭一问他，"你呢？现在要回衢山岛吗？"

"不，我要跟你们一起探索这座岛。"张顺说，"况且我驾船走了，你们怎么回去？"

"你可以几天之后再来接我们。"杭一说，"这座岛上一定潜藏着未知的危险。你只是个普通人，没有办法自保，关键时刻反而会拖累我们。"

张顺知道杭一是为自己着想，刚才在船上，他也见识了雷傲的超能力，知道他们都不是普通人。但他关心哥哥的命运，仍然想留在岛上："不用担心，我身强力壮，会保护好自己的。"

“不行，如果你遇到危险，我们就没法离开这个岛了。我们当中没人会驾驶船。”杭一说。

“可是……”

这时，韩枫说：“让张顺暂时留在岛上吧。今天已经这么晚了，我们刚才又遭遇了海怪袭击，他现在回去可能也很危险。”他望向张顺，“但你得答应我，明天早上就离开，行吗？”

张顺咬了咬嘴唇，答应了。几个人一起把船拖到沙滩上，停泊妥当。众人选择在距离大海一百多米远的海滩上宿营，这里的沙土相对结实，便于将地钉插入地面，固定帐篷。一行人总共带了四个自动帐篷，雷傲和韩枫把四个帐篷全部撑开。陆华说：“每个帐篷里有两个睡袋，看来有人要睡在外面了。”

“你们买帐篷的时候没计算好人数吗？”辛娜说。

“不，这事我们考虑过。”韩枫说，“我们一共九个人，八个人睡帐篷，剩下一个负责守夜——由杭一、雷傲、季凯瑞和我轮流。这里可不是希尔顿酒店，我们九个人不可能全都安安稳稳地睡觉。”

“这倒是。”辛娜点头，“不过现在多了张顺。”

“没关系，我可以睡在船舱里。”张顺说。

“好了，现在该解决吃饭的问题了。”韩枫说，“你们肯定跟我一样，早就饿坏了吧？”

这么一说，大家都感觉饥肠辘辘了。井小冉问韩枫：“你们之前在超市买了什么食物？”

韩枫抓起鼓鼓囊囊的一个大旅行包，拉开拉链，往外拿东西：“罐装午餐肉、香肠、熏牛肉、肉松饼、腌鱼、矿泉水。”

井小冉和韩枫一起把食物和水分给大家，雷傲说：“天色越来越暗了，趁现在还没完全黑透，我们先把火生起来吧。”

“可是哪儿有木材呢？”米小路说。

“小事一桩，看我的！”雷傲朝海滩上最近的一棵棕榈树走去。爱出风头的他，最乐于在普通人面前展现自己的超能力。他夸张地大吼了一声，嘴里喊道“真空刃”——双手交叉成十字形，用力向前一挥，两道风刃疾射而出，粗大的棕榈树瞬间被砍成三截。

雷傲又砍断了几棵大树，却遇到了难题——他的风刃虽然锋利无比，但缺乏精准度。将整棵树砍倒不难，要将树干伐成木柴，却颇有难度。

季凯瑞见雷傲尴尬地站在原地，知道他做不了细活，走过去说道：“我来吧。”

雷傲让开，季凯瑞卷起衣袖，启动超能力，右手变成一把锋利的柴刀。他将树干立起，一刀一刀地将树干砍成若干截短木。不一会儿，一棵棕榈树就变成了一堆木柴。季凯瑞走到另一棵更大的棕榈树前，右手居然又神奇地变成了一把斧头，他三两下就将树砍倒，几分钟后，更大的一堆木柴产生了。季凯瑞转身对众人说：“今天晚上的应该够了。”

海滩上的人都没有搭话，每个人都看呆了。尤其是从未见识过季凯瑞超能力的张顺，惊愕得合不拢嘴。孙雨辰小声对旁边的米小路说：“这家伙全身都能变成武器，以后可不能惹他生气呀。”

大家一起把木柴抱到海滩上，把一部分木柴堆砌起来，杭一问：“点火的工具呢？”

韩枫从旅行包里拿出打火机，说：“只有这个。”

“啊？”杭一傻眼了，“打火机怎么能点燃这么粗的木柴？”

韩枫挠着脑袋，看来之前考虑不周了。他说：“可是除了打火机，还能带什么呢？总不可能带一桶汽油上飞机吧？”

“也许我们该先尝试着点燃树叶和细枝。”米小路出主意。

韩枫尝试着用打火机点燃树叶，但是火太小，树叶又因为气候的关系，十分潮湿。几分钟过去了，连一片树叶都没有点燃，更别提点燃木柴了。韩枫沮丧地站起来：“没办法，点不着。”

“这可怎么办？”井小冉抱着身体，“到了夜里，海岛上一定会非常冷的。”实际上，现在就已经很冷了。这里的平均气温比琮州市低了七八摄氏度。

众人都有些束手无策。沉默了一刻，只见韩枫把打火机丢到架起的木堆中，似乎放弃了。杭一皱眉道：“干吗呀，点不燃就赌气吗？”

韩枫没有说话，只是盯着那堆木柴，片刻后，嘴里蹦出两个字：“火灾。”

周围的人没听清楚他说的是什么，只见“轰”地一下，架起的木柴在一瞬间熊熊燃烧起来，噼啪作响，火苗四溅。海滩上的人同时吓了一跳，下意识地朝周围散去，惊诧地望着这堆突然升起的篝火。杭一纳闷地问韩枫：“你刚才干了什么？”

韩枫的神情十分亢奋，火影在他的脸上跳跃：“我用了超能力！我想，既然我的能力能引发小型地震，也就能引发小型火灾！”

杭一惊异地望着韩枫：“的确……看来你的能力跟我一样，运用起来千变万化。”

“我以前因为一直惧怕这个能力，所以从来没认真研究过。不过现在看来，我的能力也未必那么可怕，‘灾难’只要运用得当，也能产生好的效果，比如点燃这堆篝火。”韩枫欣喜地说。

“提醒一句，别掉以轻心。你的能力现在只有一级而已，谁知道升级之后，能引发一些什么样的灾难？”季凯瑞说。

“嗯……”韩枫思考着，“其实我不是很在意升不升级，也没想过要用超能力攻击谁。也许能力太强未必是件好事，如果强到令自己都无法掌控，那就糟了。”

“你居然能说出这么有哲理的话，真是要对你刮目相看了。”陆华说。

“谢谢。”韩枫笑了一下，旋即皱了下眉，“什么意思？我在你们心目中是傻大个儿吗？”

“没有，没有。好了，现在篝火生起了，咱们吃东西吧。”陆华说。

一群人围坐在篝火旁，雷傲把从超市买的竹签拿出来，将牛肉、午餐肉和香肠串在竹签上。众人边烤边吃，满嘴流油。之后，雷傲又把听装啤酒和饮料拿出来分发给众人，一口酒一口肉，好不快活。

陆华盯着喝酒的雷傲和韩枫看了一会儿，望向辛娜摇头感叹道：“不是我想找不自在，但看他们那样子，完全就是在海滨度假呀。我猜再过一会儿，他们该围着篝火跳舞了。咱们到底是来干吗的？”

辛娜笑道：“你又不是不了解他们俩，任何时候都没有紧张感。你要他们谨小慎微？恐怕不大可能吧。”

“不说谨小慎微，起码要保持一定的警戒心吧。”陆华担心地说，“这里可不是冲绳海滩，是发生过失踪事件的无人岛呀，说不定危险就潜藏在附近。”

“你可别吓唬我呀陆华。”井小冉停下吃东西，四处打量，仿佛黑黢黢的珊瑚礁和茂密的树林背后，随时会冲出什么怪物来一样。

“不是吓唬你，我们确实应该提高警惕。”陆华提高音量，这句话是说给韩枫和雷傲听的。

韩枫放下啤酒罐，说道：“不是我不谨慎，只是如果我们过分疑神疑鬼，反而在气势上输给了对手。况且说到警戒，我们到底该如何戒备呢？我们对这个岛毫无了解呀。依我看，以不变应万变才是上策。”

“嗯，我同意韩枫说的！”杭一赞赏道，“韩枫，我发现你现在说出来的话都特别有道理呢！”

“你这到底是夸我还是损我呀？”韩枫啼笑皆非，“难道我以前就没说过有道理的话吗？”

大家都笑了起来。孙雨辰说：“今天晚上，我们自然不可能去探索这座岛了。明天呢？我们到底该如何调查，你们有具体的建议吗？”

“暂时没想，”杭一说，“我觉得，明天先熟悉下整座岛的地形吧。暂时别深入到岛的深处，稳扎稳打为妙。”

“嗯，就这么办，总之到了白天再说。今天晚上，我们就早点儿休息吧。”辛娜说。

吃完了东西，大家商量着如何分配帐篷及守夜的问题。最后决定：杭一和米小路住一个帐篷；陆华和韩枫住一个帐篷；雷傲和孙雨辰住一个帐篷；辛娜和井小冉住一个帐篷；张顺睡自己的船舱。今天晚上上半夜由季凯瑞守夜，下半夜换雷傲守夜。

一天之内，乘坐了两次飞机、三次船和若干次汽车，一群人早就困顿不堪了。进入帐篷后，很快就睡熟了。季凯瑞搬了块岩石，坐在篝火旁，随时注意着周围的动静，并不时地往篝火里添加柴火。

令人颇有些意外的是，这座岛屿到了夜里，竟然出奇的平静。不但没有出现什么危险的征兆，连潮汐都变得温柔了。海浪轻抚着沙滩，海风吹拂着面庞，恍惚之间，让人心驰神往。

不过，季凯瑞并没有放松警惕。对他来说，这种安宁静谧，比危机四伏更值得注意——这种氛围会让人滋生倦意，精神松弛——这恰恰是最危险的状态。

为了提神，季凯瑞把自己带的一套刀具拿出来，用一把小刀把木柴削成一支支利箭，以此驱赶倦意。

一直到凌晨三点和雷傲交班的时间，季凯瑞着实有些扛不住了，他走到最右边的一个帐篷，拉开帐篷拉链，摇醒雷傲：“到点了，换你去守一会儿吧。”

雷傲睡眼惺忪，哈欠连天，极不情愿地从睡袋里出来：“现在几点了？”

“已经凌晨三点多了，离天亮最多还有三个小时，你坚持一下别睡着了，别忘了往火里添柴。”季凯瑞提醒道。

“嗯，知道了。”雷傲又打了一个大哈欠，走出帐篷。季凯瑞一头钻进了睡袋。

雷傲来到篝火旁，呆坐了几分钟，觉得肚子有些饿了。他想起装食物的两个大旅行包在韩枫和陆华的帐篷里，便走近他们的帐篷，轻手轻脚地拉开拉链，把两个包都拿了出来。韩枫和陆华睡得很死，分别发出均匀的鼾声，两个人都没有察觉雷傲拿走了身边的旅行包。

雷傲把包拿到篝火旁边，在包里面挑选着自己爱吃的食物。他拿了两根鱼肉香肠和一包猪肉脯，并惊喜地发现还有最后一罐啤酒。雷傲看到季凯瑞刚才削好的“竹签”，笑道：“哈哈，正好！”将香肠穿在季凯瑞制作的箭上，烤热了吃。啤酒只剩最后一罐了，他十分珍惜，小口小口地啜着。

雷傲吃完了夜宵，又找不到事做了，倦意再次袭来。他打了个大哈欠，用右手托着腮帮子，眼睛微闭，打算小憩一下……

不知过了多久，雷傲感觉有人在摇自己。他抖了一下，赶紧睁开眼睛，看到孙雨辰站在自己面前，蹙着眉头说：“不会吧，你睡着了？”

“没……没有呀，”雷傲强打起精神，手掌顺势把嘴边淌出来的口水擦干净，“我只是闭目养神而已。”

孙雨辰眯着眼睛看他。

“呃……好吧，我是睡着了。不过，不是风平浪静，什么事都没有吗？”雷傲岔开话题，“你出来干什么？”

孙雨辰朝树林里走去：“解手。”

雷傲说：“用得着跑这么远吗？对着海撒不就行了？”

孙雨辰瞪了他一眼：“大号！”

雷傲“扑哧”笑了一下，心想：“正好，孙雨辰去方便的时候，肯定也得保持十二分的警觉，自己趁机休憩一下。”他又恢复了刚才的姿势，合上眼睛。

这次，他是真的睡熟了。

而且，他犯了一个错误——篝火刚才就已经烧得不旺了，他又忘了往里面添柴火。

正睡得迷迷糊糊的时候，雷傲听到附近有窸窸窣窣的声音，他睁开沉重的眼皮，却发现眼前一片漆黑。过了好一会儿，他才意识到篝火已经燃烧尽了。关键是他根本不知道火是什么时候熄灭的。回了回神，他突然意识到刚才在睡梦中听到的声响十分反常，顿时警觉起来。

雷傲站起来，迅速向四周张望。一开始他什么都没看到，直到十几秒后，他的眼睛渐渐适应了黑暗，才惊惧地发现，距离自己十多米远的右前方，有两个绿色的小点——是一对眼睛，而且不是人类的眼睛。

雷傲全身的毛孔剧烈收缩了一下，他盯着那东西看，那东西也盯着他。黑暗中，他看不清那生物的模样，只觉得它的头很大，跟身体不成比例，四肢着地，躯干细长。身体的颜色不知道因为此时是黑夜，还是本来就是灰黑色的，只能看到那对眼睛在发出绿光。更恐怖的是，雷傲注意到那东西的一只手上，似乎拖着什么东西。他头皮一紧，大叫一声：“啊！”

这声喊叫把那怪物吓了一跳，它不再跟雷傲对视，而是扭头朝树林里跑去，速度之快，令人咋舌。

雷傲不知道自己是否应该追上去，无论他胆子有多大，只身一人钻进那阴森的树林，追踪一个未知的恐怖怪物，不是明智之举。就在他犹豫之际，那怪物已经跑得不见踪影了，只听到它穿过树林时树叶发出的沙沙声。

雷傲的惊叫把帐篷里的人都惊醒了。季凯瑞第一个出来，紧跟着杭一、米小路和韩枫等人也匆匆走出帐篷，一齐问道：“出什么事了？”

雷傲定了定神，只有如实说明：“我守夜的时候睡着了，醒来时篝火已经熄灭了。我发现一个有着绿色眼睛的怪物在我的斜前方，而且好像拖着什么东西……啊，我们当中没有少谁吧？”

大家互相看了一阵，连张顺都从船舱里出来了。杭一说：“没有少，一共十个人。”

雷傲松了口气：“唉……那就好。我刚才还以为谁被那怪物掳走了呢。”

季凯瑞瞪着雷傲：“我提醒你别睡着，也别忘了往火里添柴，结果你一样都没做到！”

雷傲自知理亏，低下头说：“我实在是太疲倦了……”

“好了，别怪雷傲了，守夜确实是个辛苦工作。”辛娜说，“不过你至少有所发现。那个怪物到底是什么，你看清了吗？”

雷傲说：“没有。我只看到个大概的轮廓，头大身细，四肢修长，十分恐怖。”

“会不会是狼？”陆华问。

“绝对不是。”雷傲笃定地说，“虽然我没看清，但可以肯定那怪物不像地球上的任何一种动物。它整体看上去像一个巨大的婴儿，全身都没有毛发，光秃秃的。”

井小冉打了个冷战，显得十分恐惧，她和辛娜紧紧地挨在一起。

杭一说：“你说看到那怪物拖着什么东西？既然不是人，那会是什么？”

“不知道……”雷傲茫然地摇着头。过了半晌，他突然“啊”了一声，急促地在身边寻找着什么，大家不明就里。过了好一会儿，雷傲大呼一声：“糟了，旅行包不见了！两个都不见了！”

“什么，旅行包？”韩枫愕然道，“你是说装食物的那两个旅行包？”

“没错！”

“那两个包不是放在我和陆华的帐篷里吗？”韩枫说。

雷傲窘迫地说：“我守夜的时候饿了，就悄悄把包拿了出来，找了点儿东西吃，之后就没有放回去。”

“你的意思是那怪物趁你睡着，而篝火又熄灭的时候，把两个旅行包都偷走了？”

“只可能是这样了……”

韩枫焦急地捶了下大腿：“所有食物和水都在那两个包里面呀！这下怎么办？叫你守夜，结果什么作用都没有起到！”

雷傲也火了：“那你来试试？我又不是铁打的，能不打瞌睡吗？你是没看到你自己睡得有多死！”

“行了，别吵了！”杭一说，“现在互相责怪有用吗？还是想想该怎么办吧。”

“对，不管怎么说，人没有被那怪物袭击，就是万幸了。”辛娜安慰道。

“那怪物也许还没有走远，要不我们追进森林，也许还能把旅行包抢回来。”孙雨辰说。

“不妥，”陆华摇头，“现在天还没有亮，树林里太危险了。而且我们根本不知道那怪物有多厉害，树林里有多少只，万一被围攻就糟了。”异空间里变异鼠群的攻击，直到现在都令陆华心惊胆寒。

“现在几点？”米小路问。

杭一看了下手腕上的表，说：“五点十分。”

“再过一会儿天就亮了，陆华说得对，咱们别轻举妄动。毕竟只是丢了食物而已，犯不着以身犯险。”米小路说。

“要不……天亮之后，你们先跟我一起回衢山岛，在岛上补充好物资之后，再回来？”张顺提议。

杭一摇头道：“如果遇到状况就返回，那永远也别想探索到此岛的秘密。”

“那你是怎么想的呢？”辛娜问杭一。

杭一说：“我相信岛上肯定能找到淡水，也会有一些野生动物。以我们的能力，打猎是轻而易举的事。这样就算不依靠所带的食物和水，也能在岛上生存。”

“我赞成。”米小路说。

“好吧，看来只好如此了。”陆华说。

经历了这样的事，众人都没有了睡意。大家重新生起篝火围坐在一起，眼睁睁地守着海平线从遥远的天际中分离出来。

三十四、火蝾螈

SUPER TABOO GAME

橙红色的朝阳从泛着鱼肚白的天边升起，带来光明的同时，也带来了温暖。早上七点钟的时候，天彻底亮了，众人终于瞧见了小岛的模样——这座岛不算太高，上面草木茂盛，到处长着棕榈树和叫不出名字的热带树木。高大的棕榈树伸向天空，树冠在微风中轻轻摇曳，风中弥漫着潮湿的空气。小岛很美，像一幅非自然力量所作的色彩绚丽的画卷，又像是栩栩如生的梦境。几乎有那么一刻，众人忘了昨晚发生过的惊悚事件，直到腹中的饥饿感提醒他们时，才想起当务之急是找到食物。

杭一关心的却不是早饭问题。天亮之后，他就按照雷傲所说，朝昨晚怪物溜走的方向走去。果然，他在沙滩上发现了旅行包被拖走的痕迹和旁边怪异的脚印。沙滩上的大多数脚印都被海风抚平了，只有在靠近丛林的略微潮湿的地面上，才看到了几个依稀可辨的脚印。杭一马上把陆华叫过来，问道：“你能看出这是什么动物的脚印吗？”

陆华仔细观察——脚印显示这只怪物只有四个趾头，分得很开，几乎一样细长。而且长度是一般成年人脚趾的两倍。这些脚印让陆华感到毛骨悚然，说道：“我实在想不出自然界中有哪种生物的脚印会是这样的。”

“证明这岛上确实有未知生物存在。”杭一说。

“而且可能不止一种。”陆华猜测。

“你怎么知道？”

“我的直觉。”

杭一和陆华回到营地，把观察到的脚印和他们的猜测告诉众人。除了进入岛的深处进行调查之外，没有别的办法可以解开这些谜。

按照之前说的，张顺在天亮之后便要驾船离开。杭一对他说：“五天之后，你到岛上来接我们。”

张顺担心地说：“这岛上危机重重，你们的食物和淡水又丢失了，能撑五天吗？”

杭一说：“你也知道我们不是普通人，来之前已做好了遇到各种艰难险阻的准备。撑过五天应该没问题。倒是你，回去和下次来的途中一定要格外小心，别被海怪袭击。”

“嗯，我知道。”张顺犹豫了一下，说，“我一直想问——你们到这座岛上来，到底是因为何事呢？”

“这件事情说来话长，也太过复杂了，我暂时没法跟你解释清楚。但我可以向你保证，我们会尽全力搜索和调查这座岛，帮你寻找失踪的哥哥。”杭一说。

张顺十分感激：“那就拜托你们了！”他从上衣口袋里摸出一张照片，是一个憨厚年轻人的模样，长得跟张顺很像，“这是我哥哥的照片。”

杭一把照片收好，颔首道：“我知道了，我们会尽力的，你先回去吧。”

张顺跟大家告别后，开着渔船离开了。众人目送他的渔船驶离视线，孙雨辰说：“好了，现在该解决我们的问题了。不瞒你们说，早上六点的时候，我肚子就饿了，咱们吃什么？”

“我不饿，但是渴了。”米小路说。

辛娜到自己的帐篷里拿出一瓶只喝了一小半的矿泉水，递给米小路：“这是我昨天剩下的半瓶，你拿去喝吧。”

米小路心生感激，拧开瓶盖喝了几口后还给了辛娜：“谢谢。”

雷傲想了想，说：“食物的问题，我觉得可以在海里捕鱼。”他指着篝火旁边苦笑道，“昨晚那怪物只给我们剩下了一支芥末膏和一小包海鲜酱油，用来做生鱼片正合适。”

听到“生鱼片”三个字，孙雨辰口水都快流出来了，但是又犯疑道：“我们什么捕捉工具都没有，怎么捕鱼呀？”

“我水性好，下海去捞。”雷傲想要弥补自己昨晚的过失，主动说道。

“海里有海怪，你忘了吗？”米小路提醒他。

“没事，我不会游太远的，就在浅海里抓鱼。”雷傲捡起昨晚季凯瑞削的利箭，当作刺鱼的武器。正要脱衣服时脸红了一下，对辛娜和井小冉说：“女士们，我可没带游泳裤和换洗的内裤呀，只能全部脱光了再下海，麻烦你们到帐篷里待一会儿？”

辛娜和井小冉捂着嘴笑了一下，两个人牵着手走到帐篷里去了。

“你慢慢抓吧，我去帐篷里补会儿觉。”孙雨辰好像对雷傲没抱什么希望，也走到帐篷里去了，米小路跟他一起进了帐篷。

雷傲三两下脱了个精光，他身体健康，肌肉结实，但海水浇到身上，他还是打了个寒战。现在毕竟不是夏天了，太阳还没有完全出来。雷傲在沙滩上做了一会儿准备活动，突然启动超能力，飞到几米高的空中，然后把手中的利箭对准海面，像鱼鹰一般扎进海中。

“天哪，他怎么做任何事情都比一般人夸张？”陆华说。

杭一笑道：“你是今天才认识雷傲吗？且看他是不是有能耐抓到鱼吧。”

雷傲在海中待了十几秒，又像炮弹一样射到空中。调整姿势之后，再次俯冲下去。这样来来回回反复多次，他累得筋疲力尽，却一条鱼也没抓到，沮丧地游到岸边。

陆华说：“你这种抓法完全是凭运气，况且第一次扎进去之后，鱼群肯定就被吓跑了，怎么可能抓得住？”

雷傲无话可说，没精打采地穿上了衣服。

韩枫想了一会儿，说：“你们往后站，我来试试。”

杭一问：“你要干吗？”

“你们先配合我吧，站到帐篷那里去。”韩枫一边说，一边自己也朝后退。杭一等人只有跟着他往后移。

退到几十米远的地方，韩枫集中精神，两只手掌向前一伸，喝道：“海啸！”

一瞬间，平静的海面掀起两米多高的海浪，像水墙一般朝海滩上席卷而来。

杭一等人惊呆了，还好他们退得远，才没有被这突如其来的海浪卷进大海，但扑过来的海水还是蔓延到了他们脚边。

韩枫停止使用超能力，海浪的余波在惯性的作用下持续了几十波之后，大海又逐渐恢复了平静。海潮退去之后，他们惊喜地看到，海滩上留下了许多被海浪抛下来的鱼类和贝类，加起来估计有上百斤。韩枫兴奋地跳了起来，大叫道："成功了，我的设想成立了！这下我们不用担心没吃的了！"

辛娜、井小冉、米小路和孙雨辰先后从帐篷里出来，看着满沙滩的鱼、虾、蛤蜊、扇贝，惊愕得张大了嘴。得知是韩枫启动超能力引发小型海啸造成的，辛娜佩服地说道："韩枫，你可真是个天才！"

"嘿嘿，过奖了。"韩枫挠着头说，"我开始喜欢上我的超能力了。"

陆华观察着沙滩上的鱼类，欣喜地说："种类真不少呢——小黄鱼、竹荚鱼、马面鲀……天哪，还有鲔鱼和牡蛎！我们真的能吃一顿海鲜大餐了！"

韩枫得意无比。孙雨辰口水都快流下来了，着急地说："那我们还等什么？"

季凯瑞拿出刀具，大家一起剖鱼、刮鳞片。鲔鱼和鲷鱼被切成片，做成刺身；小黄鱼和竹荚鱼等小型鱼类则用柴火烤干，制成可以携带的鱼肉干。辛娜还烤了生蚝和扇贝。井小冉把大片树叶洗干净，倒一点儿酱油，挤上芥末。纯天然的海鲜大餐让每个人大快朵颐，比在城市里吃空运来的海鲜美味一百倍。

每个人的肚子都撑到了极限，还剩下很多鱼肉干。季凯瑞把鱼肉干装进旅行包里，当作干粮储备起来。

吃饱之后，大家精力充沛。韩枫和雷傲把帐篷收起来放在背包里。杭一问："准备好了吗？我们要向岛的深处进发了。"

"OK! Let's go!"雷傲期待一场畅快淋漓的冒险，早就跃跃欲试了。

个性谨慎的陆华提醒道："密林里可能隐藏着一些危险的生物或者未知的事物，凡事都要小心。所有人走在一起，千万别走散了。"

季凯瑞说："我和雷傲在前面开路，辛娜、井小冉、米小路、孙雨辰和陆华走在中间，杭一、韩枫两人殿后，保持这个队形往前走。"

辛娜说："我们有没有具体的目的地呢？难道在密林里漫无目的地走吗，会不会迷路？"

季凯瑞说："我身上有指南针，不会迷路。大致的路线从东到西，环绕全岛探索一遍，最后前往岛中间的那座山。对这个路线，你们有没有意见？”

大家都没有异议，均认可季凯瑞的安排。杭一打开PSV游戏机，进入某个游戏后选择待机。如果遇到紧急状况，只要推开PSV的电源开关，就能立刻启动超能力。他把游戏机小心地揣在衣服口袋里。

“那么，按照我刚才说的队形走吧。”季凯瑞说。

一群人从海滩步入丛林，岛上植被丰富、枝叶茂密，视野受到了很大的阻碍，无法洞悉前面的状况。由于是无人岛，根本没有道路一说，只能靠走在最前面的季凯瑞和雷傲拨开树枝和树叶开辟道路。他们俩控制着队伍行进的速度，稳扎稳打、缓慢行军。

季凯瑞和雷傲的主要任务是开路和侦察前方的状况：走在中间的陆华、辛娜等人，则用心观察着周围的一草一木，寻找是否有异常迹象；队伍最后的杭一和韩枫，几乎是倒退着行走，防止背后被偷袭。一群人以这种方式行进了将近两个小时，并没有发现什么异常和不妥。随着中午的临近，太阳光越发强烈，众人走得汗流浃背、口干舌燥。辛娜剩余的半瓶矿泉水早就被大家一人一口分光了。半瓶水对于九个人来说，简直是杯水车薪。现在最急迫的任务，就是要找到淡水。

井小冉的体能是所有人中最差的。她实在是走不动了，说：“我们停下来休息一会儿吧。”

“再坚持一下吧，等找到有淡水的地方，我们就停下来休息。”季凯瑞非常清楚，水比食物更重要，在这种状况下，如果连续十几个小时不喝水，大多数的人都会出现脱水的危机。

“如果这座岛上根本就没有淡水呢？”井小冉忧虑地说。

雷傲想了想，停下来说：“要不这样，我飞到空中去侦察一下，看看岛上有没有湖泊或瀑布一类的淡水资源。”

“行。”杭一赞同道，他的嗓子也快冒烟了。

雷傲启动超能力飞升到空中，先确定了一下位置，然后沿着岛飞行了一圈，降落到原地，沮丧地说：“不行，岛上的树木太茂密了，看不到有没有湖泊，但可以肯定山峡中没有瀑布。”

“那怎么办？要是整座岛都没有，我们会渴死的。”井小冉惶恐起来。

“说不定这座岛之所以是无人岛，就是因为岛上没有淡水。”陆华不安地猜测道。

雷傲说：“实在不行，我就飞到离这里最近的鼠狼湖岛，从那里带一些淡水回来。”

杭一说：“可是你一个人能带得了多少呢？鼠狼湖岛虽然不算太远，但你要飞行一个来回估计也够呛。”

“我可以飞到鼠狼湖岛后，休息一阵再飞回来。”雷傲说。

“你们觉得怎么样？”杭一征求大家的意见。

季凯瑞说：“我们再朝前面走一个小时，如果还是没有找到淡水，就照雷傲说的办。”

“同意。”辛娜说，“雷傲说的方法固然可行，但不是长久之计。找到水源才是关键。”

一群人只有打起精神继续前行。在行走的过程中，陆华发现了一些小动物——刺猬、云雀、蜥蜴，以及螳螂、蜘蛛等昆虫。他说：“这座岛上的植被和动物都很正常，看起来没有什么不对劲的地方。”

“别忘了雷傲昨天夜里看到的怪物。”韩枫提醒道。

“也许那是一种神秘的夜行怪物，白天没有机会看到。”陆华猜测。

“你认为那怪物偷袭我们，或者说偷走我们的旅行包，只是一个巧合吗？”杭一问。

“不知道。但是从它没有攻击熟睡的雷傲这一点来看，也许不是什么凶恶的怪物。”陆华说。

“但就偷窃这一点来说，也绝对不是什么讨人喜欢……”

突然，走在最前面的雷傲大叫了一声“啊”——把所有人都吓了一跳，杭一问道：“怎么了？”

接着听到的是雷傲的欢呼：“感谢上天！我们找到水了！”

所有人的精神都为之一振，大家快步向前走去，看到了一条清亮的小溪，水质十分纯净，连水底的石头都清晰可见。太阳照在溪水上，闪耀着金色的光。没有比此情此景更令人欣喜和振奋的了。大家都欢快地冲到溪边。雷傲跪下去，双手捧起一汪清水浇在脸上，大喊道：“太爽了！”

所有人都渴坏了，韩枫和雷傲直接趴在水边，把嘴伸到溪水里去喝个痛快。辛娜把空矿泉水瓶递给他们，说：“别光顾着自己喝，把瓶子装满，大家轮流喝吧！”

韩枫把矿泉水瓶没在水中，逆着溪流将水灌进了瓶子里。井小冉走到溪水边，看到水底有一种漂亮的石头，黄黑相间，光滑圆润。她向来喜欢色彩鲜艳的东西，一时间竟忘了口渴，欢喜地说：“呀，好美的石头，我要带一块回家收藏。”

“你还真有闲情逸致呀。”孙雨辰笑道。

井小冉蹲到水边，想把手伸到水里去抓石头。溪水虽然不深，但以一个女孩子的臂长，还是够不到水底。她对身高一米八五的韩枫说：“韩枫，你喝够了吧，帮我捡一块石头好吗？”

韩枫向来是乐意为女生效劳的，爽快地答应一声：“行啊！你想要哪块石头？”

井小冉寻找着水底最漂亮的石头。溪水里零星地躺着一些小石头，她挑来挑去也没拿定主意。这时，她注意到上游的水底，有一大堆这种石头，欣喜地拍手叫道：“哇，那儿好多！”

韩枫和井小冉一起走到几米远的上游，水底色彩斑斓的石头确实令人赏心悦目。韩枫弯下腰，卷起袖子，问井小冉：“你想要哪一块？”

一大堆石头集中在一起，密密麻麻地看不清楚，井小冉说：“你随便抓几块上来我挑吧。”

“好嘞。”韩枫把手臂伸到水里，手指刚刚接触到石头，突然怪叫了一声：“啊！这石头怎么是软的……”

话没说完，只见水底的几百颗“石头”一齐活动起来，以极快的速度向四周散去，看上去令人头皮发麻。韩枫吓得哇哇大叫，井小冉也发出惊恐的尖叫声。

其余的人吃了一惊，赶紧聚拢来问道：“出什么事了？”

井小冉指着水底仍然游动着的“石头”说：“这些石头，全是活的！”

陆华趴下来，盯着水底仔细观察了一阵，惊呼起来：“呀！这哪是什么石头？是火蝾螈！”

“火蝾螈？”杭一从没听说过。

“一种两栖动物，”陆华焦急地问井小冉，“你说刚才水底有几百只？”

“对，现在它们都四处逃散了。”井小冉从陆华的眼神中感觉到事情有些不对劲，“怎么了？”

“糟了，糟了……”冷汗从陆华的额头上冒出来，“火蝾螈的皮肤有毒，双眼后侧和背脊两侧也都有毒腺，会分泌出毒液，与蟾蜍的毒液类似。如果只是一两只毒性不会太强，但如果是成百上千只，毒性就足以致命了！”

“啊？”韩枫和雷傲一起惊叫起来。

“刚才这些火蝾螈重叠、团抱在一起，肯定是在溪流中交配和产卵。它们交配的时候，分泌出来的毒液会是平常的几倍。”陆华紧张地问道，“刚才哪些人喝了溪水？”

辛娜的脸白了：“韩枫和雷傲喝得最多，然后……我也喝了。”她赶紧把剩下的半瓶水倒了。

“Oh，my god！”韩枫双手捂着脑袋大叫，“这么说我们刚才喝的溪水里有火蝾螈的卵！太恶心了！”

“这倒是次要的，胃酸会杀死那些卵。关键是溪水可能有毒！”陆华说。

“那些毒液经过溪水稀释后还会有毒性吗？”米小路问。

“不知道，这种事情我从来没遇到过，也没见过类似的记录。”陆华不安地说，“溪水也许会起到一定的稀释作用，但毒液的量太大了……”

“嗯……”雷傲突然捂着肚子，豆大的汗珠从他的头上冒出来，脸色变得苍白。紧接着，韩枫的呼吸也困难了，全身麻木、酸痛，心跳加速。他们俩痛苦地瘫倒在地，身体抽搐，口吐白沫。

“啊！”陆华惊骇地大叫起来，“他们果然中毒了！”

“怎么办？这里是荒岛，没有医院呀！”孙雨辰也慌神了。

“别慌，别紧张。”杭一努力让自己镇定下来，他望向井小冉，“这种时候，只能依靠井小冉了。”

井小冉一愣，立刻明白了。她的超能力“治疗”是最不起眼的，平时根本没机会发挥作用，只有在这种紧急时刻才能派上用场。她走到韩枫和雷傲身边蹲下来，准备施展超能力救人，突然想到一个问题，望着众人说道：“我使用超能力之后会陷入睡眠状态……他们两人，我该救谁呢？”

所有人都愣住了。杭一正想说“不管是谁，总之先救一个”，却骇然发现，身边的辛娜也汗流满面、脸色煞白，几乎要昏厥过去。他大叫一声“辛娜”，将辛娜扶住，这才想起，辛娜也喝了韩枫装在瓶子里的溪水。

陆华的头嗡嗡作响，感到天旋地转：“怎么办？有三个人中毒了，井小冉的超能力最多只能救一个人。”

辛娜竭力支撑着不让自己晕过去，她说话已经很困难了：“救他们……我喝得比他们少，能支撑住……”

“可是……”杭一心乱如麻，焦急万分。他不能失去辛娜，但韩枫是自己最好的朋友，雷傲也是重要的伙伴，该怎么办？艰难抉择带来的煎熬让他比中了毒的人更为痛苦。

“听辛娜的吧！”陆华大叫道，几乎要哭出来了，“韩枫的鼻子和耳朵都开始出血了！他快要停止呼吸了！”

井小冉不敢再犹豫了，她咬了咬嘴唇，对季凯瑞说：“我一会儿如果睡着了，你就把我打醒！或者用刀刺我、割我都行！总之一定要让我醒过来！”

季凯瑞应道：“我明白了。”他望向辛娜，虽然没有表现出杭一那样的焦急和心痛，但他紧攥双拳，双目圆瞪，全身都绷紧了。

井小冉双手按在韩枫的身体上，两分钟后韩枫的脸色红润了，心跳和呼吸恢复了正常，但井小冉却虚弱地倒向一侧。季凯瑞赶紧扶住她，井小冉已经睡着了。

韩枫脱险了，但雷傲和辛娜的状况比起刚才又严重了许多。尤其是雷傲，已经彻底休克了，身体的抽搐也停止了，一只脚已踏进了鬼门关。

季凯瑞不敢迟疑，他不客气地扇了井小冉两耳光，喝道：“醒过来！”

井小冉艰难地睁开了眼睛，但使用超能力之后的虚弱和嗜睡似乎比想象的还要难以克服，她的眼睛又不由自主地闭上了。季凯瑞实在没有别的办法，竖起右手食指，变成一根尖刺，狠狠地在井小冉的手臂上扎了一下。

井小冉在疼痛中醒了过来，她明白自己的使命，紧咬着牙关，勉强坐起来将双手按在雷傲的背上。几分钟后，把雷傲从黄泉路上拖了回来。而她自己像患了一场大病，倒在季凯瑞怀里，昏沉沉地睡去了。

这时还未度过危机的就只有辛娜一个人了，大家都急切地望向辛娜。辛娜看到韩枫和雷傲都被救活了，再也无力支撑，头耷拉到一旁，休克了。

“辛娜，辛娜！”杭一摇晃着辛娜的身体，泪水涌了出来。他无法眼睁睁地看着辛娜死在自己的怀里，他接受不了这个事实。与其如此，他宁愿自己死去！

季凯瑞把井小冉交给孙雨辰，快步走过来。看到辛娜气若游丝、七窍出血，他这才明白，辛娜是为了让井小冉先救别人，才苦苦支撑，让大家以为她的状态略好一些。其实，她中的毒一点儿都不比韩枫和雷傲轻。

杭一和季凯瑞一起守护着辛娜，心急如焚却又无能为力。他们都希望自己能代替辛娜去死，但这是不可能的。

“不……”杭一的脑子里冒出一个念头。他迅速跑到井小冉面前，用尽力气摇晃着她，大叫着她的名字，但井小冉却怎么也醒不过来了。

陆华哭着扑过去制止杭一：“别这样，杭一！你看不出来吗？井小冉已经到极限了！就算你把她摇醒，她也不可能再施展超能力救人了！”

杭一推开陆华：“不！我不会勉强她！我有办法让她救辛娜！”

在杭一的剧烈摇晃中，井小冉艰难地再次睁开了眼睛，但她的虚弱程度简直比中毒的辛娜好不了多少。杭一看见一丝希望，在井小冉再度陷入昏睡之前，他从背包里拿出一把水果刀，将刀柄塞在井小冉的手里，说道：“井小冉，你把我杀了！这样你就能升级了！你的能力会变成三级！这样你就能救辛娜了！”

井小冉吓坏了，不停地颤抖，其他人也都惊呆了。陆华和韩枫冲过去阻止杭一疯狂的举动：“你干什么？叫井小冉杀了你救辛娜，哪有这么荒唐的事！”

“不！”杭一发狂地甩开两个朋友，“只有这一个办法了！辛娜死了，我也活不下去！与其这样，不如让我一个人死！”

米小路目瞪口呆、泪流满面地看着杭一。杭一的话就像一把尖刀在剜他的心。他身体内的血液都涌上了头顶，即便自己的超能力是“情感”，此刻他也无法控制自己的情感了。米小路悲愤地大叫一声，冲到井小冉面前，用力将杭一推开，然后抓住井小冉握着尖刀的手，往自己的心脏扎去，大喊道：“要死就让我死吧！”

尖刀快要刺入米小路胸口的时候，季凯瑞像闪电一般冲过去一把将米小路掀开，刀掉落到地上。

“你干吗阻止我？”米小路冲季凯瑞怒吼道，“我死了不就好了？杭一也不用死了，辛娜也能救活了！”

杭一冲到米小路面前，哭着摇晃他的肩膀：“你干什么？你为什么要这样做？你为什么要替辛娜去死？”

“我不是替辛娜去死！我是替你去死！”米小路冲杭一咆哮道，几乎丧失理智了。

局面一片混乱。辛娜在他们的吼叫声中艰难地睁开了眼睛，她似乎看懂了目前的状况，用尽最后一丝力气说道：“别……你们谁都别……”但她的声音太微弱了，没有人听到她说的话，甚至没人知道她醒了过来。

韩枫和陆华紧紧抓着杭一的手臂，孙雨辰和季凯瑞控制住米小路——避免他们再做任何傻事。然而，当他们转过身，却看到了惊人的一幕。已经到极限的井小冉挣扎着爬到了辛娜的身边，她一只手按在辛娜的身体上，用超能力帮辛娜治疗，另一只手拿着刚才掉在地上的尖刀，不断地在自己的手臂上割出一道一道的血痕——只有如此，她才能让自己不昏睡过去！

所有人都呆住了，他们看着自残救人的井小冉，眼眶中溢出泪水，心情复杂矛盾到了极点，均不忍目睹这一幕。

这次，井小冉真的耗尽了最后一丝体能。她就像被大风吹过的稻草人一样，轻飘飘地倒了下去。几双手一齐伸过去接住她，将她托住，再缓缓放在温润的草地上。韩枫从背包中拿出碘伏和绷带，为井小冉的伤口消毒、包扎。

辛娜体内的毒素被井小冉耗尽生命的力量去除了，她知道刚才发生的事情后热泪盈眶。辛娜无限感激地望着躺在草地上的井小冉，然后站起来，扑向杭一，用力捶打着他的肩膀，泣不成声："你这个傻瓜！你怎么能有那种可怕的想法！以后再也不准这样做了！你可想过，如果我被这种方式救活还怎么活得下去？"

杭一将辛娜紧紧拥入怀中，闭着眼睛什么都不去想。只要辛娜活过来，他的整个世界就从灰烬中重生了。

三十五、洞穴

SUPER TABOO GAME

有了这次教训，众人对淡水的寻求变得十分谨慎。一行人改变了最初拟定的行程，沿着溪水来源的方向行走了一个小时（韩枫和雷傲轮流背熟睡的井小冉），终于找到了这条小溪的源头——岛中间那座山脚下的一个山洞，溪水就是从洞里流出来的。

现在是下午一点钟，除了刚才喝下有毒溪水的韩枫、雷傲和辛娜三人之外，其余的人几乎十几个小时没沾一滴水了。他们渴得嘴唇干裂、喉咙发痒。颇具讽刺意味的是，潺潺溪水就在旁边，但鉴于之前的中毒事件，没有人再敢轻易喝下溪水，除非是按照季凯瑞的提议——找到溪水的源头。

现在他们停在山洞口歇息，孙雨辰看起来快要脱水晕倒了，他问道："怎么样？这水能喝吗？"

陆华走到洞口观察了一下，里面黑咕隆咚、深不可测。他摸了一下洞壁，是湿润的，遍布青苔，转身说道："以我的判断这是个溶洞，里面可能有地下湖泊，溪水就是从湖泊里流出来的。但问题是，根据溶洞的湿润程度和地质条件来看，这个溶洞可能是火蝾螈的繁殖和栖息地，里面也许生活着成千上万只火蝾螈。"

孙雨辰感觉有些眩晕："你的意思是，地下湖泊里的水，可能比流出来的溪水更具毒性？”

“完全有可能。”陆华无奈地说，“谁知道地下湖泊的水底，栖息着多少只火蝾螈？”

“可这毕竟是你的推测，也许实际情况并非如此呢？”孙雨辰渴得受不了了。

陆华说：“但现在的问题是，我们冒不起这个险了。谁还敢再喝这水来试试？井小冉不管醒不醒得过来，今天之内都不可能再使用超能力了。如果现在再有人中毒，只会是死路一条。”

“那怎么办？这岛上还有别的淡水资源吗？”孙雨辰说。

“我们连续走了好几个小时的路，早已筋疲力尽，加上没有喝水，再继续找下去，肯定会虚脱。”杭一提醒大家，“我们不能再消耗体力了，如果遇到袭击或危险，我们连使用超能力的体力都没有那就糟了。”

“对，我们不能再走下去了，必须休息。”韩枫说。

“可是如果不喝水，我们还是会虚脱的。”孙雨辰说。

杭一想了想：“要不我们到山洞里去瞧瞧，实际情况是不是像陆华说的那样。”

“你们进去看吧，我在外面等着。”陆华畏惧地说，“你们知道，我最害怕外表滑溜溜、黏糊糊的恶心动物了。平时看到一只壁虎都能把我吓个半死，这洞里可能有数不清的火蝾螈……对我来说简直是地狱。”

杭一望着雷傲和韩枫，说：“那我们三个进去看看，他们等在外面。”

“行。”两人一齐回答。

韩枫从背包里拿出户外运动专用的强光手电筒，三个人进入洞口。辛娜叮嘱道：“别进去太深了，快点儿出来。”

“嗯。”杭一应了一声，三人打着手电筒朝溶洞内走去。

余下的几个人在山洞附近歇息。季凯瑞把井小冉抱到一棵树下躺好，由辛娜照看着她。季凯瑞抬头望着天空。十多分钟后，杭一三人从山洞里出来了，韩枫说：“陆华猜测得没错，这个溶洞真是火蝾螈的大本营，洞壁上的火蝾螈密密麻麻的。”

陆华鸡皮疙瘩都起来了。

“有地下湖泊吗？”孙雨辰关切地问。

“有，挺大一个。我们用手电筒照了一下，湖泊深不见底。”韩枫说。

“水里有火蝾螈吗？”孙雨辰问。

“老实说，我们没看到水里有火蝾螈，也许是水太深的缘故。”杭一说，“不过就凭洞壁上那密密麻麻的火蝾螈，你还敢喝这洞里的地下水吗？”

孙雨辰像泄了气的皮球一样垂下头去，几乎绝望了。

雷傲说：“看来只有我说的那个办法了——我飞到鼠狼湖岛去，带一些淡水回来。”

“你的体力能支撑得了飞那么远吗？”杭一担心地说，“如果在精力充沛的情况下，也许没问题。但你现在的体力也消耗过半了吧？”

雷傲说：“让我试试看吧。”

“不行。从这里飞到鼠狼湖岛，起码也得二十分钟。如果你中途体力不支，海面上连个落脚点都没有，你会坠入海中淹死的。”杭一说。

“可现在没有别的办法了呀。”雷傲说。

“那也不能让你用生命来冒险。”辛娜说，“你不能去。”

雷傲还准备说什么，季凯瑞指着天空说道：“我看可能没这个必要了。”

“什么意思？”杭一问。

季凯瑞说：“天色比刚才暗了些，一些飞在高空的鸟类也降了下来，我们坐的石头也比刚才更湿润了，所有的迹象都表明，可能有一场大雨即将来临。”

陆华观察了一下天色和周围的情况，欣喜地说：“对！可能真要下雨了！”

“雨水就是淡水！”孙雨辰说，“我们有救了！”

“你们别太高兴了。”季凯瑞冷静地说，“雨水固然能解决我们的饮水问题，但我们得先找个地方躲雨才行——海岛上的暴雨持续时间一般都很长。”

“我们面前不就有一个避雨的场所吗？”雷傲指着山洞说。

“Oh，no……”陆华的脸色变了，“我不会进这个山洞的。”

突然，季凯瑞望着天空大喊一声：“没时间聊天了！暴雨马上就要来了，赶紧砍树伐木！树木一旦被淋湿，我们就没法生火了！”

大家望向天空，果然，海岛上的天气变化快得让人来不及反应。半个小时前还晴空万里，此刻已是乌云密布，雷声滚滚了，一场暴雨呼之欲出。

雷傲快步走到一片高大的树木前，真空刃疾射而出。但因为体力消耗的关系，两道真空刃的威力比之前减弱了不少，竟然只将一棵粗壮的大树砍出两道深痕，并未把树砍倒。雷傲一着急，又连续挥出几道风刃，可惜力道越来越小，一棵树都未能伐倒。

杭一眼看暴雨就要降下，知道不能再耽搁时间了。刚才他进到溶洞中，感觉里面寒冷无比，仅仅十分钟，就让人冻得全身冰凉，牙齿打战。如果一群人被困在里面，无法生火取暖，那可不是闹着玩的。他喊道："雷傲，让开，我来！"

杭一打开PSV游戏机，之前启动的游戏是《战神2》。他发动超能力，双手出现两把红色链刃，正是游戏中的主角奎托斯最拿手的武器——混沌之刃。杭一冲到一片树林中，使用奎托斯的攻击方式——将锋利的链刃挥舞得好像高速运转的圆盘一般，在其半径五米内的树木，被尽数砍断。

杭一见好就收，不虚耗体力。他解除超能力，两把链刃顿时消失。杭一转身对看呆了的众人喊道："赶快把树木搬到山洞中去！"

大家不敢浪费一分一秒，赶紧把杭一砍断的树木尽可能多地抱入山洞洞口。五分钟后，倾盆大雨瓢泼般落下，就像有人拧开了水龙头似的。幸好众人及时将足够多的树木搬到了洞中，否则后果不堪设想。

韩枫和陆华把背包里所有能用来接水的物件都拿了出来——杯子、空矿泉水瓶、眼镜盒，甚至化妆盒。陆华启动圆形防御壁避雨，将这些物件盛满雨水，再递给同伴们。早就渴坏了的众人像久旱逢甘霖的禾苗一般，将雨水喝了个够，直到肚子再也装不下更多的水为止。陆华又往矿泉水瓶里灌了满满一瓶，可惜背包里实在找不到其他可以贮水的东西了，只能储备一瓶。

辛娜喂了一些水到井小冉的口中，昏睡的井小冉终于睁开了眼睛。虽然还是很虚弱，但起码醒了过来，这让众人感到十分欣慰。

喝了水之后，大家的精神状态和体力都恢复了许多。雷傲竖起大拇指说："还是杭一老大厉害！刚才那招'旋风刃'真是太帅了！我的风刃自愧不如。"

韩枫说："以前你启动超能力，身边的场景便变成了游戏中的画面。但刚才，你只是拥有了游戏人物的武器和攻击方式，并未改变场景，是怎么做到的？"

杭一说："我在升级之后，除了能力提升，运用也更加灵活了。现在我既能将一定范围内的场景变成游戏画面，又能做到仅仅将自己变成游戏中的强力角色，在现实中战斗。"

"真不敢相信，如果你的能力升到七八级，甚至更高，会是怎样？"韩枫感叹道。

杭一埋下头说："可能的话，我希望自己再也不要升级了。"

大家都明白他的意思，这也正是他们到这个岛上来探索"旧神"秘密的目的所在。如果能阻止这场残酷的厮杀，他们现在所遭受的危险和承受的苦难，都是值得的。

季凯瑞利用这段空闲时间，把杭一伐倒的树木都砍成了柴火。他们在洞口已经躲了两个小时的雨，但滂沱大雨越下越大，丝毫没有停歇的迹象。一群人虽然只是待在洞口，并没有进入溶洞，但洞内一阵阵的寒气和外面骤降的气温，还是令他们瑟瑟发抖。

杭一看了下手表，已经接近下午五点钟了，他说："看样子，这场暴雨一时半会儿是停不了了。这么大的雨，我们不可能转移到别的地方去，今晚只能住在这山洞内了。"

陆华正要反驳，杭一抢在他开口之前说："够了，陆华，别再说你怕那些两栖动物了。你倒是说说看，如果雨一直下一个晚上，我们还能到哪里去？"

"我们就一直在洞口，不进去不行吗？"陆华可怜巴巴地恳求道。

"洞口太湿了，雨水全都飘进来了，连火都生不起来。"

"可是溶洞里面更冷……"

"把火生起来就不冷了。刚才我们进洞看过了，洞壁虽然潮湿，但地面相对还好，而且里面挺宽敞的，搭四个帐篷绰绰有余。"

"你们进去吧，我一个人待在洞口。"陆华说。

"到了夜里，你会被冻僵的！"

"杭一，你不是我，你无法理解我对恶心动物的恐惧。我不是矫情，是真的很恐惧。"陆华严肃地说，"这叫恐惧症，是一种病，我没法控制。"

杭一一时不知该说什么好了。季凯瑞说："我们点燃火把进洞去，那些蝾螈不敢靠近我们的。之前你可以一直用防御壁保护自己，等撑起帐篷后，你就待在帐篷里别出来，这样总行了吧。"

陆华无法再反对了，只能同意。

韩枫再次利用一个打火机引发了一场小型"火灾"，点燃了一堆木柴。同时他发现他的超能力必须建立在拥有引发灾难的道具（或条件）的基础上。比如要引发火灾，必须要有打火机、火柴之类的点火之物，不能凭空发生火灾；要引发海啸，必须建立在附近有大海的基础上等。

一群人除了虚弱乏力的井小冉之外，每人手持一根火把，陆华是祭起圆形防御壁。火把将整个溶洞照得通亮，大家每人抱一大捆柴火，朝溶洞内部走去。

这显然是一个未经开发的天然溶洞，左侧是从地下湖泊延伸到洞外的一条小河，河边有一条由岩石形成的勉强可以称为“路”的崎岖通道，延伸到洞内。溶洞的顶部是柱状的石钟乳，洞壁两侧的石灰岩被地下水长期溶蚀，形成了很多大小不一的小孔。让人触目惊心的是，洞壁上布满了密密麻麻的火蝾螈，以至于几乎看不到洞壁的本来颜色。放眼望去，一片让人头皮发麻的黄黑色——洞壁上的孔显然是它们的天然住所。

尽管有防御壁的保护，陆华还是被此景吓得全身紧绷、手脚冰凉。其实不只是他，就算平常不怕这类两栖动物的人，看到如此数量众多的火蝾螈，也不免心生畏惧——况且他们知道，这些火蝾螈是能分泌剧毒物质的动物。如果掉一两只在身上，甚至从领口钻到衣服里，恐怕没人能保持镇静。

这群人中，杭一、季凯瑞、雷傲和韩枫胆子大些，走在前面，其余的人几乎都靠在陆华的身体周围，躲在圆形防御壁内。

杭一回头望了一眼几乎抱成一团的几个人，觉得好笑，说道：“你们不用怕，这些火蝾螈虽然看上去可怕，但它们不会主动攻击人的。我们刚才进来过，不是没事吗？”

韩枫举着火把说：“没错，它们怕火。你们没发现吗？我们所到之处，这些火蝾螈全都缩进洞壁的孔里面去了，快走吧。”

确实如韩枫所说，随着众人的推进，洞壁上的火蝾螈都躲进了窟窿里，露出了洞壁本来的样子。陆华等人多少松了口气，跟随着前面几个人的脚步，朝洞穴深处走去。

这个溶洞并不算太深，走了六七分钟后，眼前豁然开朗，一个硕大的天然洞室呈现在众人眼前。杭一他们之前是进来看过的，于是对其余人说：“怎么样，这里面够宽敞吧。”

孙雨辰惊叹道：“估计得有三百多平方米吧。”

陆华仔细观察洞室内的地面——还好，地面上没有火蝾螈。洞壁也因为宽敞离得较远；上方的洞顶很高，估计离地有七八米，悬挂着奇形怪状的钟乳石；洞穴的左侧，是一个深不见底的地下湖泊。看起来就是一个典型的喀斯特溶洞，他稍微放心了些，解除了防御壁。

季凯瑞举着火把仔细观察周围的情况，发现两米多高的洞壁上，有几个直径一米以上的洞，似乎这个洞室并不是终点，还能通过这些洞延伸到别的地方去。他问杭一：“你们刚才进来的时候，注意到这些洞了吗？”

杭一往季凯瑞指的方向望去，说：“没有。我们之前只是发现了这个洞室，没有仔细观察周围的环境。”

季凯瑞说：“这些洞也许能通往别的地方。”

杭一说：“这意味着什么？”

“意味着这个洞穴可能是某些怪物的巢穴。”

这话让大家都感到心悸。陆华不安地说：“那……我们要不要检查一下？”

“我去看看。”雷傲举着火把，走进其中的一个洞，飞到两米多高的地方，正好面对洞口。他把火把伸进去一些，又把头探进去察看。

“当心……”辛娜紧张地提醒道。

突然，雷傲发出一声大叫，把所有人都吓得心胆俱裂。杭一和韩枫快步冲过去问道：“怎么了？”

雷傲转过头来，“嘿嘿”一笑：“没什么，我吼一声，看看里面有没有回应。”

所有人都长舒了一口气。陆华瞪着眼睛说：“别一惊一乍的！这种场合下别乱开玩笑！”

“知道了。”雷傲吐了下舌头，又飞到另一个洞前察看。几分钟后，洞壁周围的几个大窟窿都被他检查了一遍。他降落下来，向众人汇报：“我都看过了，不用担心，这些洞只有一米多深就到尽头了，并不是通往某处的通道。”

季凯瑞沉吟片刻，问道：“这些洞里面有没有火蝾螈？”

雷傲说：“没看到。”

“也许对于火蝾螈来说，还是洞壁上的那些小孔更适合它们安家吧。”孙雨辰说。

“我们赶快把火生起来吧，这里面的温度可能只有一二摄氏度。”辛娜和井小冉紧靠在一起，两个人都有些瑟瑟发抖。

杭一和韩枫用火把生起一堆篝火，雷傲、孙雨辰和季凯瑞把四个帐篷搭了起来。大家围坐在篝火旁，季凯瑞把储备的烤鱼干拿出来分给众人，其中大一点儿的鱼，需要用刀切成几块。季凯瑞把背包里的一套刀具拿出来，发现刀少了一把，问道："谁使用过我的刀吗？"

众人对望了一阵，都是一片茫然。杭一说："你的刀具一直都是你在保管呀，我们没有用过。"

"少了一把刀。"季凯瑞说。

"是不是掉了？"辛娜问。

"今天早上我在沙滩剖过鱼之后，把刀具拿到海水中清洗，然后按大小顺序放在皮套里，再放在背包中。我记得很清楚，之后没再使用过刀。但刚才我打开皮套，发现中间的一把刀没有了。"季凯瑞说。

"你认为有人擅自拿了你的刀？"韩枫问。

"关键是这个人拿我的刀干吗？为什么要偷偷地拿，现在又不承认？"季凯瑞提出了疑问。

大家面面相觑，都感到疑惑不解。陆华说："一定是我们当中的某个人拿的吗？"

"要不然呢？这岛上还有其他人吗？"季凯瑞说。

辛娜说："装刀具的那个背包，哪些人背过？"

季凯瑞说："基本上是我、韩枫和雷傲换着背，但今天在途中因为要背井小冉，所以背包取下来过很多次。孙雨辰、陆华和杭一都背过。"

"休息的时候，也随意地放在地上，大家都没太关注。"孙雨辰说。

"等等，我不明白，我们干吗非得把这把刀的去向追溯得如此清楚？"陆华不解地说，"只是一把刀而已，就算丢失了也没什么大不了的吧？"

"关键是看起来并非是'丢失'。"韩枫说，"这就有些蹊跷了。"

辛娜问季凯瑞："你再仔细想一下，中途真的没有拿出来用过吗？"

季凯瑞缄默片刻，说："算了，不用再细究了，丢了就丢了吧。"

大家没有再继续这个话题了，毕竟只是一件小事，不值得深究。

此刻，他们怎么都想不到，因为没有对这件"小事"足够重视，为后来所发生的事件留下了祸根。

三十六、无底潭

SUPER TABOO GAME

喝了水，吃了烤鱼干，又坐在温暖的篝火边，每个人都得到了充足的休息，体能和精力都恢复了。就连最虚弱的井小冉现在也能开口说话了，精神状态明显好了许多。韩枫、雷傲和辛娜知道井小冉是拼了命才救活他们，感激之情溢于言表。井小冉则表示，根本无须感谢，既然是一个团队，本就应该互相帮助。自己的超能力能帮到伙伴们，她也非常欣慰，证明自己不枉此行。

说到这里，韩枫显得十分兴奋：“你们有没有觉得，我们的‘守护者同盟’简直是完美的组合！战斗能力突出的季凯瑞和雷傲，防御能力犹如铜墙铁壁的陆华，能让人‘起死回生’的井小冉，能洞悉敌人想法和情感的孙雨辰和米小路，当然还有能力千变万化的杭一和我——我们这些人的能力综合在一起，简直是无敌的呀！”

辛娜说：“你这样一说，只有我是没用的了。”

韩枫赶忙补充：“哪里，辛娜的智慧和判断力，是我们不可或缺的智囊呀！”

“行了吧，别说好话安慰我了。”辛娜笑道，“我开玩笑的。其实我很清楚，作为一个普通人，我肯定没办法跟你们这些超能力者相比。但我可不会妄自菲薄哦，说不定到了关键时刻，我会发挥重要的作用呢。”

你现在就发挥了重要的作用。跟你在一起，我就拥有无穷的力量。杭一看着辛娜，心潮激荡。

“听你这么一说，感觉我们好像是一个RPG游戏中的人物，大家各自扮演着重要的角色呢。”孙雨辰开玩笑地说。

说到游戏，杭一来劲了。他立刻进入状态，说道：“嗯，没错！以《最终幻想3》这个经典游戏为例，我能找到每个人对应的职业！”

“说来听听！”雷傲也是游戏爱好者，兴致勃勃。

“我一个个说吧。攻击力强、能‘装备’各种武器的季凯瑞，毫无疑问是‘战士’的角色；雷傲既能操纵风属性进行攻击，又具有空中飞行的优势，对应的职业是‘黑魔法师’或‘龙骑士’；井小冉显然是队伍中不可或缺的‘白魔法师’，负责加血——也就是治疗。”

大家都听得饶有兴趣，对于自己对应的职业也感到十分有趣。雷傲显然觉得“龙骑士”这个帅气的职业和自己太般配了，兴奋不已，催促道：“继续说！”

“陆华嘛，当然是‘骑士’这个具备高防御能力的角色了。不过他丰富的知识和学识，也很适合‘学者’这个职业；孙雨辰能够用意念操纵物体，很像能使用御剑术的‘魔剑士’这个角色。”

孙雨辰十分高兴：“‘魔剑士’？听起来太酷了！”他挠了挠头，“不过，我只能用意念操纵小型物品，真正遇到险恶的情况，可能派不上什么大用场。”

“没关系，你属于辅助型角色，别忘了你还有读心术呢。”杭一关于游戏的话匣子一打开就关不拢了，“《最终幻想3》当中，有一种能利用地形展开攻击的职业，叫作‘风水师’，还有比这个更适合韩枫的吗？”

“哈哈哈，有意思！”韩枫显得兴趣盎然，“那米小路呢？”

杭一说：“小米能操控敌人的情绪和心智，等于游戏中的‘吟游诗人’，能使用辅助技能探知敌人的各种状态。在游戏中，这可是打BOSS战时不可或缺的职业呢。”

米小路淡淡笑了一下，没有说话。

“好了，最后就是你了，你是什么职业？”韩枫问。

“我早就想好了。”杭一满面通红地说，“我能把游戏中的事物‘召唤’到现实中来，等于是游戏中能使用召唤兽的‘幻术师’，这可是我最喜欢的职业！”

大家都笑了起来，觉得十分好玩。辛娜好奇地问：“我没有玩过《最终幻想》这个游戏，你刚才说的那么多职业，最强的是哪一种呢？”

杭一说：“在一款制作优良、平衡性强的RPG游戏中，其实是没有‘最强职业’这一说的。每种职业都有它的优缺点，必须依靠队友之间的相互配合，才能将游戏通关。”他顿了一下，“不过，严格说起来，有一种职业是最重要的。”

“什么职业？”

“白魔法师。”杭一说。

井小冉一愣：“你是说我？”

“对，几乎所有的RPG游戏中，负责‘回血’的职业都是必不可少的。因为再厉害的角色，总有受伤或被打败的时候，如果没有治疗型职业，队伍不可能撑到最后。”

“是吗？我一开始还以为自己的能力是最没用的呢。”井小冉说。

“恰好相反。”杭一说。

“没错，到目前为止，季凯瑞、韩枫、雷傲和我都是因为得到了井小冉的救治，才能保命呢。”辛娜微笑着望向井小冉。

井小冉的脸红了：“别这么说，大家的能力都很重要，如果不是有你们的保护，我可能早就没命了。”

“总之有了你，前路上的各种危险，我们都不用怕了！”雷傲拍了井小冉的肩膀一下。

井小冉显得十分开心，被人需要和重视，是件幸福的事情。

季凯瑞休息好了，他站起来，从背包里取出手电筒，再次巡视这个洞穴，说道：“你们不觉得，这个洞里火蝾螈的数量，实在是多得不正常吗？”

“也许这个溶洞的条件，特别适合火蝾螈繁殖和生存。”韩枫猜想。

“我相信全国这种类型的溶洞，有不下一千个。但其他地方的溶洞，都不可能有如此数量的火蝾螈。”季凯瑞说，“起码我没听说过。”

陆华蹙起眉头：“对了，听你这么一说，确实很奇怪。且不说数量问题——火蝾螈是生活在欧洲的两栖动物。我以前从来没看到过中国有火蝾螈的报道。不过，也许是我了解不够……”

辛娜望了会儿季凯瑞，又望向陆华：“那么，你们的意思是什么？有人在这座岛上人工养殖火蝾螈？这个洞穴就是繁殖地点？”

陆华摇着头说：“我想不出来有谁会做这种事情，而且意义何在？火蝾螈由于是外国生物，中医专家们还没有研究出它有什么药用价值。而这种恶心的动物，更没有人会愿意吃它们……”

“这可未必。”季凯瑞站在靠近洞壁的地方，打断了陆华的话。

陆华做出很不舒服的样子：“别说这种恶心的话好吗？我可没听说有人吃过火蝾螈。它们不但体表有剧毒，而且皮肤那种恐怖的颜色，光是看着就让人毛骨悚然了。”

“我没说‘人’会吃它们，也许是别的动物。”季凯瑞用手电筒照着洞壁前的一块地面说，“实际上，我已经发现火蝾螈被吃掉的痕迹了。”

“什么？”所有人同时一惊，从地上站起来，“你发现了什么？”

“你们自己过来看吧。”

众人朝季凯瑞站的地方走去，通过照射在地面上的光，他们看到了无比骇人和让人恶心的一幕——地上有一些火蝾螈的残肢。有的只剩腰部以下，有的只剩头部，更多的是被撕成了碎片。陆华只看了一眼，就转过身去，几乎要呕吐出来。辛娜也浑身直起鸡皮疙瘩，其余的人都惊呆了。

季凯瑞问陆华：“火蝾螈没有吞食同类的习性吧？”

“没有……”陆华脸色苍白，一只手捂住嘴，“别再问我了，太恶心了。”

“这么说，它们显然是被别的动物当成了食物。”季凯瑞说。

“换句话说，这个洞穴里还生存着别的生物。”杭一说。

“恐怕只有这个解释了。”季凯瑞用手电筒照着周围，“但奇怪的是，我们并没有发现别的动物。”

辛娜想到了什么，问道：“现在几点？”

韩枫看了下手表：“下午六点四十分。”

“会不会……”辛娜做出恐怖的猜测，“这个洞穴是某种大型动物的‘家’，这种动物白天出去觅食，晚上才回到这里来。”

“不是没有这种可能，”陆华惊骇地说，“天哪，既然是这样，我们赶紧离开这里吧！”

“外面还下着大暴雨，我们到哪里去？”杭一对陆华说，“况且你忘了吗？我们到这座岛上来是做什么的？如果这个洞穴里真的住着什么神秘生物，那正是值得我们去调查的呀。”

“杭一老大说得没错。越是发现了这些古怪的痕迹，我们越是应该在这里等候那种生物的出现。说不定就是昨天晚上我在海滩上看到的那个怪物呢。”雷傲说，“我们这么多超能力者在一起，还怕了它不成？”

陆华说不出来话了。季凯瑞拿着手电筒，朝洞穴入口处走去。他观察了一会儿流向洞外的地下河，又把手电筒的光柱射向地下湖泊。仔细察看了许久，说道：“另一个有趣的现象——洞壁上的火蝾螈，有时会爬下来，进入到水流中。但地下湖泊中，却没有任何一只火蝾螈，甚至根本不会靠近。”

众人走过来观察了一阵，果然如此。韩枫说：“这些火蝾螈放着这么大一个‘游泳池’不理睬，只进入那条小河沟，真是奇怪。”

孙雨辰说：“可惜我们不是火蝾螈，没法弄懂它们的行为模式。”

“也许它们是想通过溪流出去逛逛。”韩枫说，“也可能是地下湖泊的水太深了，不适合‘游泳’。哈哈，火蝾螈也害怕被淹死？”

这种时候没人被韩枫的俏皮话逗笑，不过他的话倒是让杭一想到一个问题：“这个地下湖泊有多深？有办法测量吗？”

井小冉摇着头说：“我们身边可没有长竹竿这一类的东西呀。”

“不需要竹竿。”雷傲在周围的地面寻找了一会儿，找到一块巴掌大小的花岗岩，“用它来试试吧。”

“怎么试？丢进水里？”孙雨辰问。

“那怎么试得出来？”雷傲对韩枫说，“我记得背包里有一段绳子，对吧？”

大家明白了。

韩枫把从户外用品店买的登山绳拿出来——这本是为登山准备的。雷傲用绳子把花岗岩捆绑起来，抛进地下湖泊里，双手抓着绳子慢慢往下放。

前端拴着石头的绳子一尺一尺地没入水中，几分钟过后，绳子眼看就要放到尽头了，却一点儿也没有到头的样子。辛娜惊讶地说：“这个地下湖到底有多深呀？”

韩枫说：“我记得，当时好像买的是八十米长的绳子。”

雷傲惊愕道：“意思是这个地下湖泊起码有八十米深？可能还不止，现在都还没到底呢！”

陆华说："其实这倒不是什么特别奇怪的事，世界上很多洞穴内的地下湖泊都非常深，因为地下水含有微溶性的碳酸氢钙，且溶蚀多年，所以形成了深不见底的'无底潭'。"

雷傲已经把绳子彻底放到尽头了。他发了会儿愣，突然感觉手中攥着的登山绳摇晃了一下，仿佛水下有什么东西扯住了绳子！雷傲胆子再大也不由得一惊，身体一抖，抓着绳子的手松开了。登山绳的末端像一条摆脱控制的蛇一般，倏地溜进了水里。

韩枫"啊"地叫了一声："你怎么放手了？"

"不是我想放手的，"雷傲惊恐得睁大了眼睛，"水下……有什么东西在把绳子往下拽！"

这话让所有人都紧张恐惧起来，不由自主地朝后退了几步。但过了好一会儿，并没有什么事情发生，地下湖泊平静如镜。杭一说："会不会是这潭里有鱼，碰到了绳子？"

"我觉得不像，"雷傲说，"那感觉不是'碰到'，而是有东西在往下拉绳子。"

"绳子上绑着岩石，本来就有一股向下拉扯的力呀。"孙雨辰说。

雷傲皱了皱眉，刚才的感觉转瞬即逝，现在他也弄不清到底是怎么回事了。也许真的是错觉？他也不敢肯定了。

"不管怎么说，这个洞穴着实古怪。我们都小心些。"杭一说，"今天晚上我和韩枫轮流守夜吧。"

"行。"韩枫点头。

孙雨辰想了想，说："韩枫，我不是信不过你。只是……你想过没有，如果半夜三更的时候，突然发生什么险情，你该如何应付？你的超能力在这洞穴里，似乎难以发挥呀。"

"我本人也不弱呀，干起架来是把好手，未必非得使用超能力。"韩枫展示了一下手臂上的肌肉。

"别逞强了韩枫，孙雨辰说得有道理。你的'灾难'在洞穴里确实难以施展。况且我们已经预料到夜里可能会有大型怪物进洞来。今天晚上守夜的，必须是战斗能力一流的人才行。"陆华说。

韩枫撇了撇嘴，不好坚持了。雷傲自告奋勇地说："我来吧！"

“还是我来吧，”季凯瑞说，“你别又睡着了。”

“这回保证不会了！”雷傲认真地说，“这回我守上半夜，绝对没问题！”

“也好，”杭一对季凯瑞说，“你的战斗能力是最强的，一定要休息充足，才能最大限度地保证实力。就这么定了，今晚雷傲守上半夜，我守下半夜。”

“我再次提醒你，别忘了往火里添柴火。”季凯瑞对雷傲说。

“放心吧。”

空旷的洞穴里没有别的事可做，众人也都疲倦了。按照昨天的分配，分别到帐篷里休息。雷傲为了防止自己再次因无聊而犯困，并没有坐下，他在几个帐篷之间来回踱步，随时关注着洞穴入口，尽职到了极点。

杭一从下午开始，就发现米小路情绪不对，一直没找到机会问。进入帐篷之后，米小路也是面无表情，一言不发，抱着腿坐在睡袋上，并不睡觉。杭一忍不住问道：“小米，你怎么了？”

米小路就是在等杭一问这句话，不过他并没有马上应答，仍然冷若冰霜地背对杭一而坐。杭一认识米小路多半，知道他是在闹脾气，但个性单纯的杭一，并不知道米小路因何生气，更不可能明白米小路的心思。他莫名其妙地挠着脑袋，再次问道：“你到底怎么了？”

米小路背对着杭一，冷冰冰地说道：“你今天可真伟大呀。”

杭一略微沉吟，知道他说的是什么事，也听出了米小路话中的讽刺意味。他没有说话。

米小路转过身来望着杭一：“为了她，你可以去死，对吗？”

杭一还是缄默不语。米小路说：“你想救她，这本没有错。但是用你的命来换她的命，有什么意义？每个人的生命都同样宝贵，难道她就比你更有活下来的权利吗？”

杭一低声道：“我当时只是一心想把辛娜救活，没想这么多。”

“我知道你没想这么多，你当时完全丧失理智了。”米小路把脸扭向一边，“真蠢。”

杭一说：“但是……你不是也做出了同样的举动吗？”

米小路一时语塞，片刻后，他说道：“我跟你不一样，我是被你气昏头了。”

“你有什么好生气的？”杭一纳闷地问。

米小路几乎想把自己内心的情感宣泄出来了。他早就想这么做了，不想再假装只是杭一的好哥们儿。但现在的他不是普通人，而是能操控“情感”的超能力者，他相信随着等级的提升，这个超能力终有一天会产生奇迹——想到这一点，他将自己的情感压抑了下来，换成冠冕堂皇的理由：“你不知道自己有多重要。‘守护者同盟’里可以没有别人，但绝对不能没有你。”

杭一摇着头说：“你太高估我的作用了，小米。我没有你说的这么重要。”

“不，最开始提出成立同盟的，就是你。我们是因为你才凝聚起来的。你不轻易向命运低头的精神让我们看到了希望，所以才有勇气跟‘旧神’对抗。如果你死了，对我们的打击绝不是少一个人这么简单，会完全摧毁我们的意志和决心！”米小路严肃地说，“所以，你明白了吗？你不仅是为自己而活，还肩负着我们所有人的希望和未来！你的生命比你想象的重要百倍！你不能因为冲动而做出那种傻事！”

杭一愣愣地望着米小路，良久，他低下头，讷讷道：“就算你说得有道理，但我做不到眼睁睁地看着辛娜在我面前死去，你不明白我的感受。”

你也不明白我的感受。米小路悲哀地想，你不知道你对我有多么重要。

他们沉默了好几分钟。米小路说：“杭一哥，我能问你一个问题吗？”

“什么问题？”

“如果今天中毒的人是我，你也会这样做吗？”

米小路刚问出口，立刻就后悔了。他等于是在问——你也愿意为我去死吗？

杭一迟疑了片刻，闪烁其词地说：“会……会吧。”他拍了下米小路的肩膀，笑着说，“嗨，干吗问这种问题？你知道我不是重色轻友的人啊，以前你被人欺负了，我不是都帮你打架的吗？好了不说这些了，睡觉吧。”

米小路勉强笑了一下，心却像起先坠落湖中的那块岩石一样，沉入了无底深渊。

他钻进自己的睡袋，背对着杭一，两行泪水无声无息地从眼眶中滚落。杭一回答的那句“会吧”，他听出了其中的敷衍和勉强。他虽然本来就没抱希望，但还是难受到了极点。

米小路突然产生了一个想法。他从来没试过用超能力改变自己的情绪，因为他觉得那样是自欺欺人。但此刻，他心痛得难以呼吸，也管不了这么多了，姑且试试吧。

米小路看不到自己头上的情绪小球，但自己的情绪究竟如何，还用得着看吗？他闭上眼睛，启动超能力，试想着自己头上正飘着一个红色的小球。

当他睁开眼睛，情绪已经彻底改变了。他欣喜地推了推旁边的杭一，喊道："杭一哥！"

杭一转过身，看到笑逐颜开的米小路，觉得莫名其妙。比起刚才，他的情绪反差实在太大了。他问道："你笑什么？"

"没什么，就是挺高兴的。咱们从来没一起睡过帐篷呢，呵呵。"

"昨天晚上不就睡的帐篷吗？"

"我是说以前从没有过。"

"嗯。"

"咱们到这个岛上来，虽然经历了一些危险，不过还是挺好玩的。"

"好玩吗？你要这么觉得，也挺不错。"

"我很期待明天又会发生什么有趣的事情呢。"

"唔……是啊，那今天早点睡吧。"杭一实在搞不清状况了，犯着嘀咕转身睡觉了。米小路仍然一个人傻呵呵地乐，脸颊上的泪痕都没干，但他就是开心，开心得都不在乎这是在自欺欺人了。

三十七、多佛恶魔

SUPER TABOO GAME

雷傲在几个帐篷间来回转悠了两三个小时，终是累了——现在是夜里十一点半，并没有预想的什么怪物进到洞里来。不过即便如此，雷傲也不敢再大意了，他蹲在篝火前，用木棍拨弄着火堆，强行驱赶着睡意。

十二点多的时候，辛娜从帐篷里走了出来。雷傲小声问道："辛娜，你出来干吗？"

辛娜有些难为情地说："我……方便一下。"

"啊……"雷傲赶紧低下了头。

跟辛娜同一个帐篷的井小冉探出身子来问道："辛娜，要我陪你一起吗？"

"不用，我就在旁边……"辛娜脸红了，对雷傲说，"能暂时转过身去吗，雷傲？"

"哦哦，好。"雷傲赶紧转过身去，背对帐篷，"你完事儿了……叫我一声啊。"

辛娜手中拿着一把雨伞，她走到离帐篷远一点儿的地方，蹲下来，撑开雨伞挡住自己。

过了一会儿，辛娜低声喊道："好了，你转过头来吧。"

雷傲转过身，辛娜朝他走过来，两个人一起坐在一块岩石上。辛娜伸出手来烤火。雷傲问：“睡在帐篷里冷吗？”

“还好，睡袋是加羽绒的，挺暖和。就是出来这一下有点儿冷。你呢？”

“我没事儿，坐在火堆面前，肯定不冷呀。”

“真是辛苦你了，雷傲，连着两天都让你守夜。”

“谁叫我是‘龙骑士’呢？”雷傲颇为自豪地说，“骑士不就应该守护公主吗？”

辛娜掩着嘴笑，问道：“谁是公主呀？”

雷傲嬉笑着说：“这儿也只有你和井小冉能当公主了呀。”

“那杭一、韩枫他们呢？你不是也一起守护了？”

“嗨，他们几个大男人用得着我守护吗？他们是跟着沾光的！”

辛娜呵呵直笑：“你可真会说话呀雷傲。”

“本来保护女生就是男生的职责嘛。”

辛娜若有所思地说：“不过，你这番话倒是让我悟出了一个道理——任何团队里，都得有几个女生才行，这样男生才会更有责任感吧。”

“特别是美女，嘿嘿。”

辛娜再次笑了一下：“好了，不跟你说了，我回帐篷去了。你再过一会儿就跟杭一换班哦。”

雷傲点了点头。

辛娜走向帐篷，钻进去拉上拉链。

大概一分钟之后，这个帐篷里发出一声惊恐万状的尖叫。雷傲大吃一惊，迅速站起身来。尖叫声混杂着哭腔，撕裂着雷傲的耳膜——他听出来了，这是辛娜的声音。雷傲的神经一下子绷紧了，朝帐篷奔去，大声问道：“发生什么事了？”

辛娜大哭着从帐篷里跑出来。另外三个帐篷里的人也几乎同时钻了出来。杭一冲过去抱住辛娜，急促地问道：“怎么了！辛娜？”

辛娜扑在杭一的肩膀上，放声痛哭：“井小冉……她……她被杀死了！”

这句话仿佛一颗炸弹在众人头脑中爆炸。韩枫冲向辛娜她们的帐篷，一把掀开帐篷帘子，骇然看到：井小冉仍然在睡袋里，瞪圆了双眼，头耷向左侧，一把尖刀插在她的胸口，人已经死去了。

其余人也走过来，看到这残酷的一幕。雷傲愣了几秒，发狂地咆哮道：

“啊——这是哪个狗娘养的干的？”

韩枫冲过去一把揪住雷傲的衣领，怒喝道：“你还有脸说这话？你是怎么守的夜？你又睡着了？井小冉她们的帐篷就在你面前，她都能遇害！”

“放开我！”雷傲一把掀开韩枫，悲愤地吼道，“我不知道！我一直守在这里，寸步不离！也没有睡着！”他迷惘地喃喃道，“为什么……为什么会这样……”

大家都非常悲痛，暗自流泪。杭一深吸一口气，说道：“大家别放松警惕，杀人凶手可能就在附近。”

沉浸在悲伤中的众人纷纷警觉起来，他们观察四周，却没有发现什么可疑的迹象。杭一问道：“辛娜，你是怎么发现井小冉被杀害的？”

辛娜呜咽着说：“几分钟前，我出来小解。当时井小冉还问，要不要陪着我……我真该同意她的提议，也许就不会……”

杭一按着她的肩膀：“谁都想不到会发生这样的事。你继续说，之后呢？”

“我出来后，叫雷傲转过身去。我很快就完事了，走到火堆旁跟雷傲聊了会儿天，再返回帐篷，就看到……井小冉的胸口上插着一把尖刀！她已经断气了！”

“这么说，井小冉就是在之前几分钟内被害的？”杭一睁大眼睛问。

辛娜悲痛地点着头，泪水止不住地往下淌。

杭一问雷傲：“你当时没发现什么异常，或者听到什么声音吗？”

“没有。我当时转过身去，背对着帐篷。也许就是那么几分钟，给了凶手可乘之机！”雷傲悔恨地说。

“那你呢，辛娜？”杭一问，“你也没看到或听到什么？”

辛娜摇着头：“我撑开一把伞挡住自己，没有望向帐篷这边……”

“这么说，仅仅几分钟的盲点，就让凶手有了行凶的机会。”米小路骇然道，“这个凶手一直潜伏在附近，等待着时机的到来。”

“那家伙肯定没有走远，没准儿就躲藏在这山洞里。”陆华说。

雷傲红着眼圈，双眼瞪得像一对铜铃。他暴喝一声，启动超能力，洞穴内瞬时狂风大作，雷傲怒吼道：“他妈的杂种，别躲躲藏藏，给老子出来！”

疯狂呼啸的风在洞穴内形成了小型的旋风，贴着岩壁卷刮，洞壁上的火蝾螈无法再吸附在岩石上，纷纷掉落下来，很多被旋风刮到了地下湖泊里。这阵风把篝火都快吹熄了，杭一大叫道：“够了，雷傲！停下来！”

形成如此威力巨大的旋风，十分消耗体力，雷傲不敢完全耗光体能，停止了。

这时，保持冷静的季凯瑞观察到了一个古怪的现象——被狂风刮进深潭里的火蝶螈，不顾一切地游上岸来，以最快的速度逃离水潭，似乎十分惊惶。而且，之前少说也有几百只火蝶螈掉进了水里，现在却只有少数逃了出来，剩下的，似乎葬身在水潭中了。

季凯瑞拿着强光手电筒，轻手轻脚地靠近地下湖泊，走近之后，他把手电筒对准湖中心，打开开关，一道光柱射向湖中。季凯瑞定睛一看，素来沉稳冷静的他也不由得汗毛直立——水中游弋着一个全身灰白色的无毛怪物，细长的四肢、硕大的头颅，双眼发出绿光。光线照射到怪物的时候，它正在吞吃着掉到水中的火蝶螈。骤然惊觉被人发现后，它迅速朝水底游去。

季凯瑞迅疾地做出反应，抽出别在腰间的利箭——之前在海滩上削的——架在手臂上，启动超能力“武器”。利箭以看不清的速度飞射到水中，水下的怪物不知是被射中还是吓到，怪叫一声。季凯瑞把几根箭一齐搭在手臂上，连续向水中射去，旨在阻止怪物潜逃水下。果然，怪物被逼无奈，从水中跃出，怪叫着在洞穴内奔逃，似乎因惊慌而乱了方寸。

雷傲一眼认出这怪物就是昨天晚上在海滩上见过的“偷包贼”，联想到它可能是杀害井小冉的凶手，雷傲急红了眼。他找准怪物运动的方向，几道风刃疾射出去。但这怪物异常灵活，四五道风刃竟然一道都没能砍中它。

杭一想要启动超能力“变身”，却发现游戏机放在了帐篷里——刚才听到辛娜的尖叫声后，他立刻冲了出来，却忘了拿自己最重要的“装备”。眼看那怪物逐渐冷静下来，要朝洞穴口逃去，他只能捏着拳头干着急。

孙雨辰伸出左手食指，试图用超能力“意念”控制那个怪物，用隔空移物的方式将它暂时束缚在空中。但这个怪物的行动轨迹既快又怪，实在难以捕捉。他喊道：“不行！我的超能力抓不住它！”

季凯瑞刚才已经把手里的箭全都发射完了，眼下只有咬破手指，发射血子弹。但难的是怪物四处奔逃，季凯瑞不敢轻易发射，怕误伤了自己人。眼看着怪物向洞口逃去，脱离了自己的视线范围，他一时竟束手无策。

就在怪物逃到通道口时，一个人影闪到怪物面前。怪物还没来得及做出反应，就被那人一记重拳砸了个正着，像炮弹般撞到岩壁上。还没等爬起来，那个人已经靠近，伸出大手，掐住怪物的喉咙，暴喝着将一记记重拳雨点般地朝怪物硕大的头颅捶去。

大家都跑过来，这才看到韩枫骑在怪物身上，像发了疯一般地狂殴那个怪物。怪物一开始还发出“嗷嗷”的怪叫，后来就停止反抗了，躺在地上任由韩枫暴殴。韩枫像是失去了理智，一边怒喝，一边把怪物往死里打。大家愣了一阵，杭一喊道：“够了，韩枫！它被你打死了！”

韩枫这才喘着粗气停了下来，摇摇晃晃地从地上站起来。看来这一番狂轰乱揍，他的体力也耗光了。陆华战战兢兢地靠拢过去，诧异地望着韩枫，似乎从来没见过他愤怒成这样。

杭一俯下身去检查了一下，果然，那怪物的头被打扁了，已经断了气。他转身问韩枫：“你这是怎么了？既然已经抓住了它，留下活口不好吗？干吗把他打死？”

韩枫眨了眨眼睛，好像自己也有些不明白，他挠着头说：“我也不知道刚才怎么了，反正就是……特别生气，控制不住自己。”

杭一叹了口气，以为是之前井小冉的死刺激了韩枫，令他失去了控制。

实际上，并非如此。

刚才，米小路用超能力控制了韩枫的情绪，令他变得狂暴——本来，他只是着急，不想眼睁睁地看着那怪物逃走，才控制了韩枫。但看到躺着的怪物尸体，他开始觉得自己的能力真的很可怕。一个人情绪失控之后，真的什么事都做得出来。

季凯瑞用手电筒照射着怪物的尸体，雷傲说：“没错，这就是昨晚我在沙滩上见到的怪物。它居然躲在这个洞穴里，真是冤家路窄！”

孙雨辰环顾四周，纳闷地说：“我们之前检查了洞穴呀，并没有发现这家伙。它会躲在哪儿？难道是后来悄悄进来的？”

“我觉得……比起这个，更大的疑问是，这到底是个什么怪物？”辛娜极为不舒服地说，“地球上有这样的生物吗？”

一句话提醒了陆华，他走上前去，仔细观察了一阵，突然倒吸了一口凉气：“我想起来了，我在一本书上见过这种生物！”

大家都望向他。陆华说：“它叫‘多佛恶魔’。”

“什么？”孙雨辰没有听清。

陆华解释道：“这是一种传说中的神秘生物。二十世纪七十年代，美国马萨诸塞州的多佛镇，几个年轻人驾车行驶在一条偏僻的路上，在路边的石墙附近发现了一个奇特的生物。当时这个生物睁大眼睛望着他们，把几个年轻人吓坏了。

“因为恐惧，他们不敢停下车来。其中一个回家后，把他看到的怪物的样子画了下来，在地方报刊发表后给这个生物取名‘多佛恶魔’。之后，不断有当地人看到这种奇特的生物，但从来没有人抓到过它们。‘多佛恶魔’成为全世界闻名的神秘生物。有人猜测，它可能是一种遗留在地球上的外星生物。”

陆华说完后，再次望向那个怪物，难以置信地说：“我在图片上看到的‘多佛恶魔’，跟眼前这个怪物长得一样。真没想到，我们居然在这里发现并抓住了闻名世界的神秘生物。可惜已经被打死了。”他略带责备地瞥了韩枫一眼。

杭一想了想，问：“这种生物只在马萨诸塞州的多佛镇出现过？有没有人在别的地方看到过它。”

“我没看到过相关的报道。似乎它只出没于多佛镇，所以才叫‘多佛恶魔’。”陆华说。

“那就怪了。”杭一蹙起眉头，“既然如此，它怎么会出现在这里？”

这个问题没人能回答得出来。陆华又仔细观察了一下，又用手摸了摸“多佛恶魔”的皮肤，强忍住恶心，说：“它的体表有点儿像青蛙，或者蟾蜍，会分泌出黏液。我怀疑它是两栖动物。”

“可它的样子看上去，像人类。”孙雨辰胆寒地说。

“也许‘多佛恶魔’就是一种神秘的‘两栖人’。这样就能解释之前雷傲的绳子被拖到水底，以及它藏身何处之谜了。”杭一说，“现在最重要的问题是，它是杀死井小冉的凶手吗？”

“不是它，还能是谁呢？”韩枫悲愤地说，“这家伙一定是潜藏在水里，发现有机可乘，就从水里出来，进入帐篷，杀死了井小冉！”

“可它为什么要这样做？”杭一说。

“也许有人在暗中控制它。”韩枫猜测道，“这个岛上肯定有我们意想不到的敌人和阴谋。”

大家沉默了一阵。辛娜哀伤地说：“井小冉怎么办？”

杭一悲叹道：“我们没办法把她的遗体运回去了。她的遭遇是我们共同的悲哀，也是我们抗争残酷命运的理由。我们不能让自己陷入消极情绪，必须振作起来——只有打破命运的枷锁，找到解决事情的方法，才对得起井小冉和死去的伙伴们。”

辛娜和陆华，还有雷傲，他们擦干了眼泪。他们知道杭一说得对，他们只能继续走下去，没有别的选择。

“我们把井小冉的遗体留在这个山洞里，让这个洞穴成为她的墓室，可以吗？”米小路提议。

“不行，动物会把她的尸体啃食掉，这样太可怜了。”辛娜哽咽着说，“我们把她的遗体沉入深潭，当作水葬吧。”

大家都同意辛娜的建议。一群人怀着沉重的心情，把井小冉的尸体从帐篷里搬到深潭边。大家围着地下湖泊，跪在地上，辛娜双手合十：“我们为井小冉默哀三分钟吧。”

杭一闭上眼睛，默默哀悼。一个声音悄然出现在他的耳边：“杀死井小冉的那把刀，是我之前遗失的那一把。”

杭一睁开眼睛，和身边季凯瑞的目光碰撞在一起。

他剧烈颤抖了一下，感到寒意砭骨。

他明白季凯瑞想提醒自己什么。

这把刀下午就遗失了。躲藏在洞穴水潭里的“多佛恶魔”，怎么会有这把刀？

随之而来的疑问还有——据辛娜说，她离开帐篷的时候，井小冉是醒着的。短短的几分钟，井小冉显然不可能睡着。如果“多佛恶魔”进入帐篷，井小冉会不发出尖叫吗？

这个推论所产生的逻辑令杭一的呼吸都暂停了，他的头脑中滋生出一个无比可怕的念头。

杀死井小冉的，并不是多佛恶魔或者别的生物，而是井小冉熟悉的人。换句话说——凶手就在他们这群人之中。

杭一不敢相信这个结论，但他不能自欺欺人，而且他知道，季凯瑞也是这样想的。

辛娜的声音打断了杭一的深思：“默哀结束，我们把井小冉安葬在水中吧。”

韩枫和雷傲缓缓托起井小冉的身体，最后看了一眼她的遗容，把遗体慢慢放入水中……

突然，水中伸出几双苍白而恐怖的手，猛地抓住韩枫和雷傲的手臂。两个人毫无防备，大吃一惊，来不及做出反应，就被拉进了水潭里！

事情发生得太快了，其他人还没看清怎么回事，韩枫、雷傲已经和井小冉的尸体一起沉向水底了。辛娜的尖叫还没发出声音，她的双腿也被一双恐怖的手抓住了——同样状况的还有米小路和孙雨辰——三个人被同时拽进了水里！

杭一、季凯瑞和陆华大惊失色。三个人下意识地向后退了一步，离水潭远些。但杭一见辛娜被拖进水中，根本无法细想，不顾一切地跳进水中救人。季凯瑞略微迟疑了两秒，将双臂变成手刀，也跃入了水中。

岸上只剩陆华一个人了，他惊慌失措、焦急万分。几乎一瞬间，所有的同伴都进入无底潭了。与其一个人留在这里，还不如跟大家共进退。陆华咬紧牙关，祭起防御壁，也跳进了水中。

女28号，井小冉，能力“治疗”——死亡。

三十八、沙漠

SUPER TABOO GAME

杭一跃入水中后，不顾一切地往水潭深处游，睁大眼睛捕捉着辛娜的身影。但水中实在太混乱了——落水后慌乱不堪的同伴和三四个白色怪物纠缠在一起，根本无法分辨谁是辛娜，只感觉有几个人被白色怪物急速拖向水潭深处。杭一焦急万分，只能拼尽全力朝他们游去，全然不顾自己在水下能坚持多久。

未经训练的人，纵然肺活量再大，水下憋气的时间也不会超过两分钟。杭一无法判断自己在水中寻觅了多久，只凭本能感觉到憋气快到极限了，只要肺部仅存的那一点点氧气消耗尽，他在几秒之内就会溺水而亡。

然而令他自己都感到意外的是，这种状况下，他担心的依然是辛娜的安危。他仍抱着最后一丝渺茫的希望——要找到辛娜，将肺部最后一口气送到她的口中。尽管意义不大，但这也是他唯一能做的了。

也许除了救人，他的潜意识里，还希冀在临死之前，用名正言顺的方式奉上这深深一吻吧。

但上天没有给这悲情的一吻制造机会。因为辛娜消失了，准确地说，水里的人和怪物似乎一起离奇地消失了。

杭一恐惧地发现，水里只有他一个人了。

他不知道这是何种状况，但也不必深究了，因为肺里的空气已基本耗完，只剩嘴里这最后一口气，大脑已经开始缺氧。他清楚，想要游上去恐怕不可能了。

就在杭一意识到生命要走到尽头的时候，忽然注意到水下出现了一道亮光，看上去就像阳光照射的水面——也许是幻觉，或者是临死之前的回光返照吧。不管怎样，求生的本能让他拼尽最后一口气地朝那道亮光游去。

让人难以置信的事情发生了，杭一迎着那道亮光，脑袋竟冲出了水面！他来不及思考和判断，深深地呼吸了一口，空气重新充盈肺部，如同获得新生。

杭一大口喘息着，睁大眼睛审视着眼前的一切，一瞬间，他怀疑奇迹并没有出现，他确实是死了。因为展现在他面前的，是一个和之前截然不同的奇异世界。

他视线所及的是茫茫无边的广袤沙漠，而他置身于水草丛生的湖泊中，就像沙漠中的绿洲。

这是怎么回事？杭一的头脑无法正常运转了。我们之前不是在海岛的山洞里吗？这是哪儿？我怎么会出现在这里？

就在他迷惑不解的时候，上方突然出现一个声音："杭一老大，抓住我的手！"

杭一抬头一看，是雷傲。再次看到伙伴，让杭一激动不已，他伸出手臂。飞在空中的雷傲双手抓住他，将杭一从水中拉了出来，安全降落在岸边。

沙地上还坐着一个人，孙雨辰。他浑身湿漉漉的，脸色苍白、神情茫然，显然在死亡边缘走了一遭，魂还没回来。杭一四下环顾，焦急地问道："辛娜他们呢？其他人在哪里？"

"不知道，从水里出来后，我只看到孙雨辰，过了一会儿，你的脑袋也从水里冒了出来，我没有看见其他人。"雷傲说。

杭一清楚地记得，山洞里的所有人——不管被动还是主动——都进入了水里，现在怎么只剩他们三个人了？他急得抓耳挠腮，回过神来的孙雨辰却显得冷静一些，说："别着急，我猜他们没事。"

"你怎么知道？"杭一问。

孙雨辰说："我们经历过一次这种事情，不是吗？"

这一提醒杭一有些明白了："你是说，我们又遭到了异空间的袭击？"

孙雨辰耸着肩膀说："我不知道这里是不是异空间，但我们掉到水中，却出现在这里，怎么看也是进行了一次‘空间转换’。”

“那其他人呢？他们应该也被传送过来了。”

“也许异空间的出口不止一个？”孙雨辰猜测。

杭一急于找到辛娜和同伴们：“雷傲，你飞到空中打探一下，看能不能发现其他人。”

“行。”雷傲正要启动超能力，孙雨辰却突然警觉道：“等等……那边，好像有点儿不对劲。”

杭一和雷傲望向孙雨辰指着的方向，并没发现什么异常。杭一问道：“怎么了？”

“我好像看到那边的沙丘，移动了一下。”孙雨辰说。

杭一注视了几秒，正想说“是不是风吹动沙子造成的”时却骇然看到，沙漠里显然有什么东西在快速移动，形成了连续的凸起，并朝他们三人极速靠拢。三人大惊失色，本能地跃向一边。

在他们跳开的同时，一只巨大的红色怪物从沙漠里蹿了出来，像蛇一样的身躯直立起来，足有两层楼高。这怪物通体深红，整个头部就是一张血盆大口，露出无数尖利的牙齿，看起来就像一只变异的蠕虫或蚯蚓——很明显不是地球上该有的生物。

杭一三人来不及判断这是什么怪物，可以肯定的是，他们已经成了怪物的袭击目标。红色蠕虫偷袭失败，张着巨嘴朝孙雨辰咬去，孙雨辰吓得浑身瘫软，他的超能力“意念”对于这样的庞然巨怪来说，简直形同虚设。

“闪开！”雷傲大喝一声，孙雨辰抱着头朝一旁滚去。两道真空刃疾射而出，分别对准红色蠕虫的头部和身躯。但那怪物出奇灵活，身体左右一晃，两道风刃都被躲过。

雷傲的攻击让红色蠕虫将目标锁定在他的身上。这怪物似乎拥有出人意料的智能，仅仅通过刚才那一击，就判断出雷傲是不能硬拼的强劲对手。它迅速地钻到沙漠里，销声匿迹了。

三个人呆了几秒，杭一感觉不妙，大喊一声：“雷傲，快飞到空中！”

雷傲应声跃起，飞到离地七八米的空中，那狡猾的红色蠕虫，几乎在他腾空的同时从他的脚下钻了出来，再晚零点几秒，雷傲就会遭到致命的噬咬。

险险避过偷袭的雷傲心惊肉跳，自认为待在空中暂时安全，不料那怪物却忽然改变了攻击方式，从口中喷出一道绿色的毒液，直射雷傲。雷傲猝不及防，避无可避，只能双臂一挡，被绿色的毒液喷个正着。

“啊！”雷傲发出撕心裂肺的惨叫，沾上毒液的手臂，如同遭到硫酸腐蚀，瞬间被烧伤灼烂。他身形一闪，从空中跌落下来。下方的怪虫张开了大口准备迎接猎物。

然而，怪物专心对付雷傲，却忽略了最强劲的对手，这个失误令它遭受到致命的攻击。

坠入地下湖泊之前，杭一把PSV游戏机装在防水外壳中，揣在了身上。此刻，他再次化身《战神》中的勇士奎托斯，两把链刃如同旋转的锯齿圆盘，将红色蠕虫切割成好几段。怪物甚至来不及哀号，就惨遭分尸了。

雷傲坠落在怪物的几段尸身之中，还好地面是柔软的黄沙，并未摔伤。但遭到毒液攻击的他此刻痛苦不堪，手臂溃烂起泡，衣物遮挡的地方稍微好些，但眼见腐蚀性极强的毒液就快要烧穿衣服，接触到皮肤了。杭一和孙雨辰赶紧手忙脚乱地把雷傲的上衣和裤子都扒了下来，这才没让毒液进一步烧灼他的皮肤。

“雷傲，忍着点儿。”杭一说，他能想象到这种痛苦。

雷傲咬紧牙关，强忍着钻心的剧痛，脸上渗出豆大的汗珠，勉强点了点头。

孙雨辰惶恐不安地环顾四周：“这怪物会不会不止一只？”

杭一也不敢放松警惕，他一边扶着雷傲，一边警觉地察看周围。突然，他的目光集中到前方一块新月形沙丘上，双眼发直。

孙雨辰顺着杭一的目光望过去，两个人同时呆住了。

三十九、坦白感情

SUPER TABOO GAME

米小路被“多佛恶魔”拽进水中的时候，几乎没有做好憋气的准备。他只感觉自己的脚被一股力量拖着朝水底沉去，很快就开始呛水了。大概十秒之后，他就溺水昏迷了。

本来，他以为自己必死无疑，而且死得这样莫名其妙，几乎连遗憾的时间都没有，就白白地死了。

但他却醒了过来，睁开眼的瞬间，一股带着腥臭的水从他口中喷涌而出。随即，他大口呼吸，胸口剧烈起伏，看见了眼前的人——辛娜。

辛娜见米小路苏醒过来，如释重负地舒了口气：“谢天谢地，你总算是醒了。我不懂急救，只能胡乱按压你的胸口，好歹把你给救回来了。”

米小路本想说声“谢谢”，但看见周围的环境，却惊愕得说不出话来，半晌才讷讷道：“这是什么地方？”

“我也不知道，看上去很可怕。”

米小路坐起来，和辛娜一起四下环顾——这里是一片阴暗潮湿的沼泽地，水草茂密，芦苇丛生，深深浅浅的洼地里尽是泥泞和水生藻类。后面是一个大水凼，目测无法判断深浅。米小路注意到自己和辛娜的身上满是淤泥，估计他们俩就是从这个水凼里钻出来的。

“杭一哥他们呢？”米小路问。

“不知道，我挣扎着从水里爬上岸，后来看到你也浮了上来，就把你拉了上来，我没再看到其他人了。”辛娜说。

米小路不顾自己才在死亡边缘走了一遭，强撑着站起来，说道：“我们得去找到杭一哥还有其他人。”

“等一下。”辛娜颤抖着说，声音中的恐惧成分听起来令人心悸，“别轻举妄动，你仔细看看周围。”

米小路获得提示，警觉地望向周围。其实刚才他就注意到了，这片沼泽的水洼和地面上，遍布着各种动物的腐烂尸体和骸骨，一阵阵恶臭熏人欲吐。但这还不是最可怕的，辛娜轻轻碰了米小路一下，示意他注意一些奇怪的生物。

米小路这才发现，沼泽地里有一种从未见过的蛙类。这种蛙的体型不算太大，但怪异的是，它浑身长着像人类毛发一样的黑毛，前肢竟然像猫爪一样，生着锋利的爪子，看上去既恐怖又恶心。最令人胆寒的是，这些怪蛙遍布整片沼泽，泥潭里、草丛中，甚至树椏上都是它们的身影。数量之多，令人毛骨悚然。它们看似一动不动，但米小路注意到，在他站起来的瞬间，有几只怪蛙朝他们爬了几步。他停止动作后，它们也伏了下来。

米小路的脚下蹿起一股凉气，脊背也阵阵发麻。

“你也感觉到了吗？”辛娜紧紧攥着米小路的衣服，贴着他的身体，惶恐地说，“它们好像在伺机袭击我们。我最开始没发现这么多只……但现在，好像有成千上万只把我们包围了。”

米小路一辈子从来没有扮演过保护女生这种正常男人的角色，他对辛娜的依赖感到不适应。但毕竟从生理上来说他还是个男人，个子也比辛娜高出许多，总不可能让女生反过来保护自己吧。不过他非常清楚，自己的超能力“情感”在这种时候一点儿用处都没有。无奈之下，只能冒出一句勉强算是安慰的话：“你该感到庆幸，我们不是陆华，如果他遇到这种状况，估计已经昏死过去了。”

这句话居然真的起到了一定的安慰作用，辛娜紧拽着米小路衣服的手放松了一些，苦笑道：“是呀，我们俩好歹没有‘恶心生物恐惧症’。”

“有这种病吗？”

“不知道，我瞎起的名。”

米小路找不到话说了。辛娜却低声道：“别停下，咱们随便说点儿什么。不知道为什么，只要一安静下来，我就感到害怕。”

其实米小路也有这种感觉。他完全不懂这种沼泽怪蛙的行为模式，但似乎只要他们小声交谈，怪蛙们就静止不动，而一旦他们静默或移动，这些怪物就会逐渐向他们靠拢。

该死，难道这些长着黑毛的怪蛙是人变的吗？竟然有听人类聊天的怪癖？米小路在心里咒骂道，同时说：“你找个话题吧，我们聊点儿什么？”

“你是什么星座的？”

“双子座，你呢？”

“摩羯座。”

“哦，不错，摩羯座……”

这种没话找话的尴尬对白持续了一阵之后，辛娜沉默了几秒，忽然问出一个问题：“米小路，你喜欢杭一，是吗？”

米小路浑身一抖，错愕地望着辛娜。须臾，他窘迫地说道：“你……什么意思？”

也许是为了缓解此刻剑拔弩张的紧张气氛，辛娜故作轻松地笑了笑：“我能看出来，你对杭一的感情跟其他人不一样。”

米小路紧咬嘴唇，他内心的隐秘被辛娜一语道破，不免有些难堪。

没想到的是，辛娜大大方方地说：“哎呀，这都什么年代了，大家早就能接受了，有什么不好意思的呀！”

米小路想想也是。对方如此直爽，自己要是再遮遮掩掩的，反倒输了气场。他说：“你是怎么知道的？”

“女人都是有直觉的嘛，我早就感觉到了。”辛娜淡然一笑。

“比如？”

辛娜想了想：“比如杭一被吸入异空间后，你表现出的绝望和悲伤，超出了一般好朋友的界限。当时你独自一人走向那间教室，给我的感觉是，你已万念俱灰，一心只想追随杭一而去。”

的确如此。米小路暗忖。我当时就是这样想的。回想起跟杭一在一起的时候，自己对他的关心和依赖确实远胜别人。韩枫、陆华这些男生也许并未察觉，但怎么瞒得过心思细密的辛娜？

米小路暗自思忖，辛娜却不敢停止说话。她注意到虎视眈眈的怪蛙们刚才又向他们靠近了一些：“杭一并不知道这件事，对吧？”

“嗯。”米小路点头。

“他可真够迟钝的，”辛娜感叹道，“说实话，你对他的情感已经昭然若揭了，他居然毫不知晓？”

“他要是心思有你这么细，就不是男生了。”米小路的脸微微一红，“我就是喜欢他那种憨憨的感觉。”

“那你就甘心这样一直暗恋下去吗？这滋味不好受吧。”

米小路苦笑道：“那我还能怎么样？向他表白吗？他是直男，怎么可能接受？”

“那你也要加油呀！”辛娜认真地说，“就算不能跟他成为恋人，好歹让他知道你的心意，也比一直憋在心里好受呀。”

米小路愣住了，他没想到，辛娜竟然会像对待闺蜜一样，说出“加油”这样的话。虽然在此情此境下探讨这种话题，实在令人啼笑皆非，也不合时宜。但米小路心里清楚，这是这么多年以来，他听过的唯一的鼓励的话——讽刺的是，竟然出自情敌（或者假想敌）之口。而且辛娜说的，和自己之前的想法完全一样。一时之间，米小路心生感动，甚至产生了“其实跟辛娜做闺蜜，也是件不错的事”这样的荒唐想法。

但同时，疑问也随之而来了。他不禁问道：“那你呢？你喜欢杭一吗？”

辛娜微微一怔，说道：“我……怎么说呢，我当然也是喜欢杭一的。但是，可能仅限于朋友那种喜欢吧，无法跟你的感情相比。”

米小路短暂犹豫了几秒，觉得既然话都说到这份儿上了，不如彻底打开天窗说亮话：“可是杭一喜欢你，甚至可以说是深爱着你，相信这一点，你不会没感觉到吧？”

辛娜眼帘低垂，含糊地“嗯”了一声。

米小路无奈地摊了下手：“你觉得我们这段古怪的三角恋，最后会发展成什么样？”

“我不知道。”

“辛娜，你实话告诉我，你未来有可能会像我一样爱上杭一吗？”米小路直视着辛娜，索性把话挑明了。

辛娜也注视着米小路，坦承道：“如果你要我说实话，我只能说，我无法保证。今天下午发生的事情，你也看到了。为了救我，杭一竟然打算去死……虽然我一点儿都不赞成他这种荒唐的做法，但我也感动得难以言喻。毕竟……这个世界上，有几个男人会为了我，愿意付出生命？”

米小路无言以对。的确，这种事情搁在谁身上，会不动容呢？关键是他很清楚，杭一根本不是在作秀，他是真的愿意为了辛娜去死。想到这里，米小路的心一阵抽搐。

辛娜看出米小路心里不是滋味，她开玩笑地说道：“不过我现在已经知道你的心意了，不会跟你抢啦。但是话说回来，你真的要加油才行哦，不然有一天我要是真的爱上了杭一，咱们就成情敌了。”

米小路心情复杂地望了辛娜一眼，说道：“我会加油的，不过请你答应我一件事——我对杭一的情感，你暂时不要让任何人知道，包括杭一本人。行吗？”

“当然，我会尊重你的意愿。”辛娜应承道。

两个人聊着聊着，几乎忘了此刻正身处险境，那些黑毛怪蛙也一直按兵不动，仿佛真的在聆听他们的对话，场面真是怪异至极。

可惜好景不长，一只庞然大物的出现，打破了这个另类的格局。

最先注意到这一变化的是辛娜，她斜前方的沼泽洼地里，突起了个什么东西。刚开始，辛娜以为是一段腐朽的浮木，但很快，她确定那是某种大型爬行动物的脊背。她浑身的汗毛都竖了起来，再也无法保持冷静，惊叫道：“鳄鱼！”

就在她叫出声的同时，那只巨大的沼泽鳄整个从泥潭里钻了出来，身体有七八米长，它张开钢锯般的巨口，向辛娜和米小路爬过来。

米小路还没来得及回头看清鳄鱼的全貌，已经被辛娜一把抓住，不顾一切地夺路而逃。之前觊觎已久的黑毛怪蛙们，就像接收到了某种攻击的指令，一齐出动，从不同的方向朝两人跳跃过来。有些潜伏在树枝上的，直接跳到了米小路和辛娜的头顶、肩膀上。

“啊——”米小路和辛娜一路狂奔，惊叫不已。他们慌乱地用手把身上的怪蛙击打下去，身上仍然有被抓伤的疼痛感。不过此刻已顾不上这种小伤了，身后的食人鳄越靠越近，他们能通过身后被踩压的树枝和泥潭发出的声响，判断出他们和鳄鱼的距离正在逐渐缩短。

米小路毕竟是男生，奔跑速度胜过辛娜，他瞥到前方有一片红树林，但是必须穿过一片深浅难辨的水洼。情况危急，来不及细想了，他喊道：“快，我们逃到树上去！”

两人先后跃入水洼，所幸积水并不深，米小路奋力前行，眼看就要接近最近的一棵红树了，却听到身后的辛娜发出惊慌的叫喊。

他回过头，看见辛娜的双腿陷入到了泥潭之中，并且还在逐渐下陷，眼看就要没到大腿部分了。他再抬眼一望，巨鳄已经来到了水洼边，距离辛娜只有不到二十米的距离，而怪蛙们也像索命冤魂一样纷至沓来，黑压压一大片。

辛娜回头一看，惊骇欲绝，她出于本能地哭喊道：“救命……救救我！”

一根手腕粗的枯树枝就横卧在米小路的脚边，他只要把树枝伸向辛娜，也许能在千钧一发之际将辛娜拉出沼泽泥潭。但就在他伸手去捡树枝的瞬间，时间仿佛凝滞了，世界也安静下来，他听到内心发出一个让他自己都感到害怕的声音——

我为什么要救她？

让她死在这里，不是正好可以除去心腹大患？

但是，米小路想起辛娜把自己从水潭中救起，还实施了急救。如果现在眼睁睁地看着她喂鳄鱼，岂不是太没人性了？

短暂的零点几秒，米小路却经历了难以想象的内心抉择和人性考验。他抬眼看着辛娜，正好和辛娜的目光碰撞在一起。辛娜似乎在米小路瞬间的犹豫中读懂了什么，露出比看到鳄鱼更惊恐的神情。

画面似乎定格了刹那，旋即，鳄鱼跃入水洼，张着血盆大口朝辛娜扑来。

米小路突然做出了一个出人意料的惊人举动。他既没有转身逃走，也没有捡起树枝，而是朝辛娜走了过去——也可以说，是向迎面而来的鳄鱼走了过去。

辛娜惊呆了，她不明白米小路想干什么。

在鳄鱼和怪蛙群距离辛娜仅有不到五米的时候，怪事发生了。本来异常凶暴的鳄鱼，突然停止靠近，闭上大口，恐惧地注视着米小路，就像看到了什么更加凶狠的怪物一般。米小路眼睛一瞪，鳄鱼竟然吓得转过身去仓皇而逃。怪蛙们见“老大”撤退了，加上米小路又狠狠地扫视了它们一眼，也全都折返，四散奔逃了。

但是，米小路却没有之前那么幸运了，深浅不一的沼泽泥潭具有随机性。这一次，他也陷入了致命的淤泥之中。

辛娜诧异无比，无法理解眼前发生的一切。然而，她还没来得及张口询问，只见两个身材高大的男生从红树林中闪现出来——原来是季凯瑞和韩枫。

“季凯瑞！”辛娜欣喜地冲他们挥手。

“看呀，果然是辛娜他们！”韩枫喊道。

季凯瑞看了一眼逃走的鳄鱼和怪蛙，本来准备发射血子弹的他放弃了攻击。辛娜已经陷到腰部以上了，米小路的双腿也没入了淤泥。救人要紧。

季凯瑞用手刀轻易地斩断了两棵红树的树枝，他和韩枫分别把树枝伸向辛娜和米小路，把他俩拉了上来。

回到安全的地方，又遇到了同伴，辛娜百感交集。她的眼泪扑簌簌地掉落下来，接二连三的险死还生，几乎令她的精神到了崩溃的边缘。

“没事了，”季凯瑞伸出手掌揉了辛娜的头顶一下，“跟我在一起就安全了。”

“嗯……”辛娜擦干眼泪，“你们是怎么找到我们的？”

“我们掉入洞穴的地下湖泊，却在一条河流的上游冒了出来——不过只有我和季凯瑞两个人。”韩枫对辛娜说，“那条河里有恐怖的食人鱼，还好我和季凯瑞的超能力都不是吃素的，才没有丧命。上岸之后，我们本打算朝下游走，寻找失散的伙伴。但季凯瑞坚持认为听到了你的呼救声，我们沿着声音的方向找来，看到一片沼泽湿地，进入之后没多久，果然看到了你们。”

“幸亏你们来得及时，不然……我们已经被鳄鱼吃了。”

季凯瑞说：“如果我没看错的话，我们赶来的时候，鳄鱼和那些怪蛙似乎已经朝相反的方向逃走了——你们是怎么做到的？”

辛娜愕然道：“我还以为它们是看到了你们才逃走的，不是这样吗？”

“恐怕不是，我当时并没有攻击它们，它们为什么会害怕？”

辛娜望向米小路，似乎明白了：“啊，是你……”

“没错，是我用超能力让它们对我产生了‘恐惧’的情感。”米小路说。

辛娜张着嘴愣了半晌：“既然你的超能力能做到这一点，为什么一开始不用呢？”

“我是急中生智才想到的——动物也有情感。”

韩枫说：“情感？可是你不是告诉我们，你的超能力是‘情绪’吗？”

米小路意识到自己失言了，只有说：“情感和情绪是差不多的概念吧。”

韩枫蹙了下眉，没有说话。

辛娜拉着米小路的手说：“原来是这样，多亏了你，我们才得救了！”

米小路淡淡笑了下。

韩枫好像还在思考米小路的超能力：“如果你的能力能做到这一点，那可真是不得了呀……”

米小路不愿他细究下去：“这个以后再讨论吧，此地不宜久留。而且我们要抓紧时间寻找别的伙伴，他们或许也陷入了危险之中。”

“没错，我们走。”季凯瑞说。几个人沿着刚才季凯瑞和韩枫走过的路离开了沼泽地。

米小路舒了口气。孙雨辰不在这里，他感到庆幸，不用担心有人会窥探到他内心阴暗的想法。

刚才他之所以会以身犯险驱赶鳄鱼，是因为他听到了韩枫和季凯瑞的脚步声，所以当然不能让他们看到自己抛弃辛娜独自逃命的一幕。

不过——他在心中反复询问自己——如果这两个人没有赶来，他还会不会救辛娜呢？

这个问题困扰了米小路很久。直到有一天……

四十、部落

SUPER TABOO GAME

杭一和孙雨辰转过头去，眼前的一幕令他们瞠目结舌。

新月形沙丘上，涌出几十个像美洲土著一样的人类，他们皮肤黢黑，穿着藤条编成的简陋服装，身上挂满各种骨头和植物做成的饰品，手拿长矛、石斧等原始武器——看起来，这些人是这个异域空间的原住民。

土著们挥舞着武器朝杭一他们冲过来，口中说着听不懂的土语。杭一并不想跟这些人发生冲突，但假如对方发起攻击，他也只能反击。他开启游戏机，做好战斗准备。

然而，这些土著看上去似乎欢天喜地。他们跑到距离杭一他们十多米远的地方，放下武器，竟一齐跪拜起来。

杭一和孙雨辰惊愕得不知所措，受伤的雷傲也忘记了疼痛，莫名其妙地望着他们。过了好一会儿，杭一瞥到一旁红色蠕虫的尸体，猜测道："是不是因为我们消灭了这怪物，被他们当成英雄了？"

孙雨辰说："当成'神'都有可能——他们或许目睹了你和雷傲的超能力。"

说话的时候，土著们佝偻着身子，以一种极其卑微的姿态靠近杭一他们，怎么看都不像有敌意。杭一局促地笑了笑，冲他们挥了挥手，土著们仿佛获得了某种神谕，一齐欢呼起来。随即，他们一拥而上，把杭一、雷傲和孙雨辰分别架在几个人的肩膀上，把他们抬了起来，朝部落的方向走去。

“喂，等等……放我下来，我自己能走！”杭一从未享受过这种待遇，很不适应。但语言无法沟通，土著们仍然我行我素。

孙雨辰倒是蛮享受的：“咱们就恭敬不如从命吧，正好雷傲受了伤，我们又不认识路，这样不是挺好吗？”

韩枫、季凯瑞、米小路和辛娜四个人在走出沼泽之前，又遭遇了几次动物袭击，除了鳄鱼和黑毛怪蛙，还有毒蛇和剧毒蜘蛛。不过凭借季凯瑞超强的攻击能力，以及米小路才开发出来的兵不血刃退敌法，几乎是轻松制敌，没有受到任何伤害。

四个人好不容易离开这片沼泽，刚刚来到一片开阔之地，就都停下脚步，愣住了。

在他们面前，几十个土著五体投地地趴在地上，就像是专程在此迎接他们。看到四个人后，土著们虔诚地跪拜，口中念念有词，就像看见了真主安拉。

“这是怎么回事？”韩枫愕然道。

米小路用超能力看到了土著们头上的情绪小球，全是红色、橙色。他说：“他们没有恶意，看起来是真心欢迎我们。”

季凯瑞保持着谨慎的态度：“还是小心为妙。”

土著们行完了叩拜大礼，一齐站起来，朝两边分散，中间让出一条道路。

四个人对视了一眼，朝土著们指引的方向走去。

一路上，他们惊叹于这里复杂而不合常理的地貌环境。刚才还在沼泽湿地，现在又沿着一条河流行进，不一会儿更是来到一片怪石嶙峋的山林，这里搭建着很多造型独特的石头房子，显然是土著们聚居的部落。

到达目的地，所有土著几乎都从房子里出来，又是一轮跪拜。随即毕恭毕敬地将四个人迎进最大的一间石头房子。

刚一进入，韩枫就一眼看到，屋内正前方的石椅上坐着一个坐立不安的人。他兴奋地喊道：“陆华！”

陆华看到四个同伴，欣喜得难以自持，他倏地站起来，朝他们快步走来，跟韩枫拥抱在一起：“太好了！我还以为只剩我一个人了呢！”又问，“杭一、孙雨辰和雷傲呢？”

“你也没看到他们吗？”米小路失落地说。

“没有，我只记得自己从一个偌大的森林湖泊中冒了起来，周围景色迷人，而你们全都不见了。我游上岸后，试图走出森林，不久看到了守候在那里的土著们。我意识到自己来到了另一个世界，却对这里一无所知，稀里糊涂地被他们带到这里来了。”陆华说。

辛娜说：“你倒好，从一个‘景色迷人’的湖中冒了出来。”她和米小路对望了一眼。

陆华打量着辛娜和米小路满身淤泥、狼狈不堪的样子，问道：“你们经历了什么？”

“相信我，你不会想知道。”米小路疲惫地说。

这时，外面的土著们又是一阵欢呼。几个人出去一看，是被土著们架在肩膀上的杭一、雷傲和孙雨辰。米小路激动得难以自持，眼泪都流了下来，大叫道：“杭一哥！”

杭一也看到了辛娜、米小路和其他伙伴。他们三人都从土著们的肩膀上跳了下来，杭一不顾辛娜和米小路满身淤泥、散发恶臭，和他们紧紧拥抱在一起。

伙伴们全都聚齐了，除了雷傲受伤之外，其他人都无大碍。陆华问：“雷傲怎么只穿了一条内裤？他的上衣和裤子呢？啊，他被烧伤了？”

“对，我们遭到了怪物的袭击，雷傲被毒液喷到了。”孙雨辰说。

“进去慢慢说吧，雷傲需要休息和治疗。”辛娜说。

大家把雷傲扶进石头房子，这时杭一注意到，屋内的石头椅子不多不少，刚好八把。

这是巧合吗？他感到疑惑。

还没来得及细想，屋外依次进来十多位长者，看样子是这个部落中的首领和元老。他们站成一排，面朝八个年轻人行跪拜大礼。杭一承受不起，走上前去将长者们扶起，说道：“不要再跪拜了。”土著长老们虽然听不懂，却似乎明白了他们的意思，显得受宠若惊，极为欣喜。他们连连点头，一齐退了出去。

几分钟后，土著们端着盛在石头盘子上的各种食物和水果走了进来，态度就像供奉神灵一样虔诚。他们把食物和装在石杯里的饮品毕恭毕敬地放在众人面前的石头桌子上，然后倒退着走了出去。一个长者又拿着一种绿色的草药进来指了指雷傲，示意这种药能缓解雷傲的伤势。陆华点头谢过，把这种像树汁一样的草药涂抹在雷傲烧伤的皮肤上，果然奇效如神。这种药像薄荷一样清凉，不但止住了疼痛，对皮肤的恢复再生显然也有帮助。

经历了这么多事，大家早就饥肠辘辘了。摆在他们面前的食物让人垂涎欲滴——烤鱼、烤野猪肉、烤羊肉、烤土豆、香蕉、葡萄、杧果、西瓜……杯子里的饮品是新鲜石榴汁。这些食物看起来充满原始风味，香味扑鼻，令人食指大动。杭一吃了一块香嫩的烤羊肉，赞叹道：“太好吃了，你们快尝尝！”

韩枫、孙雨辰、雷傲和陆华都抓起食物，大快朵颐。辛娜和米小路却吃不下去，身上淤泥发出的腐臭让他们想吐。辛娜对一个长者说：“我想洗个澡，请问哪里能洗澡？”

长者听不懂她的话，一脸茫然。

辛娜指了指自己和米小路身上的淤泥，做出厌恶的表情，又做了一个冲水的动作。长者明白了，但他并没有指引辛娜他们前往洗浴的地点，而是点着头离开了。

大概十分钟后，长者带领着十几个少男少女鱼贯而入。正喝着石榴汁的韩枫瞥了一眼，“噗”地一口喷了出来。

十多个赤身裸体的少男少女整整齐齐地站在他们面前。他们十三四岁模样，皮肤是健康的小麦色。男孩们健壮结实，女孩们面容姣好，胸部丰满而挺拔，身材完美无瑕。这些少男少女除了头发，全身体毛都修得干干净净，光洁宛如陶瓷。他们的脸上看不到丝毫羞耻，反而给人神圣之感。似乎侍奉“神人”，是他们莫大的荣幸和最高的荣誉。

辛娜的脸唰地一下红了，不敢直视，她把手挡在额前，窘迫地说道：“这……这是干什么？”

其他人也都看呆了，雷傲两眼发直，手里的羊腿都掉到了地上。长者恭敬地走上起来，用土语和手势做着解释，意思大概是——这些童男童女是专门负责服侍“神人”们的，包括帮他们洗澡和侍寝。

说着，两个一丝不挂的男孩就朝辛娜走去，示意辛娜跟他们走。辛娜面红耳赤、连连摆手：“不不不不……不用帮忙！我自己去洗就行！”

长者愣了一下，随即让两个男孩退下，换成两个女孩侍奉辛娜。辛娜只好跟着她们走，同时说：“拜托，你们能把衣服穿上吗？”可惜女孩根本听不懂她的话。

米小路也满脸通红地拒绝了为他服务的两个裸体少女——包括两个男孩。虽然他不得不承认，这些男孩真是性感到了极点。但他心里只有杭一，对其他人不感兴趣。

雷傲心头躁动，欲火焚身，他盯着最性感、漂亮的两个女孩，吞咽着唾沫：“要不……我去洗一个吧……”

“你的伤都还没好，想什么呢？”陆华瞪着他。

“别这么一本正经的，难道面对这样的绝色美女，你们就一点儿都不为所动吗？”雷傲红着脸说。

“说得也是，要不就让她们帮我们洗一下吧……”韩枫也把持不住了，“只是洗个澡，不做别的……”

“我们连这里是什么地方都不知道，”杭一说，“别做不知所谓的事。”

韩枫和雷傲只好强行将欲火压下去，把头转到一边，强迫自己收敛心神。

杭一用手势告知长者，请这些诱人的少男少女离开，他们并不需要。长者迟疑了一阵，无奈地招呼少年们离开了。

辛娜和米小路在两个女孩的带领下前往洗浴的地点——其实就是前方那条清澈的小河。到了河边，辛娜意识到她不可能跟米小路一起在河中洗浴，再次犯难。米小路懂她的意思，背过身去说道：“你先洗吧。”

辛娜找到一块足以遮挡她身体的大石，瞅见四周没人，迅速脱下衣服，跳进河里，只有肩膀以上露出水面。河水并不冷，缓缓流淌，冲洗着她身上的污泥。辛娜洗净头发和身体，感到无比舒服。

洗完澡后，辛娜穿上了“侍女”为她备好的用细藤条编织的裙子和衣服，十分合身。她的脏衣物，也被另一个“侍女”清洗干净了。

辛娜和米小路穿着原始部落的服装回到石头屋，两人的新造型别有一番风格，让人眼前一亮。雷傲这才想起自己一直只穿着内裤，不好意思地说：“帮我也弄套这种衣服吧。”长者听懂了，拿了一套跟米小路款式一样的服装敬献给雷傲。

之后，长者和裸体少男少女们都被打发走了。米小路和辛娜早就饿得前胸贴后背，好好饱餐了一顿。他们吃完后，季凯瑞说：“好了，现在该说正题了。”

四十一、异空间

SUPER TABOO GAME

季凯瑞的思维十分清晰，把目前存在的所有疑问一一列举出来：

“第一，这里是什么地方；第二，我们为什么会出现在这里；第三，这些土著为什么对我们奉若神明？”

陆华显然已经思考过这些问题了，他说：“根据我们之前的经历，不难解释此番遭遇。我们大概又被带到神秘的‘异空间’来了。”

“但上一次袭击，是有预谋的行为，这次怎么可能呢？要说这一切都是某人一开始就策划好的，未免太牵强了。”杭一分析。

韩枫说：“的确，袭击者没法事先猜到我们的所有行动。那么有没有这种可能——这并不是一个阴谋，我们只是无意间发现了隐藏在无人岛上的秘密。”

“你的意思是，我们其实已经接触到‘旧神’的秘密了。那就是，洞穴的地下湖泊其实是一个通往异空间的入口。”杭一说。

“没错，进一步的推理就是——‘旧神’的秘密，可能就隐藏在这个异空间里。”韩枫说。

“可是，我们都掉入了地下湖泊，为什么却出现在了不同的地点？”米小路问。

“这倒不难解释，我以前看过的资料上说，异空间可能存在多个出入口，有时这些通道甚至是随机的。”陆华说。

“异空间我们曾进去过一次，”雷傲说，“但那里白茫茫一片，什么都没有。这里却像是另一个地球——为什么会有这么大的差别？”

陆华说：“你忘了吗？我们分析过，上次所在的可能只是那个袭击者制造出来的一个‘四维空间’，而这次……”

“是在真正的异空间中，对吗？”雷傲懂了，却又再次迷茫了，“可这里和我们想象中的异空间实在差别太大了。不但没有恐怖的变异老鼠，反而一片祥和，还有淳朴的土著和自愿伺候我们的性感裸女。我甚至觉得……”

“这里比现实世界还要好，是吗？”杭一没好气地说，“你忘记朝你喷射毒液的怪物蠕虫了。”

“我和米小路也遭到了巨型鳄鱼和恐怖怪蛙的袭击。”辛娜现在想起来仍然不寒而栗。

雷傲撇了下嘴，不说话了。

“前面两个问题就算能解释，那第三个问题呢——这些土著为什么对我们奉若神明？”季凯瑞再次提出疑问。

杭一回想起土著们是在他斩杀了蠕虫怪物后出现的，猜测道：“也许是我们帮他们除掉了食人怪物，而土著们也目睹到了我们的超能力，才把我们当作英雄崇拜的。”

陆华摇头道：“对你们而言可能如此，在我身上却说不通。我没跟任何怪物搏斗，这些土著仍然把我当作神灵一般——这该如何解释？”

季凯瑞问道：“你游上岸后，在森林里走了不久，就发现他们跪拜在那里了？”

“没错。”

“有意思，这些土著似乎早就知道我们会出现在这些地方。”季凯瑞思忖着说。

“可惜没办法跟他们用语言沟通，不然就能问个清楚了。”孙雨辰说。

陆华沉吟片刻，讷讷道：“仔细想起来，真不合理。我们八个人分别从河流、湖泊、沼泽和绿洲中冒出来，但是不久之后，就聚集在了一起。可见这些地貌全都在距离此地不远处。但是沙漠、沼泽等截然不同的地貌，怎么会如此临近？”

“这里可是异空间呀，你不能用地球的知识来看待这里的事物。”杭一说。

陆华却似乎十分重视这个问题：“不但是地貌，这里动物和植被的多样性，也不符合逻辑。很多根本不可能同时出现的动植物，却难以置信地出现在同一个地方。按理说，这种混乱的生态系统在地球上是不可能维持的。但在这里，却是成立的。”

韩枫望着他：“你到底想表达什么意思？”

陆华沉吟片刻，说道：“我觉得，这里给我的感觉，就像是一个‘实验室’。”

“实验室？”

“没错，我觉得似乎有人在刻意研究和培养什么，甚至，他（她）在向我们展示自己的成果。”陆华若有所思。

石头房里沉默了片刻。大家无法对陆华的猜测做出评价，陆华也承认，这只是他的直觉。

话题没法继续，种种疑问看似得到了解释，其实带出了更多的猜疑。大家明白，仅仅通过猜想是无法解决问题的，唯一接触真相的途径，就是把这个地方好好探索一遍。

孙雨辰注意到屋外的天色暗了下来，他说：“异空间里也有太阳，不过看起来要落山了。”

“这里的昼夜交替好像比现实世界要短，这么快就到晚上了？”韩枫站起来，走到外面。

出了这间石头房子，韩枫才看到，外面一直站着一个男孩——正是刚才那些裸体少年中的一个，只是他此时已经穿上了藤制服装，看上去没那么别扭了。其他人都已经散去，只有他还守候在门口。

韩枫做了个让他走的姿势，说：“回去睡觉吧，别在这儿待着了。”

男孩似乎理解成了“我们打算睡觉了”，他点了点头，走进石头房子，把放在墙边的几张草席铺在地上，看起来像日式榻榻米，示意他们在此就寝。

“好的，谢谢，你也回去睡吧。”韩枫对男孩说。

这句话男孩好像听懂了，他摇了摇头，表示自己今晚就留在这所石头房子内，侍奉他们。

“我们不需要服侍，你走吧。”韩枫几乎是在把他往外轰了。但男孩坚决不肯离开，神情看起来很可怜，几乎要掉下泪来。

辛娜心一软，说：“别赶他走了，韩枫。也许这是部落首领交代他的任务，要他必须留下来服侍我们。别为难他了。”

“让这家伙留在这里守夜，也挺不错的。”雷傲说，“这样就不用我们轮流守夜了。”

韩枫低声说：“他值不值得信任，还不知道呢。”

辛娜说：“我看这男孩眼神清澈，面相和善，怎么看都不像坏人，应该没问题吧。”

“那就随他吧。反正不管他在不在这里，我们都不能掉以轻心。”季凯瑞说这句话的时候，瞥了杭一一眼。杭一心中一颤，想起了他们之前的可怕猜测——

杀死井小冉的凶手，就隐藏在他们之中。

他不禁惶恐起来。这种事情，会不会再次发生？要告知并提醒大家吗？不行，这样做会引发严重的信任危机，后果不堪设想。杭一暗暗思忖，暂时不能让其他人知道此事，只能时刻保持警觉，不露声色地把凶手找出来。他和季凯瑞对视一眼，知道季凯瑞也是这样想的。

男孩见他们不再赶他了，十分感谢，还特别对辛娜连连作揖，似乎他明白是辛娜为自己说了情。由此可见，他是个十分聪明的家伙。

这个夜晚，八个人和衣而睡。男孩老老实实地靠在墙边当守夜人。

一夜过去，相安无事。

四十二、汉语词典

SUPER TABOO GAME

白天，杭一他们离开部落，四处探索。雷傲飞到高空俯瞰，得出的结论是，这个地方大得惊人，异空间的面积，估计是地球的若干倍。

大家感到十分为难——这么大一个地方，怎么可能漫无目的地搜寻？只怕穷尽一生，也无法寻找到他们想要接触的“旧神的秘密”。孙雨辰甚至怀疑，这里根本就不存在什么秘密，或者说，整个异空间的存在不就是一个最大的秘密吗？

辛娜提出，既然毫无头绪，漫无边际，不如通过“异次元入口”返回现实世界。但大家觉得，既然来了，如果得不到任何收获，未免让人沮丧。于是，他们白天在各处寻找线索，晚上返回部落，接受土著们的供奉和崇拜。不知不觉地，竟然在这里过了一个星期。

这段日子，雷傲和韩枫几乎爱上了这里，每天返回部落，都有女孩为他们洗澡、按摩……

而米小路，更巴不得在这个世外桃源和杭一生活一辈子。这里远离尘嚣，没有世俗的干扰，也让人暂时忘记了那场残酷的竞争。他真心期待能在这里度过一生。

只有杭一和季凯瑞没有放松，他们隐藏着心中的秘密，希望在不打草惊蛇的情况下找出凶手。但这个凶手十分狡猾，似乎意识到了这一点，他（她）并未再次行凶，自然没露出任何破绽。

季凯瑞悄悄找到孙雨辰，让他这段时间多用读心术查探众人内心的想法。孙雨辰虽然不明就里，但知道季凯瑞肯定有他的原因，便答应下来。

就这样，时间又过去了十天。

如果不是某天晚上的意外事件，他们不知道还会在这里待多久。

这天就寝之前，杭一把PSV游戏机从防水外壳中拿出来检查，如同战士检查武器一样认真。由于原始部落里没有充电设备，杭一根本不敢在没事的时候开启游戏机，他要最大限度地保存电池的电量。

男孩看到了杭一的游戏机，显得非常好奇，悄悄走过来看这是什么东西。经过一段时间的相处，男孩和大家的关系已十分融洽了。此刻他探头探脑的样子有些可笑，杭一冲他招了招手，示意他过来看。男孩很高兴地靠拢过来，坐在杭一旁边。

杭一打开《战神2》这个游戏，操作给他看。男孩看到发着光的小屏幕上，一个挥舞着武器的勇士在跟怪物们厮杀搏斗，觉得无比神奇，他显得既惊诧又兴奋，看得极为入神。

杭一暗暗觉得好笑，同时在心里感叹——看来任何时代的男孩子，都是会被游戏机吸引的。不过他不敢多玩，五分钟后就关闭了游戏机。男孩显得有些失望。

杭一一边把游戏机装进防水外壳，一边解释道：“这个是要消耗电池的，不能玩久了。”又想起男孩根本听不懂，撇了撇嘴。

装游戏机的时候，一张照片从外壳里掉了下来——是张顺交给杭一的，他失踪的哥哥张腾的照片。杭一答应帮张顺寻找哥哥，把这张照片看得跟游戏机一样重要，平时都放在防水外壳的夹层里。

照片恰好掉落在男孩面前，他看了一眼照片上的人，为之一愣，竟不由自主地说道：“啊，这不是……”

杭一倏地一惊，他身边的米小路和陆华也听到了男孩说的这句话，一齐坐了起来。杭一问道：“你刚才说什么？”

男孩意识到自己说漏嘴了，甚至是暴露了自己的秘密，显得极为尴尬，慌忙摇头。但杭一听得真真切切，知道事情必有蹊跷，逼问道：“你刚才说了我们的语言，是不是？别想否认！我清楚地听到你说了一句‘这不是’——这不是什么？”

杭一的呵斥把睡着的人都惊醒了，大家纷纷走过来，注视着男孩。韩枫说：“没错，我也听到他说的话了。”他严厉地望着男孩，“原来你能听懂和说我们的语言，却假装不会？”

男孩紧咬嘴唇，拒绝回答，面容极为难堪。季凯瑞没有耐性慢慢逼问，他的右手变成一把尖利刀刃，伸到男孩的脖子前方。辛娜惊呼道：“别这样！”

季凯瑞盯着男孩的眼睛，冷冷地说：“我知道你能听懂我的话，如果不想死，就从实招来。”

男孩亲眼看到季凯瑞的手变成一把闪着寒光的刀刃，并架在了自己的脖子上，吓得浑身发抖。他不敢再有所保留，告饶道：“请神使大人饶命呀！”

这句话清清楚楚地说出来之后，没有任何人再怀疑他的语言和沟通能力了。季凯瑞收回手刀，杭一瞪着他说：“你们故意假装听不懂我们的话，是何居心？”

男孩跪在地上不停地叩头求饶，说道：“不……不是这样的，我的族人们确实听不懂你们的语言，只有我一个人能听懂！但这是个秘密，千万不能让族长知道，不然我就没命了！”

“到底是怎么回事？”陆华完全糊涂了。

为了彻底弄清楚状况，杭一说：“现在我来问你，你老老实实地回答。”

男孩不住地点头。

“首先，解释一下为什么只有你一个人会我们的语言。”

男孩面带惶惑地说：“我和部落里的人，本来都只会说我们的土语。但是有一天，我在供奉神灵的地下神庙里无意间发现了一本被封存的‘禁书’，那是远古时代的书，记载着另一个文明的语言和文字。按部落的规定，任何人不得接触‘禁书’。但我实在忍不住，就把书偷出来，藏在一个地方偷偷学习。”

“这本‘禁书’有封面和名字吗？”陆华问。

男孩点了点头。

“书名是什么？”

“‘汉语词典’。”男孩说。

“什么？”陆华笑了，“我们那里每个学生人手一册的《汉语词典》，在这里成了禁书？”

“部落为什么把这本书列为‘禁书’，禁止族人接触？”辛娜问。

“我不知道，这是远古流传下来的规定。”

“这么说，你自学学会了这门语言？”杭一问。

“嗯……一方面是自学，另一方面……自从你们降临之后，我每天都用心地听你们说话，再结合禁书上的知识，就渐渐掌握你们的语言了。”

这男孩果然是个非常聪明的家伙。杭一暗忖，他拿起张腾的照片展示在男孩面前，问道：“那么，现在你告诉我，为什么你看到这张照片，显得这么吃惊？”

男孩看到这张照片，再次露出错愕的表情：“因为……这个人太像我的祖先了。”

“祖先？”众人吃了一惊。孙雨辰不清楚这男孩自学汉语的水平究竟如何，怀疑他用词不当：“你想说的是‘祖父’吧？”

“不，我说的就是祖先。”男孩坚持。

“祖先指的是若干年前的先辈，”陆华帮男孩普及语文知识，“你不可能见过你的祖先。”

“我确实没‘亲眼’见过，”男孩说，“但我见到过他的雕像，就在地下神庙里，跟这张纸（照片）上的人一模一样。”

众人愣了半晌。杭一忽然想到了什么，说：“我明白了……衢山岛上那十多个渔民——就是张顺的哥哥他们来到无人岛后，跟我们一样，通过洞穴的地下湖泊，来到了这个神秘的异空间，成为异世界的第一批居民。他们在这里繁衍生息，子孙后代越来越多，组成了部落……”

米小路也想通了，问道：“张顺说他哥哥他们失踪了几天？”

“六天。”雷傲说，“不过，六天是我们见到张顺时他说的，后来又过了一天，等于是七天。”

“对，七天，如果按照我在科普杂志上看到的，异空间的一小时，等于外面的十年——7乘24再乘10……”陆华掰着指头计算，汗水从额头沁了出来，“这些人在异空间创造的历史，已经有1680年了？”

这个数字令人震撼。韩枫张着嘴愣了好一会儿，讷讷道：“这么说，张顺的哥哥他们早就死了，而现在这些土著，都是他们的后裔。”

男孩聆听着他们的对话，虽然不能完全理解，但听懂了其中一些内容。

片刻后，季凯瑞说：“既然我们遇到了能沟通的人，那之前所产生的疑问就能让他回答了。”他望向男孩，“你告诉我，你们的族人为什么知道我们会‘降临’？”

男孩诚惶诚恐地说：“族人们都是听从族长的命令，包括我。你们出现的那天，族长安排整个部落的人分别守候在河流上游、森林湖泊、沙漠绿洲和沼泽湿地，恭迎神使降临。”

杭一等人对视一眼，感到诡异莫名。雷傲说：“看起来你们的族长好像是个预言家呀。”

男孩迟疑一下，说：“本来族人们都认为族长是最接近神的伟大先知，但我看了‘禁书’之后，才知道事实并非如此……”

“什么意思？”

“因为……族长并不是自己能预言，而是能看懂地下神庙的‘神谕’，才得知未来即将发生的事情的。”

“听你的意思，所谓的‘神谕’，是用汉字书写的对吧？族长禁止族人学习汉语，自己却懂这门语言。”孙雨辰讥讽地说。

“‘神谕’预言了我们的来临？”雷傲问。

“是的……”

雷傲对地下神庙产生了兴趣，说：“带我们去看看。”

男孩听到这话，脸色骤变：“不行，不行！私自进入神庙是会被处死的！”

“你又不是没私自进入过，否则怎么会偷到那本禁书？”

“不，那不是‘私自’进入。”男孩解释道，“我和另外十多个同伴，是十三个伟大祖先的血缘后代，所以我们跟族长一样，有进入地下神庙的资格。每隔一段时间，我们就会沐浴净身，以纯洁的身体和虔诚的心灵朝拜祖先和大神。”

雷傲和韩枫对视一眼。

“好了，别说这些了。”韩枫红着脸岔开话题，“我猜所有的秘密都隐藏在那个地下神庙中，我们必须去一探究竟。”

“不行，那是禁忌……”

没等男孩说话，季凯瑞就一把将他抓了起来，拽着他的胳膊往外走：“够了，反正你私偷禁书，已经犯下了死罪，又何必担心罪加一等？”

四十三、八神使

SUPER TABOO GAME

迫于无奈，男孩只好趁着夜色将“神使”们带往禁地——地下神庙。

在夜色中前行了大概半个小时，一群人来到一处布满藤蔓植物的山崖下方。抬眼望去，四周都是凶险陡峭的崖壁，高得令人望而生畏。男孩的视力和记忆力极好，经过一番分辨后，来到一个被藤蔓完全遮蔽的洞口。他将覆盖在上面的植物掀开，露出一个往斜下方延伸的通道，对“神使”们说：“下面就是地下神庙了。”

季凯瑞保持谨慎，问道：“这里面有危险吗？”

男孩说：“地下神庙由几个串联在一起的‘神室’组成，我只进入过最前面两个神室，是没有危险的。后面的几个……是绝对的禁地，我从没进去过。”

一群人是在突发状况中进入异世界的，手电筒之类的探险装备自然没能带来。陆华瞧了瞧黑黢黢的通道，说：“这里面漆黑一片，我们进去了也什么都看不见呀。”

这是个很实际的问题，大家身上没有打火机一类的东西，一时陷入僵局。杭一思忖片刻，打开PSV读取《星球大战：原力解放》这个游戏，并启动超能力。霎时间，一把绝地武士的武器“光剑”握在了杭一手中。这把激光剑通体闪耀着蓝色荧光，如同一根蓝色的日光灯管，瞬间将周围照亮了。

“太酷了。”雷傲说。

杭一把处于开机状态的游戏机揣进裤包，走到最前面，招呼大家：“跟着我走吧。”

季凯瑞带着男孩走在杭一后面，其他人陆续跟上，韩枫走在最后。

一行人沿着倾斜的通道下行，杭一手中的光剑将洞壁照得透亮，他们看到了刻画在石壁上的岩画，由于年代久远，多数已经风化斑驳了。但还是能依稀看出，岩画反映的是土著们的祖先——衢山岛的十多个岛民刚刚来到此地的经历和生活状况。他们躲避怪物、建造石屋、繁衍子孙……杭一猜测，在他们发展壮大和修建石屋之前，就是生活在这个山洞里的。后来随着族群的扩大和时光的流逝，这里才演变成祭奠先祖的地下神庙。

下行了大概一百米，他们来到了男孩说的“第一神室”。这里是经过人工改造的地下洞穴，十分宽阔。说是神室，倒更像墓室，只不过没有棺椁，只有十多尊并成一排的石头雕像，一共十三人——显然纪念的就是衢山岛上失踪的十几个岛民了。

男孩指着其中一个雕像说：“这就是我的祖先。”

杭一取出照片一对比，果然，雕像的模样和张顺失踪的哥哥张腾完全一样。

雷傲是个急性子，他关心的不是这些土著的先祖，问道：“所谓的‘神谕’，在什么地方？”

男孩露出敬畏的神情，说道：“既然是神谕，当然是神下达的。我的祖先们并不是神。大神的雕像，在第二神室。”

杭一已经注意到了通往第二神室的通道，他举起激光剑说道：“走吧，瞧瞧他们的大神是什么样。”

两个神室之间，只有不到五十米的距离。但进入第二神室，男孩的态度与之前截然不同，他刚踏进第二神室，就五体投地地跪拜下去，对着面前一尊巨大的石头雕像连连叩首。

杭一他们望过去，只见这尊石像的大小，几乎是刚才那十多尊雕像之和，足有六七米高，“神”的面庞，是一个岁数不大的年轻男子。杭一暗暗称奇，不知道这些土著居民，当初怎样雕刻出如此精致壮观的雕像。

男孩行完大礼后站了起来，雷傲再次问道：“神谕在哪里？”

男孩指着雕像的石头底座说："听族里的长老们说，大神的雕像下方本来什么都没有，一百年前的某一天，神谕才突然出现的。族人们除了族长之外，都看不懂这种语言。我是在偷看了'禁书'之后，才知道这句话是什么意思。"

杭一和雷傲走上前去，果然看到神像的底座上，刻着一句话——

一百年之后，八个神使将降临于森林湖泊、河流上游、沼泽湿地和沙漠绿洲，他们各具神通，带来福祉或是灾难，只看尔等之造化。

虽然之前已经大致了解了神谕的内容，但此刻亲眼所见，众人心中仍是说不出的震撼。韩枫难以置信地说："这真是一百年前的预言？"

陆华观察着已经有些风化的刻痕，说："确实有岁月留下的痕迹。"

八个人面面相觑，沉默良久后，陆华说："这个预言看似神奇，但仔细想想，其实并不难做到……"

杭一明白他的意思："没错，假如异空间的十年相当于外面的一个小时，那么这里的一百年前，实际上等于外面的十个小时前。"

米小路想了想："差不多是我们刚刚找到山洞躲雨的时候。"

杭一试着理清思路："也就是说，我们刚刚发现那个山洞，接下来的经历就在某人的预料和控制之中了。"

"确实如此，恐怕我们又一次中计了。"杭一眉头紧蹙，"这个所谓的'神谕'就证实了这一点。"

"怎么说？"孙雨辰问。

杭一望着同伴们："我们刚刚登岛的时候，是九个人，并不是八个。井小冉是进入山洞后才被杀死的。"

"啊……"辛娜恐惧地吸了口气，"这么说，从我们进入山洞开始，暗中监视我们的袭击者就已经计划好要杀死井小冉了。"

"对，而且还计划好了要将我们所有人拖进地下湖泊——而事情确实如他预料的那样发生了。"

"袭击者在十个小时前就制订好了这个计划，然后在异空间内的神像底座上刻下了这句话，以显示事情完全在他的掌控之中。"陆华说，"但问题是，他这样做的目的是什么？我们自从来到这个异空间，就受到神一般的尊敬和对待——

难道这个袭击者把我们引诱到异空间来，是让我们享福的吗？”

陆华提出的疑问确实令人费解。杭一思索片刻后，说：“我有种感觉，这次袭击者的目的不在于将我们杀死——起码不是全部杀死。将我们玩弄于股掌之间，显示他的无比高明，才是真正意图。”

杭一转过身去，指着巨大的石像：“你看，他在这里俨然以‘神’自居，受到万众景仰——把我们带到这里，就是要我们亲身感受这一切的。”

这样一说，大家都望向了石像。十几秒后，韩枫突然“啊”地叫了出来，说道：“你们有没有觉得，这尊石像，很像我们认识的一个人？”

众人对视了一眼，竟一齐说了出来：“阮俊熙！”

“没错，刚才我一进来，就觉得这石像的模样有些眼熟，经杭一一提醒，才发现真的跟阮俊熙很像！”

“难道他就是这次事件的始作俑者——操纵‘异空间’的袭击者？”

男孩一直茫然无措、惴惴不安地聆听着他们的谈话，突然听到“袭击者”三个字，似乎不能接受心中的神灵受到污蔑，说：“这是我们尊敬的大神之一……”

“住口，”雷傲喝道，“你所谓的大神，只不过是我们的同学而已！”

男孩吓得不敢再开腔了。

季凯瑞敏感地发现了男孩话中隐藏的信息，问道：“这只是大神之一，这么说，还有另外几个大神？”

男孩微微点头：“是的……”

“他们的石像，应该就在后面几间‘神室’内吧？”

男孩脸色大变，骇然道：“不行不行，后面的神室是绝对不能进入的，就连族长都不行！”

季凯瑞冷言道：“我们可是‘神使’，你们族长不能进的地方，我们未必不能进。”

男孩一时语塞，张着嘴说不出话来。

辛娜问男孩：“为什么绝对不能进？里面有什么危险吗？”

男孩不住地点头：“族长反复告诫我们，后面的神室是绝对的禁地，擅自进入，是会遭到诅咒的！”

“吓唬人的吧？”雷傲不以为然地说。

孙雨辰说：“不管是不是危言耸听，还是小心为妙，说不定里面真有什么意想不到的危险。”

“‘旧神’的秘密没准儿就隐藏在里面。”雷傲说。

确实，事情都已经发展到这一步了，无论如何都没有理由止步不前。但男孩的告诫还是引起了杭一足够的警惕和重视，他对陆华说：“你张开防御壁走在前面，我们尽量在你的保护范围内。”

陆华虽然具有最强防御能力，但仍然有些畏惧，勉强同意道：“好吧……”

“我……是不能进去的。”男孩惶恐地说。

杭一本来也觉得他没有进去的必要，说：“那你就待在这里吧。”

八个人组成了一个阵形，陆华张开圆形防御壁走在最前面，辛娜和米小路紧贴着他，基本在防御壁内，韩枫和孙雨辰在中间，战斗能力最强的杭一、季凯瑞和雷傲在外围，一群人簇拥在一起，小心谨慎地朝“第三神室”迈进。

通往第三神室的通道，虽然比之前两个要开阔一些，但八个人紧靠在一起，只能勉强保持阵形通过。一分钟后，踏进了这间“从未有人进入过”的神室。

陆华本来十分紧张，但是进入之后却发现这里并非想象的那样沉睡着什么怪物猛兽，反而这间神室显得更加祥和，洞壁的石头缝中生长着一种不需要泥土的紫色花朵，布满了四周的墙壁。而神室的正前方，又是一尊石像。

大家松了口气，继续保持阵形显得有些可笑了。他们走到石像前，很想认出这会不会又是13班的某人。但是这座石像的年代，似乎要久远得多，已经风化得无法辨认其样貌了。看了许久实在不能判断，真是让人失望。

不过，他们发现了更重要的东西。

这座石像的底座上，同样刻着一句几百年前的预言——

八个神使中，有一个会变身的假冒者。

四十四、假冒者

SUPER TABOO GAME

雷傲把这句话读出来之后，所有人的背后都泛起一股凉气。韩枫惊愕地说道：“这句话什么意思？假冒者？我们当中有一个人……其实不是他（她）本人？”

“恐怕我们从一开始就被算计了，”季凯瑞说，“如果我没猜错，一个具有变身能力的超能力者变成我们当中某个人的模样，混在了我们中间。”

“而且这个人，就是杀死井小冉的凶手。”杭一用不着再隐瞒了，他和季凯瑞之前的可怕猜想，已经得到了印证。

“什么？井小冉是被我们当中的某个人杀死的？”辛娜惊骇万分，捂住了嘴。

“你们早就知道了吗？”陆华望着杭一和季凯瑞。

“对，杀死井小冉的那把刀，就是之前季凯瑞丢失的那一把。事实上，那把刀显然不是‘丢失’了，而是被某个人悄悄地藏在了身上，作为伺机杀死井小冉的凶器。”杭一说。

“这个人是谁？”韩枫愤怒地扫视着众人，但显然不会有人跳出来承认。

“他（她）是从什么时候混到我们中间的？”孙雨辰怀疑地打量着其他人。

“这些问题，恐怕暂时找不出答案，不过，我倒是对这些所谓的‘神谕’产生了兴趣。”杭一说，“看起来，袭击者果然在玩一个游戏——设计一个迷局，然后给予我们提示，考验我们的智慧和行动能力。”

“既然如此，我们就把所有的提示全都看完。”雷傲说，“这个地下神庙还有多少座石像？说不定每一座石像上，都刻着一个重要提示。”

孙雨辰说：“不行，线索恐怕到此为止了——通道被堵死了。”

一群人走过去，看到通往下一个“神室”的通道，已被很多块大小不一的石块堵得严丝合缝，显然是为了阻止有人进入下一个神室而有意为之的。杭一说：“按照解谜游戏的规则，没有解开一个谜题之前，是没法获得下一个提示的。”

“我才懒得管这么多！”雷傲急躁地说，“我凭什么遵循这个人定下的规则？把这些石块全都搬开、砸开不就行了？”

米小路使劲儿推了推这些石块，摇头道：“堵得既紧又死毫无缝隙，不是这么容易搬开的。”

韩枫听他这么说，眼珠转了两下，想起他们几个人曾经被困在自家小木屋中的经历，说：“你们让开，我来试试。”

陆华猜到了他干什么：“等等，这是地下洞穴，别引发……”

话还没说完，地面和四周已经晃动起来，但是震动强度有限，并未将堵住的石块震松，当然也没有引起垮塌。

一两分钟后，韩枫放弃了，叹息道：“不行，我目前只能引发三级的地震，震不垮这些石头。”

陆华瞪了他一眼：“你要是能引发七八级地震，估计我们就被活埋在地下了！以后你启动超能力之前，能不能先跟我们说一声？”

这时，辛娜借着杭一手中光剑发出的荧光，看到了神奇的一幕，惊叫道：“呀，那些石缝里的花，好像被地震震醒了似的，全都开花了！”

众人朝周围的紫色花朵望去，果然，这些本来含苞待放的花骨朵，在经历刚才那场小地震后，竟然全都张开了花瓣，奇妙地绽放了。

大家暗暗称奇之际，令他们意想不到的可怕一幕发生了。

这些张开的花朵里，冒出许许多多像蚂蚁一样细小而敏捷的黑色毒虫，它们沿着石壁倾泻而下，如同打开阀门的潮水般涌向站在中间的人群。几乎几秒之间，八个人就被毒虫包围了。

“啊！这是什么虫子？”辛娜惊恐万状，尖叫不已。

“反正不是好东西！”孙雨辰大叫道，“快逃！”

陆华赶紧张开圆形防御壁，但是最多只能将三四个人罩在其中。事发突然，杭一挥舞光剑，季凯瑞双手变成刀刃，想要驱赶这些恐怖的毒虫。但毒虫的数量数以千万，而且根本不惧怕杭一和季凯瑞的攻击，眼看就要涌到他们脚下，将众人的双腿掩埋。就算一只毒虫咬一口，也能在瞬间将一个人变成一副骨架。

万分危急之时，只听雷傲大喝一声，神室内骤然刮起狂风，地上和墙上的毒虫全都被卷进这股狂暴的旋风之中，一眼看去，如同黑色龙卷风般恐怖而骇人。

但是，这股暴风是雷傲竭尽全力而为，极为耗费体力，最多只维持了两分钟，就停了下来，看雷傲的样子，已经筋疲力尽了。然而毒虫们并没有死，只是被旋风吹到了洞壁四周，因暂时无法分辨方向而没有涌过来。

杭一知道这是唯一的逃走的机会，大喝道：“快跑！”

一群人通过通道快速逃到了第二神室，依然待在原地的男孩看到他们仓皇逃出，吓得不知所措。季凯瑞没空解释，拖住他就跑。

众人头也不回地逃出了地下神庙。回头一瞧，毒虫们并没有追出来，估计它们无法离开生存环境太远，或者它们的任务就是守护神室。不管怎么说，总算让人松了口气。

但男孩的身体却颤抖起来——他看到部落的族长带着一群族人来到了神庙入口。可能是刚才的地震惊醒了他们，族长猜到男孩带领“神使”们进入了地下神庙，显得极为愤怒。他口中哇哇大叫，说着土语。虽然听不懂意思，但陆华已有了大概的判断：“他说的很像衢山岛一带的方言。”

男孩战战兢兢地朝族长走去，并没有做出任何解释，看来他意识到自己犯下了罪无可赦的死罪。族长把男孩一把揪过来，继而怒视着“神使”们，和之前恭敬的态度大为不同。他不敢惩戒神使，却决定给予他们警告。

族长抬起手，身后一个举着锋利石斧的族人，举起斧子朝男孩的脖子砍去。男孩闭上眼睛，流下了泪水。

“天哪！不！”辛娜大叫起来。

石斧眼看就要砍下男孩的头颅，却突然从那土著的手中被震飞了。族长吃了一惊，又命令其他拿着石枪石矛的族人杀死男孩。然而，所有的武器全都脱手而飞。族人们感受到了“神力”，齐呼一声之后，一起跪拜下来。

季凯瑞缓步走到族长面前，盯着他那双瞪大的眼睛，说道：“在我面前使用武器，要经过我同意才行。”

他按着男孩的肩膀，把他拉到自己面前：“这男孩我带走了，”季凯瑞对族长说，“我知道你听得懂我的话。”

四十五、凶手

SUPER TABOO GAME

远离地下神庙和土著们之后，一群人来到一处僻静的场所，这里是一片石林。季凯瑞走到一块平坦宽阔的大石旁停下脚步："好了，现在该解决我们的问题了。"

大家知道他说的是什么意思，心中一凛。

"我觉得，首先要确定一件事——那座石像上刻的'神谕'，究竟是真的，还是在误导我们？"陆华说。

"杀死井小冉的凶手就是我们当中的一个，这是不争的事实。"季凯瑞说，"那句话只是解开了我的迷茫，让我彻底想通了这是怎么一回事。没错，我们当中确实混进了一个'假冒者'，并且和我们一起度过了一个月以上的时间。他（她）未必是此次'海岛事件'的策划者，但肯定是参与者之一。"

杭一说："假如一个人的超能力是'变身'，那他（她）变成我们当中某一个人的模样混在我们当中，也许并不是难事。但问题是，一个人只可能有一种超能力，他（她）不可能既能变身，同时还能使用那个人的超能力。"

"对，我也是这么想的。"孙雨辰说，"也许我们可以用这个方法来找出假冒者。"

米小路说："可是这么多天以来，我们每个人都使用过超能力呀。"

的确，仔细想起来，没有任何一个人是自始至终没有使用过超能力的。杭一觉得这事仿佛没这么简单，也许存在着什么他们尚未参透的事情。

"不管怎么说，现在我们每个人挨个使用一次自己的超能力吧。"韩枫提议，"以往大家可能并没有特别关注这个问题，但现在众目睽睽之下，我不相信有谁能够作假，骗过我们所有人。"

大家对视了一眼，没人反对。

韩枫说："我刚刚才引发了地震，自然可以排除嫌疑吧？那么陆华，从你……"

"等等。"季凯瑞打断韩枫，"刚才的不算，从现在开始，每个人必须演示一次自己的超能力。"

韩枫愕然："你不会是怀疑我吧？"

季凯瑞漠然道："在把这个人揪出来之前，我谁都不相信。"

韩枫显得有些气恼，说："好吧，那我就再引发一次地震证明给你看！"

话音未落，四周又晃动起来。十几秒后，地震停止了，韩枫说："这下你相信我不是冒牌货了吧？"

季凯瑞没有理他，他启动超能力，把自己的左手变成一柄铁锤，朝旁边的一块石头砸去，将石头砸得粉碎。他望着众人说："我的身份，也不用质疑了。"

"好吧，该我了。"孙雨辰启动超能力"意念"，一只手指向刚才被季凯瑞砸碎的一块碎石，那块碎石升到空中，孙雨辰手指一挥，石块飞出去几十米远，"没人怀疑我了吧？"

接着，陆华张开圆形防御壁；雷傲用风刃斩断了一棵大树；杭一把周围短暂地变成游戏场景。男孩第一次近距离见识"神使"的超能力，看得双眼发直，目瞪口呆。

前面六个人都完美地证明了自己是"真货"，只剩米小路和辛娜了。

米小路犯难道："我的超能力不像你们那样直观，怎么证明？"

辛娜更无奈："我根本不是超能力者，更没法证明了。"

"辛娜暂且不说，米小路的话，我有办法。"季凯瑞说，"你随意地改变我们当中一个人的情绪。"

米小路望向陆华，陆华跟他对视了一两秒后，突然青筋暴起，怒吼道："你看着我干什么？难道怀疑我是假的！”

一向温文尔雅、书生气十足的陆华突然这种反应，把大家都吓了一跳。米小路解除超能力，说道：“这下你们相信我了吧？”

陆华脸上的暴戾之气消失了，嗫嚅道：“你用我来证明吗？难怪刚才蹿起一股无明火……”

现在，只剩下辛娜一个人了，众人的目光不约而同地望向她。

辛娜难以置信地摇着头：“仅仅因为我不是超能力者，就将矛头指向我吗？”

“辛娜不可能是凶手，”杭一显得比辛娜本人还要紧张，“她在溪水边中毒的时候，宁肯不顾自己，也让井小冉先治疗韩枫和雷傲。混在我们中间的敌人会这样做吗？”

“我们都不愿相信辛娜是假冒者，但事实是其余七个人都证明肯定是本人了，只有辛娜……”陆华顿了一下，“实际上，要冒充的话，只有辛娜是最佳人选。”

“另一个事实是，最先发现井小冉被杀死的，正是辛娜。”米小路望着辛娜说，“抱歉，我绝不是针对你，只是就事论事。”

雷傲低吟一声，极不情愿地说：“这样说起来，也是辛娜提议将井小冉水葬，我们才会聚集在地下湖泊边的。接下来，我们就被‘多佛恶魔’拖进了水中。”

辛娜先是愕然，继而是愤怒：“这就是你们怀疑我的所谓‘证据’吗？要是这都算的话，谁没有嫌疑？”

辛娜的话似乎令陆华想起了什么事，他迟疑着说：“这样说起来，我们刚登岛的那天晚上，韩枫说了一些话，和他平时给人的感觉不一样……”

韩枫大吃一惊：“什么？你居然怀疑我？就因为我说了几句有道理的话？”他恼怒道，“那你呢？从衢山岛坐船到孤岛的时候，你不是一直站在船舷边观察海面吗？结果恰好在海怪出现之前你就晕船了，有这么凑巧？”

陆华张大了嘴：“这都算疑点？我站在船舷边一个多小时，当然会晕船！”

雷傲这时也想起了什么，望向孙雨辰：“在海滩上的时候你晚上起来方便，一个人走到树林里，有必要吗？”

孙雨辰错愕而窘迫地说：“我告诉了你，我是去大号呀！难道要我当着别人的面……那个吗？”

这时，米小路又产生了新的怀疑：“客观地说，季凯瑞‘遗失’那把刀，也有些蹊跷。我们根本没有碰过他的刀具套装，那把刀丢失了，也是他自己说的……”

季凯瑞站了起来，喝道：“够了！”他朝米小路走过来。

看他的样子，就像是要揍米小路一样。杭一刚要上前制止，已经迟了，季凯瑞一拳砸了过去。

但是，被击中的并不是米小路，而是他旁边的孙雨辰。

孙雨辰脸上挨了重重的一拳，惨叫一声，摔倒在地。这时，惊人的一幕发生了，他的脸和身体皮肤就像开水一样冒泡，十几秒后变成了另一个人，正是“他”的本体。

众人惊诧不已，当看清这人的本来面目后，一齐叫了出来：“俞璟雯！”

13班的超能力者俞璟雯（女24号，能力“外形”）遭到季凯瑞突如其来的一拳，她被打得头昏眼花，超能力暂时失效了，才现出了原形。她惊惧地看着对她怒目而视的几个人，哀求道：“饶……饶命呀。”

韩枫走过去，一把揪住她的衣领，将她整个人提了起来：“原来是你，你居然敢假冒孙雨辰混在我们中间！”

辛娜错愕地望着季凯瑞，问道：“你怎么知道‘孙雨辰’是假冒者呢？”

“我不知道他是假冒者。”季凯瑞说，“我打他，是因为十多天前，我要求他用读心术查探众人内心的想法，他也答应了我，然而直到现在却什么有用的信息都未能提供——不过现在看起来，我倒是误打误撞地打对人了。”

杭一走上前去厉声质问道：“俞璟雯，是你杀死了井小冉吗？”

俞璟雯战栗地点了点头：“是的，但我只是奉命行事。”

杭一强忍住怒火说：“把你是怎么混到我们中间和你们的整个计划，全都如实告诉我们！”

俞璟雯紧咬嘴唇，似乎有某种难处。季凯瑞的右手变成一把利刃，伸到她的脖子前：“通过这么多天的相处，你知道我没有耐性的，对吧？”

俞璟雯浑身发抖：“我……我说，在你们出发之前，也就是在大本营的时候，我就已经变成孙雨辰的样子，和你们待在一起了。”

“那真正的孙雨辰呢？”杭一问。

“我不知道，真的不知道。我只是接到指令，要我变成他的样子替代他，不要露出破绽。有人会跟我配合。”

“你说的配合，是故意让饮水机漏水形成地图的样子，然后引诱我们到这个岛上来，对吧？”

“是的。”

“怎么办到的？”

“我的合作者之一，具有相应的超能力。”

杭一暂时没有追问这个超能力是什么，他打算先把冒充事件彻底理顺，问道：“你跟着我们到了岛上，一直秘密地跟合作者保持联系，让他们时刻了解我们的行踪，对吗？”

“嗯。”

“在山洞里杀死井小冉是计划之一，没错吧？”

“是的。”

事到如今，辛娜已经能猜到这个具有变身能力的女人是怎样杀死井小冉的了。她怒视着俞璟雯说：“那天晚上，你利用我出来方便而雷傲恰好背过身去这个空当儿，从帐篷里出来，变成我的模样潜入我们的帐篷，用下午偷到的季凯瑞的刀杀死了井小冉！”辛娜流下泪来，“井小冉根本不会对我有任何防备，所以，你轻而易举就能捂住她的嘴，将她杀死！而等我返回的时候，你已经回到自己的帐篷，再次变成孙雨辰了。”

俞璟雯不敢看辛娜的眼睛，她低头默认了。

“使用超能力是要耗费体力的，你怎么可能一直处于超能力状态？”陆华问。

因为我的能力是经过强化的。俞璟雯没有把心中所想说出来，只避重就轻地说：“我的超能力能持续的时间比较长，但也不能一直保持状态。实际上，有时我离开你们或者晚上睡觉的时候，会变回原形休息，只是没被你们察觉。”

季凯瑞提出一个问题：“现在你告诉我，你刚才为什么能让那块石头飞起来？你不可能做到像孙雨辰一样用意念操纵物体。”

这个问题让俞璟雯浑身一颤，似乎这个问题让她感到害怕。季凯瑞从她的神情中察觉到了什么，说道：“这是你的‘合作者’配合你做的，对吗？”

俞璟雯惊骇的神情告诉季凯瑞，他猜对了。但他还有一点不明白：“那个合作者，怎么可能拥有跟孙雨辰一样的超能力？”

“我……我不能说。”

季凯瑞耸了下肩膀：“那就算了，反正多数疑问已经解开了，留着你也没什么价值了。”说着手刀就要朝俞璟雯的颈动脉割去。

“别，别……我说！”在死亡的威胁下，俞璟雯被迫说出了真相：“我的合作者之一，具有隐身的能力。他（她）此刻就在你们旁边。”

四十六、龙

听到这句话的人，全都心中一惊，下意识地朝四周看去。

他们当然看不到那个人。如果此人的超能力是“隐形”，意味着他（她）是一个可以一直躲在暗处的可怕袭击者。

杭一感到紧张的同时，更关心俞璟雯刚才那句话中透露出来的另一个信息：“你说这个人只是合作者之一？到底有几个人在跟你合作，他们的超能力分别是什么？”

俞璟雯脸色苍白，不敢透露如此重要的信息。她嘴唇张合，却没有发出任何声音。杭一正要再次逼问，骇人的事情发生了，俞璟雯全身突然燃起了熊熊大火！她瞬间遭到烈焰吞噬，发出撕心裂肺的惨叫，翻滚在地。

众人惊骇欲绝，却找不到解救她的方法，只能眼睁睁地看着她在烈火焚烧的巨大痛苦中翻滚、惨叫直到死去。辛娜捂住男孩的眼睛，转过身去，不忍目睹。

突然，雷傲发狂地朝四面八方发射了无数道风刃，吼道：“出来！卑鄙的小人！躲在暗处偷袭算什么本事！”

杭一本能地感觉不妙，制止了发飙的雷傲，说道：“别浪费体力了，对方能隐身，而且可能不止一个人，如果对抗起来，我们只会处于劣势！此地不宜久留，我们要赶快离开这里！”

“离开哪里？”陆华茫然地问。

“这个异世界！从我们来的地方，应该能再次返回那个洞穴中的地下湖泊。”

“走。”季凯瑞当机立断，并叮嘱陆华，“你用防御壁保护好辛娜。”

陆华祭起防御壁。韩枫问道：“河流、绿洲、沼泽和湖泊——四个地方，我们去哪里？”

“反正不去沼泽。”辛娜和米小路几乎同时说。

杭一想起绿洲旁边的沙漠中，也遇到了红色蠕虫的袭击，猜想这些连接异空间和现实世界的通道，可能都有凶猛怪物把守，所以当初进入异空间的十多个渔民，才会被迫在这里安家立命。陆华说：“我是从湖泊里出来的，并没有遇到危险，去湖泊吧。”

“行！”杭一做出决定，“我们快走，随时注意周围的变化，小心袭击者！”

众人在异世界里生活了十多天，对周边地形已非常熟悉。他们跑出石林，沿着河流朝上游方向迅速撤离。一路上，雷傲不时朝各方发射风刃，尽可能杜绝被偷袭者跟踪。

半个小时后，他们来到了隐蔽在森林深处的湖泊前，这个湖大得惊人，面积堪比杭州西湖。湖面平静如镜，周围静谧而深邃，让人产生一种莫名的神秘感。杭一不敢过多思考，问陆华：“你当时是从哪里冒出来的？”

陆华说：“具体是湖的哪个部分，我不记得，但可以肯定的是，不会是湖中心——以我的体力和游泳技术，不可能从湖心游到岸边来。”

“不可能整个湖都是‘传送点’吧？我们要是贸然跳进湖里，搞不好会溺水而亡。”韩枫说。

杭一想了想，问陆华：“你当时头冒出来的时候，最先看到的是什么，仔细想想。”

陆华思索片刻，说：“我看到的是岸边一棵很大的树。”

众人四下环顾，米小路指着几百米远的右侧说：“是不是那棵树？”

大家一齐望去，看到了一棵一百多米高、七八个人环抱也未必能围起来的参天古树，树冠呈半球形延伸到四面八方，其中一根最为粗大的树枝，伸到了湖的上空，盘绕在树枝上的藤蔓低垂着指向湖面。

陆华说：“对，就是这棵树。”

杭一把整个湖岸扫视了一圈，说道：“如果‘传送点’需要一个标记的话，没有比这个更明显的了。如果我没猜错的话，垂下来的蔓藤指着的地方，就是能通往现实世界的出口！”

“那就游下去试试看，”韩枫说，“反正那个位置距离岸边不算太远，不至于溺水。”

“等等，你们要到哪里去？”男孩茫然地问。

众人这才想起几乎被遗忘的土著男孩。辛娜对他说：“我们要回到我们那边的世界去，你呢？要跟我们一起吗？”

男孩知道，自己已经犯下了死罪，如果返回部落，只有死路一条，他没有选择，只能同意。

“可惜没办法跟你的父母家人告别了。”辛娜说。

“我的父母都在狩猎中死去了，我现在是个孤儿。”男孩埋着头说。

季凯瑞揉了他的脑袋一下，说：“我带你出去，去见跟你有血缘关系的亲人。”

男孩倏地抬起头来，欣喜万分：“我还有亲人？在你们的世界里？太好了！”

陆华却通过这个男孩想到了什么，疑惑地自语道：“如果这些传送点这么明显，当时进入异世界的十多个衢山岛渔民，为什么没有想到离开这里？”

“也许他们觉得这个世界也不错，适合定居吧。”韩枫说。

陆华摇头：“这些渔民应该都有家人，怎么可能安心留在这里？”

米小路思忖着说：“或许他们并不是不想离开，而是没有办法离开。”

杭一想了一会儿，问男孩：“你们部族的人，平时会不会到这个湖泊来？”

男孩摇头道：“不会。森林湖泊、沙漠绿洲、河流上游和沼泽湿地这四个地方都有吃人的怪物，千万不可靠近——这是先辈们的祖训。”

陆华想起，当时那些土著确实只守候在森林外围，根本不敢靠近这个湖泊。他未免有些担心，说道：“难不成，这个湖里生存着什么恐怖的生物？”

“如果是这样，你当时游上岸的时候，怪物怎么没有袭击你？”米小路说。

“也许那个怪物不会袭击‘进入’的人，只会攻击打算‘离开’的人？”

陆华的猜测让大家感到不安，一时有些踌躇不定。杭一思考了半分钟，说："不管怎样，我们不可能像那些土著一样在这里生活一辈子。就算冒着生命危险，我们也必须回去。"

"那就别犹豫了，就从你说的地方试试。"季凯瑞做出决定。

一群人走到参天古树前，大树近看之下更是雄伟壮观。韩枫说："我们是要游到那个地方，然后潜水下去吗？"

季凯瑞说："我先去试试，如果我潜下去之后很久都没有回来，应该就是被传送到另一边了。"

"可是，万一是你遭遇意外了呢？"陆华说。

"那也恕我无法告知你们了。"季凯瑞一边脱衣服一边说，"不过，我想还不至于有什么怪物能瞬间把我杀死。"

辛娜显得十分担忧，对季凯瑞说："小心呀。"

"我会的。"季凯瑞答应道。他步入湖中，朝树枝延伸的方向游去，划开了平静的湖面。

岸上的人屏住呼吸，目不转睛地盯着季凯瑞。杭一打开了PSV，进入《战场的女武神》这个游戏，随时准备进入战斗状态。雷傲则启动超能力飞到湖泊的上空，俯瞰下方。

季凯瑞距离指向地点只有十几米距离的时候，雷傲突然睁大了眼睛，一个巨大而恐怖的动物脊背从湖底慢慢升了起来，岸上的人无法看到，空中的雷傲却看得真切。他从来没有如此惊慌失措过，发出的喊叫几乎语无伦次："季凯瑞……快离开！别游过去……快逃！"

季凯瑞也感觉到了水下的变化，心头掠过一丝恐惧的阴影，但他现在距离岸边有几十米的距离，想要返回，是不可能的了。

千钧一发之际，雷傲飞速俯冲下去，两手抓住季凯瑞的双臂，把他从水里提了起来。与此同时，一个张着巨口的怪物从湖水中伸出头来，直立起有几十米高。如果雷傲再晚一秒，季凯瑞必然会被吞进那张巨口之中。

岸上的人看到跃出水面的怪物，全身的血液都凝固了，他们的惊愕程度前所未有。事实上，从登上无人岛到进入异世界，他们见过的怪异生物数不胜数，刚才也做好了再次面对怪物的心理准备。但这次出现在他们面前的这只庞然巨兽，仍然令他们呆若木鸡、惊骇欲绝。

因为这是一条龙。传说中的神秘生物——龙！

一直以来，人们都认为龙是神话传说中的动物，并非真实存在的物种。虽然从古至今，有很多文献资料和目击者声称看到过真正的龙，甚至有人在飞机上拍下了照片。但这些报道和记录亦真亦假，让人难以判断。然而，此刻出现在杭一等人眼前的，是一条具备所有传说中的“龙”的特征的巨大水生动物。它的身躯有岸上这棵大树那么粗，浑身布满灰白色的鳞片，头上是像鹿角一样的巨大犄角，鳄鱼般的大口两边各有一根长须，巨爪看上去粗壮有力、锋利无比。这奇异的生物毫无征兆地出现在众人眼前，带来的震撼可想而知。

“龙……这是龙！”陆华激动得忘了处境和场合，惊呼不已，但他的呼喊吸引了龙的注意。龙是具有王者尊严的生物，刚才从水下突袭扑了空似乎激怒了它，此刻它掉过头来，以闪电般的速度朝岸上的人扑去。

躲闪是肯定来不及了，杭一大喝一声：“陆华！”——曾在杭一的“游戏世界”中特训过几次的陆华，多少积累了一些应战经验。他双手向前一撑，一块玻璃幕墙般的“方形防御壁”瞬时出现，挡在了岸上几个人的前面。“嘭”的一声巨响，飞扑而至的龙撞在了这块防御壁上，显得又惊又怒。它张开大口，发出震耳欲聋的咆哮，并用犄角不断撞击着这块透明光壁，试图将其击破。

陆华的防御壁虽然看起来就像一块薄玻璃，甚至像一层肥皂泡，但其坚固程度远胜金刚石，目前为止从未被任何形式的攻击击溃过。但面对这只巨龙疯狂的撞击，此时他也不敢肯定了，汗珠一颗一颗从额头上滴落，惊慌地喊道：“你们……快想想办法呀！我快撑不住了！”

杭一此时手中握着《战场的女武神》中的最强狙击枪“斯凯格尔”，这把枪发射的子弹能射穿坦克和装甲车。但他却并不想射杀巨龙，尽管情况危急。杭一隐隐觉得，不管在现实世界还是异世界，这只巨龙都是绝无仅有的珍奇异兽。如此神奇而稀罕的生物，不该轻易将其杀死。

但韩枫却不这样想，他清楚陆华的超能力不可能坚持太久，焦急地冲杭一嚷道：“你拿着枪发什么愣？还不快射击！陆华的防御壁要是被破坏了，我们全都会死！”

“这条龙怎么像疯了一样？”杭一难以置信地说，“看它的样子，就像是跟我们有什么血海深仇，非将我们咬碎不可！”

一句话提醒了辛娜，她对米小路说：“小米，你的超能力不是连动物的情绪都能控制吗？你想办法让这条龙平静下来呀！”

“我已经这样做了。”米小路骇然道，“但是没用，我的超能力对它完全不起作用，它仍然处于暴怒的状态。”

“它跟我们无冤无仇，怎么可能如此愤怒？”辛娜不解地说。

杭一说：“唯一的解释是，这条龙并非‘情绪失控’，而是受到了某个超能力者的控制，所以小米的超能力才会对它不起作用。”

“别再说了！”韩枫惊恐地叫道，“它准备绕过防御壁，从旁边袭击我们！”

果然，巨龙连番撞击未能攻破，选择了从侧面进攻。几个人一起躲在陆华身后，随着陆华的转身而集体移动，场面看起来像在玩“老鹰捉小鸡”的游戏，只是一点儿都不好笑，且充满恐惧感和紧迫感。

陆华一方面体力渐感不支，一方面无法跟上巨龙的移动速度。“老鹰”眼看就要接近“小鸡”了。危急关头，杭一不敢再仁慈，他举起狙击步枪朝巨龙的身体射出穿甲弹。

子弹不偏不倚地击中了巨龙的颈部，出人意料的是，连装甲车都能射穿的子弹，竟然无法击碎巨龙的鳞片。子弹就像射到几米厚的钢板上一样，发出一声金属碰击声后，掉落在地。巨龙毫发无伤。

杭一傻眼了，本来他以为这把武器已经是游戏机中最厉害的兵器了，现在看来，他完全低估了龙的防御能力——它身上的鳞甲，几乎跟陆华的防御壁一样坚不可摧。巨龙近在咫尺，想要转换游戏尝试别的武器和攻击方式，已经不可能了。

这时，空中射下来几道风刃，同时伴随着季凯瑞咬破手指发射的血子弹。巨龙不躲不闪，迎接所有攻击，没有受到丝毫伤害。杭一等人第一次遇到如此强悍的对手。

“这家伙完全刀枪不入！”韩枫恐惧而绝望地喊道，“我们这次死定了！”

说话间，巨龙以迅疾的速度绕过陆华的防御壁，张口朝辛娜扑去。杭一大惊失色，不顾一切把辛娜朝旁边一推，巨龙的血盆大口咬了个空。

龙是具有智慧的动物，它似乎已经意识到，这群人除了在“防御”方面跟它有一拼，没有任何有效的攻击手段能对自己造成伤害。此刻，它已经不像之前那般狂躁，而是像戏耍老鼠的猫一样，玩弄起猎物来。它时而伸出爪子佯攻一下，时而假装要绕到另一个方向——这种戏耍简直比直接进攻更要人命。神经一直紧张的猎物，最终会彻底崩溃或者被吓晕过去，甚至祈祷自己快些被吃掉，结束这种比死还难受的心理折磨。

杭一察觉到了龙的意图，意识到再这样下去，一群人必将全军覆没，必须设法改变被动局面。

杭一靠近陆华，对他说："解除超能力，不要再用方形防御壁了。"

陆华瞪着眼睛说："我要是解除了防御壁，这条龙一瞬间就能把我们吞了！"

"那你一直用超能力，又能坚持多久？凭我对你的了解，最多还能持续一分钟吧。"

陆华当然更了解自己，杭一这句话似乎令他丧失了求生的希望，方形防御壁消失了。

龙等待的就是这个时机，他张开巨口朝杭一和陆华猛扑过来。陆华本能地朝旁边闪躲，却被杭一一把抱住，令他无法动弹。他心中一惊，死亡的阴影笼罩过来。

众人眼睁睁地看着巨龙一口将杭一和陆华吞了下去。米小路几乎昏死过去，辛娜哭喊道："杭一……陆华！"

巨龙吃掉两个人，就像吞下糕点一样容易。而且两块点心显然没法满足它的食欲，它的大口又伸向了米小路。

米小路万念俱灰，闭上眼睛，等待迎接死亡。

然而，龙的动作却戛然而止。它直起身子，露出惊愕和惶恐的神情，随即仰天长啸，发出临死前的悲鸣。

"轰"的一声，巨龙的体内发生了威力惊人的爆炸，瞬间将龙的身体炸成了碎片，只剩下龙头、龙尾和部分残肢。

众人惊呆了，雷傲和季凯瑞走过来，一群人聚集在一起，不明白刚才发生了什么。

韩枫突然叫喊起来："看呀，是杭一和陆华，他们还活着！"

大家一齐望过去，看见龙的尸体碎片中，杭一和陆华被保护在圆形防御壁中。米小路和辛娜激动地跑过去，和他们拥抱在一起。

"你们怎么做到的？"韩枫欣喜地问。

“在被吞进去的一瞬间，杭一在我耳边说了一句‘圆形防御壁’——我就猜到他的想法了。”陆华说。

雷傲兴奋地说：“杭一老大，你在龙的身体内丢了颗炸弹？”

“是M57式手榴弹，《战场的女武神》中威力最大的手榴弹之一。”杭一并不开心，他望着龙的尸体说，“这可能是世界上唯一的龙，却被我……”

“现在不是惋惜的时候，”季凯瑞说，“必须赶紧离开，谁也说不清楚一会儿还会有什么更恐怖的生物出现。”

众人再次走到岸边，这一次，雷傲把全身被防御光膜笼罩的陆华从空中慢慢地放到水里的“传送点”，一分钟后，陆华既没有游上来，也没有在水中扑腾呼救，看来没有遇到什么险情，真的已经通过这个“通道”回到现实世界了。

大家欣喜不已，纷纷深吸一口气，跃入水中……

女24号，俞璟雯，能力“外形”——死亡。

四十七、三巨头

SUPER TABOO GAME

从水中冒出头来，再次看到地下湖泊和洞穴，以及帐篷和背包，杭一感觉恍如隔世。

算起来，他们在异世界里待了半个多月，却仿佛度过了很长的时光。和现实世界的重逢，令他们百感交集。

现在，和异世界唯一的牵连，就是这个被带过来的男孩了。他浑身湿漉漉的，睁大眼睛望着这个宽阔的洞穴，说道："这就是你们的世界？"

"比你想象的宽广得多。"季凯瑞说，同时提醒大家，"我们虽然回到了现实世界，但未必就已经安全了，必须立刻离开这个岛。"

"没错，依我看，整个岛都在对手的掌握之中。"陆华说，"之前他们可能还抱着一种戏耍我们的心态，现在事情败露，可能会不顾一切狙杀我们。"

"可是怎么离开？当初跟张顺约好，让他五天之后开船来接我们。但我们在异世界待了十多天，仅仅等于现实世界的几分钟而已。算上最开始在岛上度过的一天，张顺估计四天之后才会来接我们。"陆华说。

雷傲环顾四周，目光停留在帐篷上，眼睛一亮："有办法了。"

他把几个帐篷收拢起来，抱在一起，说道："我们可以伐树，用帐篷做简单的风帆，做一个简单的木筏帆船。”

“好主意，”杭一说，“就这么办！”

一群人迅速离开洞穴，来到靠近海滩的树林。现在是白天，杭一、雷傲和季凯瑞三个人配合，很快就伐下几棵大树，并用藤条捆绑在一起制成木筏。而辛娜、米小路和陆华则把帐篷剪开、缝合，做成风帆。韩枫找到一根又长又直的树枝，把它固定在木筏上，再把风帆绑上去——众人合力之下，木筏帆船很快就做成了。

事不宜迟，大家一起踏上木筏，雷傲启动超能力，强大的风力推动风帆，木筏以不亚于小型船只的速度向衢山岛方向快速航行。季凯瑞握着指南针，随时指导雷傲调整风向。

韩枫站在木筏最前面，举目远眺，归心似箭。他感叹道：“在原始部落待了这么久，我真怀念文明世界。今天晚上如果能回上海，我们就住陆家嘴最豪华的酒店，到最热闹的购物中心去逛街吃饭，我请客。”

“听起来真不错，”陆华憧憬的同时，担忧也写在他的脸上，“如果我们能顺利到达的话。”

“你在担心什么？”韩枫问，“我们已经离开无人岛了，而且航行在海面上，应该早就甩掉袭击者了。”

“袭击者是一回事，这片海域还存在别的危险。”陆华提醒道。

“海怪？”

陆华不安地点头：“我只希望它对我们这只小木筏不感兴趣，或者没有发现。”

杭一对陆华说：“经过这一系列的事情，你认为海怪和袭击者之间会没有联系吗？”

陆华一怔：“你觉得海怪是受某个超能力者的控制？”

“就跟我们遇到的所有‘动物’袭击一样，包括刚才那条巨龙。”杭一说，“这个袭击者的超能力是什么，恐怕已经非常清楚了。”

陆华思忖着说：“可是这个人从哪儿找到这些怪物？难道世界上真的存在这么多神秘恐怖的生物？”

米小路加入他们的对话：“我猜是这个人利用他能控制‘动物’的超能力，在世界各地——包括异世界寻找到了各种传说中的神秘生物，并把这些生物当作武器攻击我们。”

“我想你们全都说对了，”辛娜颤抖着指向后方，“追杀者已经来了。”

众人一齐朝后面望去，看到一幕奇景：一个人仿佛站在海面上，以极快的速度朝他们靠近。开始只是一个黑点，随着距离的拉进，他们看清楚了，这人正是13班的临时班长——阮俊熙（男31号）。他并不是踏在海面上，而是站在一只庞大海兽的脊背上。这只怪物身长二十米以上，有着巨大的头部、强壮的颚和尖锐的牙齿，外形类似具有鳍状肢的鳄鱼——正是之前曾短暂现身的海怪!

陆华扶着眼镜框，瞪大眼睛惊骇地叫道：“海怪原来是沧龙！中生代就已经灭绝的沧龙，远古最大的顶级掠食者，海洋的霸王！”

“够了，别科普了！”韩枫喝道，“快想办法对付它，它靠近了！”

陆华浑身发软，摇头道：“就算我们能击杀比它庞大的龙，也不可能是沧龙的对手。在大海里，没有任何生物敌得过沧龙。”

仅仅两三句话的时间，沧龙和它脊背上的阮俊熙距离木筏只有不到一百米的距离了。这时，他们清楚地看到，阮俊熙气势汹汹、满脸怒容，口中喝道：“你们杀死了我的龙，世界上唯一的一条龙！我要你们偿命！”

阮俊熙的样子配上脚下那只恐怖的沧龙，宛如地狱魔王降临，令人胆战心寒。杭一和季凯瑞不敢怠慢，各自启动超能力，准备跟海洋霸王沧龙展开一场硬战。然而，雷傲却发现了其中的破绽，说道：“他是不是气昏头了，竟然敢直接站在我们面前？”

这句话令杭一倏地一惊，刹那间感到事情有些不对劲。

沧龙固然无比凶狠强劲，但控制它行动的阮俊熙，本身并不具备攻击能力。

也就是说，只要击杀了阮俊熙，沧龙也许就不战而退了。

但奇怪的是，阮俊熙不可能意识不到这一点。除非……

想到这里，杭一赶紧阻止雷傲：“等一下！”但已经迟了，雷傲双手一挥，两道风刃疾射而出。

杭一惊骇地转过头，时间仿佛在这一刹那静止了。

他清楚地看到了阮俊熙脸上神情的变化——本来怒不可遏的他，在看到雷傲射出的风刃后，竟然露出释然的表情。他望了一眼脚下的沧龙，似乎暗示它潜入海底。接到指令的沧龙身体一沉，陷入海中。阮俊熙的身体向右一倒，两道风刃恰好从他的腹部和颈部划过，鲜血飞溅，跌入海中。

这突如其来的逆转令所有人呆若木鸡——谁都看出来了，阮俊熙之前的凶狠模样，完全是装出来的。他是故意引诱他们攻击自己，觅得一死。

杭一愣了几秒，对雷傲说：“你快飞过去，把他救起来！”

雷傲已经这样做了，他把阮俊熙从海面上提了起来，将他带到了木筏上平躺下来。阮俊熙的腹部被切开了一个大口子，更严重的是颈部的伤口，鲜血汩汩流出。杭一看出他有话要说，俯下身去。

生命在快速流逝，阮俊熙知道时间不多了，他抓住杭一的手，又望了望昔日的同学们，竟然淌下泪来：“杭一、陆华……再看到你们，真好……”

杭一心中百味杂陈，问道：“阮俊熙，你为什么要这样做？”

阮俊熙微弱地说：“我……早就想要解脱了，今天终于寻到这个机会，能让你们……结束我的生命。你们在岛上和异世界的时候……我多次操纵动物攻击你们，对不起……但是，请你们相信，这不是我的本意。我是被迫的……否则，我的父母就会被杀……他们，已经被威胁了……”

杭一想起阮俊熙的母亲提到过那些被肢解的动物尸体，但他想不明白这是怎么回事，说道：“告诉我，这一切到底是怎么回事？”

阮俊熙紧紧攥住杭一的手，鲜血从口中涌了出来，他显然已不能完整讲出知道的一切，只能在临死前提供最重要线索：

“杭一，答应我，阻止‘三巨头’的阴谋……他们在策划的事情，是一个足以毁灭世界的可怕计划。这个岛上的一切，只是一个‘试点’而已，背后隐藏着一个恐怖的秘密。阻止他们……为了人类，和我最喜欢的动物。知道吗？……你们遇到的龙和所谓的……怪物，都是隐藏在这个世界上的珍兽。是我用超能力……把它们找了出来，但我从没想过要让它们成为杀人工具……更不愿看到它们被杀死。我不能……再连累这些动物，只有我死了，它们才能重获自由，避免被伤害……”

泪水和血水像泉水一样从阮俊熙的眼中和口中涌出，杭一心中备受煎熬，也焦急万分，说道：“阮俊熙，告诉我，‘三巨头’是谁？”

然而，刚才的一段话已经是阮俊熙吊着最后一口气说出的。他的头耷拉到一边，死去了。

一股奇异的力量充盈雷傲的全身，他知道，自己升级了，却没有一丝喜悦。

众人怀着复杂而悲伤的心情，将他们曾经的班长，也是他们目前所遇到的最强劲对手，轻轻送入大海的怀抱。

扬帆，起航。

沧龙在遥远的地方跃出海面，发出尖利的悲鸣。从此沉入深海，永不见踪迹。

男31号，阮俊熙，能力“动物”——死亡。

四十八、新的结束

SUPER TABOO GAME

到达衢山岛，众人再次与张顺重逢。杭一告诉张顺，他的哥哥已经不在这个世界上了，却在另一个世界度过了一生，并留下了血缘后裔。他们把男孩带到张顺的面前，张顺没法理解他们告诉自己的事实，却在看到男孩的脸庞后，流下了欣喜的泪水，和他紧紧相拥。男孩也对张顺倍感亲切。令人不禁感叹血缘的奇妙。

最后，来自异世界的男孩留在了衢山岛，和张顺以及“奶奶”生活在一起。这家人失去了一个亲人，却迎来了另一个亲人，已是最大安慰，对杭一他们千恩万谢。告别之时，依依不舍。

一群人在衢山岛稍作休息，换了衣服，即刻前往舟山普陀山机场，在上海转机，于第二天凌晨返回琮州市。到达大本营，已是凌晨两点了。

韩枫用钥匙打开房门，发现客厅的灯竟然亮着，他愣住了。

屋内站着的人也愣住了。

原来是孙雨辰。

韩枫和杭一张着嘴足有十秒钟没能发出声音。直到孙雨辰朝他们走过来，读取思想后，问道：“什么？你们在怀疑是不是我本人？”

几个人对视一眼，仅凭这一点已不再怀疑。杭一走过去和孙雨辰拥抱，韩枫拍着他的肩膀说：“你还活着，真是太好了。”

孙雨辰声音哽咽：“我以为再也见不到你们了。”

“你怎么会在大本营？”陆华问。

孙雨辰说：“我也感到莫名其妙。唯一可以肯定的是，我昏睡了很久，可能一个星期，也许更久。醒来的时候，发现自己在一套陌生的房子里，只有我一个人。我离开那套房子，来到大街上，并坐车回到大本营，却发现你们全都不见了。我拨打你们的手机，一个都打不通。谢天谢地，没过多久，你们就出现了。”

辛娜走到他面前：“你无法想象我们经历了什么。”

“或许我能猜到的是，有人冒充了我？”

“没错。”

“是13班的一个超能力者。”

“是的。”

“这人最后怎么样了？”

辛娜长叹一口气：“说来话长，以后慢慢讲给你听吧。”

季凯瑞望着孙雨辰，饶有兴趣地说：“值得探讨的是，袭击者让你昏睡了十天左右，却没有要你的性命，还把你原封不动地送了回来——这是为什么？”

的确，这事完全不符合逻辑。没人能弄懂这个神秘袭击者的思维模式。但更令人匪夷所思的，是孙雨辰接下来说的话：“也许让人吃惊的，还不仅仅是这件事。”

“什么意思？”杭一问。

孙雨辰没有回答，他转过身面向饭厅的大理石餐桌，伸出了双手。

众目睽睽之下，重达千斤的大理石餐桌，竟然升到了空中。维持一分多钟后，缓缓落地。

众人惊得瞠目结舌。孙雨辰说：“我也是刚才才试出来的。”他咽了下唾沫，“很明显，我的能力大幅提升了。”

“能力增强的唯一可能性是……”陆华试探着说。

“没错，我升级了。”孙雨辰说，“我现在的能力等级肯定不止二级。但我什么都没做，醒来后就发现这个事实了。”

过了许久，杭一说：“只有一种解释，在你昏迷的这段时间，发生了什么事情。”

“问题是为什么会有人帮助我‘升级’？他（她）到底做了什么？目的又是什么？”孙雨辰百思不得其解。

“我们都有很多疑问，想不通的事情还有很多。”杭一说。

“不管怎么说，今天已经非常疲惫了，我们好好睡一觉，明天再……”

辛娜的话还没说完，杭一的手机响了起来（之前在上海机场候机的时候，已经充好了电），他摸出来一看，说道：“是裴裴打来的。”

经历了这么多事，大家差点儿忘记裴裴和她正在研究的事情了。外星人留下的神秘数字密码，是目前最大的谜团。杭一赶紧接起电话：“喂，裴裴吗？”

“是的。杭一，是我。你在哪儿？”

杭一听得出，裴裴的声音在发抖。他赶紧说：“我们就在大本营，什么事？”

“你必须马上到我家来一趟，立刻。”

杭一看了下手表，现在是凌晨两点二十分，他意识到事情的严重性，说道：“好的，你家在哪儿？”

“听好，地址是东山路33号……”

杭一在心中默记下这个地址：“好的，我马上就来。”他迟疑了一下，问道，“是关于数字暗号的事，对吗？”

电话里的裴裴似乎打了个冷战：“是的。”

“你破解了这个密码。”

“对。”

杭一走到门口开始换鞋：“我现在就出门，能一边打电话一边告诉我，你发现了什么吗？”

“不行，电话里没法说清楚，你必须到我这里来，亲眼看电脑屏幕上显示的破译结果。上帝，不亲眼看到，你不敢相信这是真的。”

“行，我马上就来。”杭一挂了电话，已经睡意全无了。

其他人全都听出了事情的严重性，米小路问道：“裴裴发现了什么？”

“不知道，她说必须前往她家，才能说清楚。听起来结果非常令人震惊。”

“我跟你一起去。”米小路说。

“我也去。”陆华和孙雨辰同时说。

“我不可能等你们回来告诉我结果。”韩枫更是急性子。

杭一想了想，说：“这样，小米你就别去了。我和陆华、韩枫、孙雨辰，我们四个人快去快回，尽量早些把获得的信息带给你们。”

说完，杭一打开房门，四个人出去了。

此时的街道上，几乎没有行人和开着的店铺了，还好有深夜运营的出租车。杭一打了一辆车，告诉司机目的地，三十分钟后，他们来到了裴裴所住的住宅楼下。

几个人乘坐电梯来到11楼，找到门牌号后，按下门铃。过了一分钟，裴裴也没出来开门。杭一和陆华疑惑地对视了一眼，他摸出手机，拨打裴裴的手机。

几秒后，房间内传出了裴裴的手机铃声，却一直无人接听。杭一心中咯噔一下，说道：“糟糕，出事了！”

韩枫也意识到情况不对，他退后两步，准备撞开房门破门而入。孙雨辰说：“不必，我来。”

他走到门前，对着房门发动超能力，“轰”的一声，房门被强大的意念力推开了。

孙雨辰正要进屋，杭一用手挡了他一下，对陆华说：“你走前面。”

陆华心领神会，启动圆形防御壁，小心地朝屋内迈进，另外三个人紧跟其后。

裴裴的住所是套一室一厅的单身公寓，客厅内并无异样，但是刚刚踏入卧室，陆华看到的一幕令他倒吸一口凉气。

裴裴坐在电脑前的一张椅子上，身体和头都耷拉到一边，她的太阳穴上有一个弹孔，伤口没有凝结血痂，血液还在流淌。

这表明，她在最多十分钟前，被人杀死了。

陆华的眼前出现一层红幕，全身的血都涌到了头顶。他走向裴裴，握住她还有余温的手，不敢相信半个小时前还在跟他们通话的同伴，现在已变成一具尸体。

杭一三人同样惊骇异常，但他们不敢陷入悲伤的情绪，只能警觉地注视周围，判断凶手是否还潜藏在屋内。

然而，裴裴的卧室很小，除了一张床，只有这张电脑桌和椅子，屋内不可能藏得下人。杭一暗忖，凶手应该已经在他们到来之前就逃走了。

突然，陆华叫了一声，愕然道：“这是怎么回事？一股力量涌到了我体内。”

有过升级经验的杭一和孙雨辰对视一眼，说道：“你升级了！”

陆华惶惑地说：“但是怎么可能？裴裴又不是我杀死的。”

杭一略一思索：“‘旧神’说过，最后胜出的那个人，必将拥有五十倍的强大能力。如果我没猜错的话，如果有人因为其他原因而死去，那么他的等级会转移到距离他最近的一个人身上，或者最先触碰到他的那个人身上。”

陆华张口结舌地望着杭一，片刻后，说道：“这么说，裴裴并不是被13班的某个超能力者杀死的，凶手是这场竞争之外的人。”

杭一注意到裴裴的电脑主机和屏幕都被砸碎了，而且有遭到枪击的痕迹。他攥紧了手，说道：“毫无疑问，导致她被杀的原因，正是她破译了外星人留下的密码，有人不希望这个秘密被我们或者任何人知道。”

“裴裴半个小时前给你打了电话，我们紧接着就赶过来了。这么短的时间内，凶手就已经潜入她家将她杀死了。”韩枫骇然道，“显然一直有人在监视她，包括监听她的电话。”

说到这里，四个人对视一眼，脊背同时泛起一股凉意。

韩枫说得没错。

这意味着，他们此时的一举一动，也处在某人的监视之下。

也许我应该立刻报警，这件事超出了我们能处理的范畴。杭一紧张地思忖着，他无意间瞥了孙雨辰一眼，看到他脸色苍白如石膏，惊恐地瞪大双眼，仿佛另有发现。

“这个房间里除了我们，还有别人。”孙雨辰悚然道。

三个人一齐望向他，恐惧感再次遍布全身。杭一问道：“你怎么知道？”

“我听到一个人内心的声音，他正在思考如何不被我们发现。”

杭一浑身仿佛掠过一丝电流，战栗了一下，额头沁出冰凉的冷汗。他一边后退，一边压低声音说：“我们，立刻离开这里。”

他们最后看了裴裴的尸体一眼，退出了这间屋子，迅速离开这所公寓。

杭一的心脏怦怦乱跳，一系列疑问在他的头脑中盘旋，令他感到深深的惶恐。

谁躲在房间内？

裴裴到底发现了什么？

外星人想暗示地球人的又是什么？

什么人或组织在试图掩盖真相？

“旧神”的真实身份和目的尚一无所知，现在又出现了新的更可怕的对手——阮俊熙口中的“三巨头”——他们又在策划着什么阴谋？

老天啊，这场五十个超能力者的竞争，怎么变得越来越复杂而扑朔迷离了。我们真的能活下来并解开所有的谜吗？这件事情最终会演变成何种局面？

女39号，裴裴，能力“数字”——死亡。

《超禁忌游戏 Ⅱ》（完）

目前结果统计

♀	女 41 号	贺静怡	能力“金钱”	等级1级；
♂	男 19 号	孙雨辰	能力“意念”	等级？级；
♂	男 5 号	陆晋鹏	能力“力量”	等级1级；
♂	男 12 号	杭　一	能力“游戏”	等级2级；
♂	男 49 号	米小路	能力“情感”	等级2级；
♂	男 27 号	韩　枫	能力“灾难”	等级1级；
♂	男 9 号	陆　华	能力“防御”	等级2级；
♂	男 15 号	雷　傲	能力“气流”	等级2级；
♂	男 10 号	季凯瑞	能力“武器”	等级2级；
♀	女 47 号	赵又玲	能力“电”	等级1级；
♂	男 6 号	赫连柯	能力“强化”	等级2级；
♀	女 38 号	倪娅楠	能力“记忆”	等级1级；
♂	男 42 号	蒋立轩	能力“重力”	——死亡；
♀	女 40 号	房　琳	能力“疾病”	——死亡；
♀	女 32 号	谭瑞希	能力“平衡”	——死亡；
♀	女 30 号	刘雨嘉	能力“预知”	——死亡；
♀	女 21 号	魏　薇	能力“密度”	——死亡；
♂	男 7 号	卢　平	能力“沟通”	——死亡；
♀	女 28 号	井小冉	能力“治疗”	——死亡；
♀	女 24 号	俞璟雯	能力“外形”	——死亡；
♂	男 31 号	阮俊熙	能力“动物”	——死亡；
♀	女 39 号	裴　裴	能力“数字”	——死亡。

残存人数：未知。